中国社会科学院创新工程重大项目"中华思想通史"子项目"中华文艺思想通史"清代卷阶段性研究成果

中国社会科学院创新工程学术出版资助项目

乾嘉情文理论研究

杨子彦◎著

中国社会科学出版社

图书在版编目(CIP)数据

乾嘉情文理论研究/杨子彦著. —北京:中国社会科学出版社,
2017.2

ISBN 978 - 7 - 5161 - 9550 - 5

Ⅰ.①乾… Ⅱ.①杨… Ⅲ.①中国文学—古典文学研究—清代
Ⅳ.①I206.49

中国版本图书馆 CIP 数据核字(2016)第 325557 号

出 版 人	赵剑英
选题策划	郭晓鸿
责任编辑	熊 瑞
责任校对	石春梅
责任印制	戴 宽

出　　版　中国社会科学出版社

社　　址　北京鼓楼西大街甲 158 号

邮　　编　100720

网　　址　http://www.csspw.cn

发 行 部　010 - 84083685

门 市 部　010 - 84029450

经　　销　新华书店及其他书店

印　　刷　北京君升印刷有限公司

装　　订　廊坊市广阳区广增装订厂

版　　次　2017 年 2 月第 1 版

印　　次　2017 年 2 月第 1 次印刷

开　　本　710×1000　1/16

印　　张　13.5

插　　页　2

字　　数　225 千字

定　　价　50.00 元

目　录

导　论

鲁迅先生在 1907 年写作的《文化偏至论》中指出：

> 夫安弱守雌，笃于旧习，固无以争存于天下。第所以匡救之者，缪而失正，则虽日易故常，哭泣叫号之不已，于忧患又何补矣？此所为明哲之士，必洞达世界之大势，权衡校量，去其偏颇，得其神明，施之国中，翕合无间。外之既不后于世界之思潮，内之仍弗失固有之血脉，取今复古，别立新宗，人生意义，致之深邃，则国人之自觉至，个性张，沙聚之邦，由是转为人国。人国既建，乃始雄厉无前，屹然独见于天下，更何有于肤浅凡庸之事物哉？①

此论断在一百余年后仍具现实意义。然而如何去偏颇，得神明，如何不后于世界之思潮，弗失固有之血脉，不同时期的理解各不相同。众声喧哗中，"取今复古，别立新宗"，始终是必然途径。就中国文论的建设而言，正本清源，在文学经验和理论层面会通古今中西，是唯一的发展之途。

对比西方文论，中国古代文论相对细碎、散乱，但是作为中华民族千年文明的结晶，它形散神凝，拥有自己的体系形态，在当代也依然具有旺盛的生命力，以各种形式发挥作用。如果把中国古代文论比作一棵树，围绕情文即情感和文学关系展开的研究就是这棵树的主体，它从"诗言志"这一诗学开山的纲领导源，此后不断发展，思无邪，兴观群怨，温柔敦

---

① 鲁迅：《文化偏至论》，《坟》，人民文学出版社 2006 年版，第 55 页。

厚，"发乎情，止乎礼义"，发愤著书，缘情绮靡，性灵说等重要理论，无不围绕情文关系向着细密深邃次第展开，直至枝繁叶茂。

不仅在中国，情文关系在中外文学研究中都是最基本最核心的问题。近年学界对于中国古代文论的发展，强调它侧重表现、抒情等特性，突出兴象、风骨、意境等理论的当代价值，研究古代文论的活性因子，这些工作是十分必要的，但这些并不是主体和根本。无论何种文学理论，均以文学作为研究对象。古今中外的文学虽千姿百态，但必然都有属于文学的基本特点和审美属性，否则就不能称为文学。古代文论作为以中国古代文学为研究对象的理论与批评，和其他文化境遇、历史时段下的文论在基本问题上也必然存在诸多共同和相通之处。致力于基本理论问题的研究，才能真正会通古今中外，继而在整体上焕发古代文论的生机。这些共同、相通的基本理论问题中，情文关系就是最重要的一个部分。

一　情文关系涉及的主要问题

情感是人在生命活动过程中产生的心理反应，是生命的集中体现。蒙培元从哲学角度认为："既然讲人的存在问题，就不能没有情感。因为情感，且只有情感，才是人的最首要最基本的存在方式。中国的儒、道、佛都清楚地看到这一点，因而将情感问题作为最基本的存在问题纳入他们的哲学之中，尽管具体的解决方式各不相同。"[①] 文学作为人类创造的文化形态，既是生命的一种表现方式，也是人类的一种存在方式。情感时常借助文学的形式表达出来，文学更是离不开情感的存在，二者的关系极为复杂。

在中国文论中，关于情感之于文学的意义，目前最常见的是这样两种说法。

其一，情感是文学创作的动力。[②] 研究者多引用中国古代文论中的一

---

　　① 蒙培元：《情感与理性》，中国人民大学出版社2009年版，第3页。
　　② 在情感和文学的关系上，动机和动力时常混同，二者近似又有所差别。恩格斯在《路德维希·费尔巴哈和德国古典哲学的终结》中指出："历史哲学，特别是黑格尔所代表的历史哲学，认为历史人物的表面动机和真实动机都决不是历史事变的最终原因，认为这些动机后面还有应当加以探究的别的动力；但是它不在历史本身中寻找这种动力，反而从外面，从哲学的意识形态把这种动力输入历史。"（人民出版社2014年版，第45页）由此可见，动机也是一种动力，与满足某些需要有关；动力更为根本，外延更大，是推动事物运动和发展的力量。根据作家创作的具体情况，学界又出现了动力簇和动机簇之说，即创作出于几种动力或动机的混合。

些经典论述，如《毛诗序》："诗者，志之所之也。在心为志，发言为诗。情动于中而形于言"；陆机《文赋》："诗缘情而绮靡"；刘勰《文心雕龙·知音》："缀文者情动而辞发"等，认为情感是文学创作的动力。当代文学理论家钱谷融对此有详细的阐发："一个作家总是从他的内在要求出发来进行创作的，他的创作冲动首先总是来自社会现实在他内心所激起的感情的波澜上。这种感情的波澜，不但激动着他，逼迫着他，使他不能不提起笔来；而且他的作品的倾向，就决定于这种感情的波澜是朝哪个方向奔涌的；他的作品的音调和力量，就决定于这种感情的波澜具有怎样的气势和多大的规模。这就是艺术创作的动力学原则。"①

其二，情感是文学的本质属性。从近三十年出版的文学理论教材及相关著述看，先是形象，后是情感和形象，长期被视为文学的基本属性。古今中外关于此的论述极多。清代边连宝认为："夫诗以性情为主，所谓老生常谈，正不可易者。"（《病余长语》卷六）新文化运动的领袖胡适认为："情感者，文学之灵魂。文学而无情感，如人之无魂，木偶而已，行尸走肉而已。"（《文学改良刍议》）国外比较经典的论述也广为流传。歌德说："对情境的生动情感加上把它表现出来的本领，这就形成诗人了。"（《歌德谈话录》）罗丹："艺术就是感情。"（《罗丹艺术论·嘱词》）。

文学和情感之间的关系是极为复杂的。如何深入展开研究，采用新视角、新方法、新材料是主要的途径。韦勒克和沃伦合著的《文学理论》也指出："我们可以就艺术作品、伊丽莎白时期的戏剧、所有戏剧、所有文学、所有艺术等进行概括，寻找它们的一般性。文学批评和文学史二者均致力于说明一篇作品、一个对象、一个时期或一国文学的个性。但这种说明只有基于一种文学理论，并采用通行的术语，才有成功的可能。"② 此种观点对于中国古代文论研究尤具启发意义。中国古代文论逐渐陷入自说自话、自我封闭的局面，跟主要运用传统形成、自成一体的术语、理论直接有关。因此，打破界限，以开放的胸襟利用各种资源，将中国情文关系置于和西方、当代研究共同的理论系统之中，是非常必要的。就整体框架的设置而言，美国当代学者艾布拉姆斯在《镜与灯——浪漫主义文论及批

---

① 钱谷融：《文艺创作的生命与动力》，《钱谷融文集》第一卷，上海人民出版社2013年版，第78页。

② ［美］雷·韦勒克、奥·沃伦：《文学理论》，生活·读书·新知三联书店1984年版，第6页。

评传统》中所提的艺术四要素理论尤具建设性：

> 每一件艺术品总要涉及四个要点，几乎所有力求周密的理论总会在大体上对这四个要素加以区辨，使人一目了然。第一个要素是作品，即艺术产品本身。由于作品是人为的产品，所以第二个共同要素便是生产者，即艺术家。第三，一般认为作品总得有一个直接或间接地导源于现实事物的主题——总会涉及、表现、反映某种客观状态或者与此有关的东西。这第三个要素便可以认为是由人物和行动、思想和情感、物质和事件或者超越感觉的本质所构成，常常用"自然"这个通用词来表示，我们却不妨换用一个含义更广的中性词——世界。最后一个要素是欣赏者，即听众、观众、读者。作品为他们而写，或至少会引起他们的关注。①

这一理论将文学视为一个完整的活动过程，涵盖了文学活动中的基本要素。基于此体系对情文关系展开研究，较之笼统概括会更全面细致。结合中国古代文学和文论的具体情况，最为主要的是三个基本问题：文学和情感的源泉；文学和情感的雅俗与真正；情文关系中的言象意。

（一）文学和情感的源泉

在艾布拉姆斯设置的由作品、艺术家、世界和欣赏者构成的系统中，首先是世界和作品、艺术家的关系，这里面涉及许多具体问题，文学和情感的源泉问题就是其中之一。对于这个问题，中国学界已有充分研讨并得出了公认的结论。

毛泽东 1942 年 5 月在《在延安文艺座谈会上的讲话》中指出："一切种类的文学艺术的源泉究竟是从何而来的呢？作为观念形态的文艺作品，都是一定的社会生活在人类头脑中的反映的产物。革命的文艺，则是人民生活在革命作家头脑中的反映的产物。人民生活中本来存在着文学艺术原料的矿藏，这是自然形态的东西，是粗糙的东西，但也是最生动、最丰富、最基本的东西；在这点上说，它们使一切文学艺术相形见绌，它们是一切文学艺术的取之不尽、用之不竭的唯一的源泉。这是唯一的源泉，因

---

① ［美］M. H. 艾布拉姆斯：《镜与灯——浪漫主义文论及批评传统》，北京大学出版社 1989 年版，第 5 页。

为只能有这样的源泉，此外不能有第二个源泉。"此说被学界广泛接受。20 世纪六七十年代流传最广的几部教材都持此种论断。以群主编的《文学的基本原理》指出："社会生活是文学创作唯一的源泉。"蔡仪主编的《文学概论》指出："没有社会生活，也就不能有文学。因此文学只有来源于社会生活，社会生活是文学的唯一源泉。这就是肯定客观现实的社会生活是第一义的，而作为意识形态的文学是第二义的。这是唯物主义的论断。"此后的文学理论教材也是沿承这一观点，将之视为马克思主义反映论在文学问题上的运用。

改革开放之后，主要在 20 世纪 80 年代，围绕毛泽东"唯一源泉"的论断出现一些新的研究。有学者注意到后来传播中和毛泽东表述的一些差异，主要有两点：一是将文学艺术替换为文艺创作，"社会生活是文艺创作的唯一的源泉"这一命题是不精确、不科学的，和毛泽东所说的"社会生活是文学艺术的唯一的源泉"是性质不同、概念不同的两回事。二是将社会生活狭义地理解为现实生活，如《辞海》中《文学分册》的解释，认为文学创作必须以现实生活为唯一的源泉；蔡仪主编的《文学概论》也认为："文学工作者要创造文学作品，就只有从社会生活中，而不能从别的方面去取得文艺创作的源泉。然而有些文学工作者为要创造出好作品，却不是走向社会生活中去，而是钻进古典作品中去。"这位学者认为对于文学创作来说，不仅要深入生活，一定的创作技巧和知识也是需要的。①

还有学者认为作者的自我主体也是创作的来源，"看到构成文艺的主客观因素分别来源于文艺家的主观世界和客观社会生活，文艺这条大河由主客体两股泉水汇合而成，就完全可以了。而没有必要，也不应该像'唯一源泉'说那样，仅仅根据文艺家的主观意识要受社会生活的制约、影响这一点，即忽视以至舍弃文艺家的主观因素在构成文艺作品中的作用，简单地把文艺的源泉，统统归系到社会生活之上"②。此说发表后受到质疑，刘鸿庥撰文与其商榷，指出文艺家的主观世界和客观的社会生活不是并列

---

①　陈忠：《关于"社会生活是文学创作唯一的源泉"命题的探讨》，《文艺理论研究》1980 年第 3 期。对于此文所说文学创作也需要一定的创作技巧和知识，以群主编的《文学的基本原理》（1980 年修订版）在"文学来源于社会生活"一节也指出："文学创作是一种创造性的劳动，它既需要有丰富的社会生活经验，也需要有一定的艺术才能和艺术修养。"

②　钱念孙：《文艺源泉构成因素新议》，《艺谭》1985 年第 3 期。

关系，认为二者都是源泉的认识是荒谬的，在文艺思想史上并不鲜见，历来的主观唯心主义者都把艺术主体主观的思想感情看成文学艺术的唯一源泉；如果将"社会生活是文学艺术的唯一源泉"的提法改为"社会生活是文艺的最后源泉"，可以既保留其精髓，又能在社会生活与文学艺术中间的中介层次上突出艺术主体的巨大动力作用。①

这种观点并不是个别现象。1987 年 1 月 17 日，《文艺报》刊发了《与莫言一席谈》（下），其中记者问道：为什么有些作家写战争挺吃力，而你没有经历过战争，却能轻松地写战争？莫言回答说："他们是为了再现人民战争的壮丽画卷。我觉得写战争不必非要写真实的战争过程，那是拼战争史料。我根本不是写历史，只是把我自己的感情找个寄托的地方。……干嘛非要熟悉当时的环境？按你心中的战争去写就行了。"记者说，有人认为你这样写看不出清晰的历史轮廓。莫言回答："我就要达到这个目的，反映人类的某种生存状态，哪怕是地球上过去和现在从来没人那样生存过，那更好，那才是创造，才是贡献。"

针对上面所说自我主体也是创作来源的观点和莫言的访谈，有学者提出了批评意见："如果认为'主观意识'也是源泉，那么实际上也就是认为作家的创作可以离开社会生活，可以单凭作家的'主观意识'进行创作，其结果岂不同样会走到主观唯心主义的路上去？""莫言这几段话说得很清楚，他认为创作完全可以脱离生活，完全可以凭主观臆想去创造；而他所追求的艺术境界，就是那种原始的神秘感，以及地球上从来没有过的那种东西。"②

西方在这个问题上也有不少争议。歌德认为文学源自现实生活，"现实生活必须既提供诗的机缘，又提供诗的材料。……我的全部诗都是应景即兴的诗，来自现实生活，从现实生活中获得坚实的基础"（《歌德谈话录》）。认为文学源自个人情感的言论也很多。英国浪漫主义诗人华兹华斯写作的《抒情歌谣集》1800 年版序言，被认为是西方浪漫主义文学思潮的一个理论宣言。在序言中他这样说："诗是强烈情感的自然流露。它起

---

① 刘鸿庥：《关于文艺源泉问题的思考——兼与钱念孙同志商榷》，《毛泽东文艺思想研究》第五辑暨全国毛泽东文艺思想研究会论文汇编（1985 年）。肖燕整理的《关于文艺观念问题的讨论》（《文艺理论与批评》1986 年第 2 期）比较全面地介绍了这一时期关于文艺本质、特征、规律、源泉等问题的讨论。

② 闵开德：《坚持和完善生活是文学的源泉的学说》，《北京大学学报》1988 年第 3 期。

源于在平静中回忆起来的情感。"罗马尼亚学者利·卢苏《论艺术创作·艺术创作的特殊源泉》认为"艺术创作是心灵对只能由创作努力来解决的失调问题所采取的总态度",外部世界是艺术创作不可或缺的决定因素。①

在这个问题上,中国古代文论有比较清晰的论述可作参照。概括来说,就是"外师造化,中得心源"(《历代名画记》),触物(景)生情而由情生文。

中国古人很早就认识到情并不是先天具有的,"感物而动,谓之情也"(《周易》正义),以感物作为文学产生的动因。②《礼记·乐记》:"人心之动,物使之然也",这是较早的客观的感物说。此说在魏晋南北朝时期走向成熟。陆机《文赋》:"遵四时以叹逝,瞻万物而思纷";钟嵘《诗品序》:"气之动物,物之感人,故摇荡性情,形诸舞咏";孙绰《三月三日兰亭诗序》:"情因所习而迁移,物触所遇而兴感";刘勰《文心雕龙》:"人禀七情,应物斯感,感物吟志,莫非自然","情以物迁,辞以情发","情往似赠,兴来如答"等,都是对这一问题的表述。此后学者们对这一问题继续阐发。像韩愈《原性》:"情也者,接于物而生也。"朱熹在《诗集传序》中指出:"或有问于余曰:'诗何为而作也?'余应之曰:'人生而静,天之性也;感于物而动,性之欲也。夫既有欲矣,则不能无思;既有思矣,则不能无言;既有言矣,则言之所不能尽,而发于咨嗟咏叹之余者,必有自然之音响节奏而不能已焉。此诗之所以作也。'"

情感来自社会生活,却不是被动地接受,中国古人更强调主客两方的相互交融。王国维在《人间词话》中这样阐释外物和心灵的关系:"诗人必有轻视外物之意,故能以奴仆命风月。又必有重视外物之意,故能与花鸟共忧乐",又指出:"一切景语皆情语也"。在强调主客两方交融的过程中,"兴"的独特性就呈现出来。"自古工诗者,未尝无兴也。观物有感焉,则有兴。"(葛立方《韵语阳秋》)古人很早就认识到兴的重要性,孔子以"兴观群怨"来论述诗歌的功能特点,将兴置于四者之首。

---

①　《马克思主义文艺理论研究》编辑部编选:《美学文艺学方法论》(上),文化艺术出版社1985年版,第272—285页。

②　所谓物,是事、物的统称,既包括自然现象,也包括社会生活。《孟子》赵岐注:"物,事也。"白居易:"大凡人之感于事,则必动于情,然后兴于嗟叹,发于吟咏,而形于歌诗矣"(《策林》六十九),欧阳修:"诗之作也,触事感物,文之以言"(《诗本义·本末论》)等,这些表述就体现了这一点。因此,感物和观物侧重有所不同,但也不是截然为二事。

感物和兴会是分不开的。① 所谓兴会，就是情兴所会。刘勰对于兴会有细致的论述："兴者，起也"（《比兴》）；"是以诗人感物，联类不穷；流连万象之际，沉吟视听之区；写气图貌，既随物以宛转；属采附声，亦与心而徘徊"（《物色》）；"原夫登高之旨，盖睹物兴情，情以物兴，故义必明雅；物以情观，故词必巧丽"（《诠赋》）。这是刘勰在理论上对由现实生发出情感继而进行创作这一过程的阐发。宋代杨万里以自己的创作经验对此进行了验证："我初无意于作是诗，而是物是事适然触乎我，我之意亦适然感乎是物是事，触先焉，感随焉，而是诗出焉。我何与哉？天也，斯之谓兴。"（《诚斋集》卷六十七《答健康府大军库监门徐达书》）

在中国古代，类似的阐发还有很多，以两则与画竹有关的诗文为例。苏轼《书晁补之所藏与可画竹三首》之一曰："与可画竹时，见竹不见人。岂独不见人，嗒然遗其身。其身与竹化，无穷出清新。庄周世无有，谁知此凝神。"郑板桥《题画》："江馆清秋，晨起看竹，烟光、日影、露气，皆浮动于疏枝密叶之间。胸中勃勃，遂有画意。其实胸中之竹，并不是眼中之竹也。因而磨墨展纸，落笔倏作变相，手中之竹又不是胸中之竹也。"虽然同样是画竹，与可画竹体现的是体物而化，物我冥合，后者强调的是手中之竹、眼中之竹和胸中之竹的异同。虽然都能体现作家的创作源自现实生活，但是又千差万别，值得深入和细致地加以探讨。

中国古代文论中的感物和兴会都强调了当下、此在的自然外物和社会生活对创作的作用，这种作用并不是直接的，是外界事物触发作者的情感然后激发创作。清初的叶燮不仅认识到这一点，指出："原夫作诗者之肇端而有事乎此也，必先有所触以兴起其意，而后措诸辞，属为句，敷之而成章"，还进一步指出作者主体要具有一定的创作条件，"作诗者亦必先有诗之基焉：诗之基，其人之胸襟是也；有胸襟，然后能载其性情智慧聪明才辨以出"（《原诗》）。清代施补华《岘佣说诗》曾分析不同作者对于同一事物反应的差异："同一《咏蝉》，虞世南'居高声自远，非是藉秋风'是清华人语；骆宾王'露重飞难进，风多响易沉'是患难人语；李商隐

---

① 兴会概念形成于魏晋南北朝时期。《宋书·谢灵运传论》："爰逮宋氏，颜、谢腾声，灵运之兴会标举，延年之体裁明密，并方轨前秀，垂范后昆。"李善注："兴会，情兴所会也。"颜之推《颜氏家训·文章》也有："文章之体，标举兴会，发引性灵。"兴会研究在历史上不绝如缕，比较有代表性的如清代王士祯的观点："夫诗之道，有根柢焉，有兴会焉，二者率不可得兼。镜中之象，水中之月，相中之色，羚羊挂角，无迹可求，此兴会也。……根柢原于学问，兴会发于性情。"（《突星阁诗集序》）

'本以高难饱，徒劳恨费声'是牢骚人语。"其比兴不同也如此。

相较于西方的模拟说和表现说，中国古代文论家注意到文学根源于现实，同时对于作者主体提出一定要求，对情感的能动反应和表现有充分关注，对于当代文论建设是重要的理论资源。

（二）文学和情感的雅俗与真正

无论是艾布拉姆斯的四要素论，还是其他的文论体系，作者和作品之间的关系都是最为核心的内容。就中国古代文论而言，首先是文学的雅俗和情感的真正关系问题。

文学的雅俗问题包括两个方面，一是风雅两种诗歌传统，二是雅俗两种文学。两者相通，又各有特点，后者的外延更大，前者则具有自己的特殊性，因此不能混为一谈。

就风雅传统来说，雅颂相通①，和国风有明显的区别。朱熹在《诗集传序》中对此有经典的论述：

> 凡诗之所谓风者，多出于里巷歌谣之作，所谓男女相与咏歌，各言其情者也。惟《周南》《召南》亲被文王之化以成德，而人皆有以得其性情之正。故其发于言者，乐而不过于淫，哀而不及于伤，是以二篇独为风诗之正经。自邶而下，则其国之治乱不同，人之贤否亦异。其所感而发者，有邪正是非之不齐，而所谓先王之风者，于此焉变矣。若夫雅颂之篇，则皆成周之世，朝廷郊庙乐歌之词，其语和而庄，其义宽而密，其作者往往圣人之徒，固所以为万世法程而不可易者也。至于雅之变者，亦皆一时贤人君子，闵时病俗之所为，而圣人取之，其忠厚恻怛之心，陈善闭邪之意，尤非后世能言之士所能及之。此诗之为经，所以人事浃于下，天道备于上，而无一理之不具也。

这段话上承《毛诗序》"雅者，正也"等说，被后世广为接受。明代许学夷："风者，王畿列国之诗，美刺风化者也。雅颂者，朝廷宗庙之诗，推原王业、形容盛德者也。故风则比兴为多，雅颂则赋体为众；风则微婉

────────────────

① 刘熙载《艺概》："颂固以美盛德之形容，然必原其所以至之之由，以寓劝勉后人之意，则义亦通于雅矣。"

而自然，雅颂则齐庄而严密；风则专发乎性情，而雅颂则兼主乎义理；此诗之源也。"（《诗源辩体》卷一）当代学者郭绍虞亦指出："风人云者，谓其体从民歌中来。"①

风雅传统并存，同时也始终存在着将国风传统加以雅化的情况。《毛诗序》在这个过程中发挥了重要作用。它对风的阐释是："风，风也，教也；风以动之，教以化之"；"上以风化下，下以风刺上，主文而谲谏，言之者无罪，闻之者足以戒，故曰风"。经过正统文论家的包装，来自民间的国风被雅化和经典化，失去了它本来的面目。

雅俗文学和风雅传统相比，雅文学和雅传统是一体的，都出自上层贵族，是他们的思想趣味的体现；国风传统和俗文学也血脉相通，都出自下层民众，国风作为"经"的一部分存在被雅化、严重曲解等情况，俗文学也有雅化的情况，但整体上保持了世俗性和民间性的本色，自身处在不断发展变化的状态，为文学注入了新的活力。刘勰《文心雕龙·通变》篇指出："斯斟酌乎质文之间，而隐括乎雅俗之际，可与言通变矣"，对此在理论上予以了阐释。唐代传奇兴起，更多现实内容进入诗文创作，王夫之认为："青莲、少陵是古今雅俗一大分界。假青莲以入古，如乘云气渐与天亲。循少陵以入俗，如瞿塘放舟，顷刻百里，欲挽柂维樯更不得也"（《明诗评选》卷二论顾开雍《游天台歌》）。明代李梦阳甚至说："真诗乃在民间。"（《诗集自序》）

从关于文学雅俗的论述可以看出，它和情感密不可分。刘勰《文心雕龙·定势》说："情交而雅俗异势"，王夫之也指出："关情是雅俗鸿沟，不关情者貌雅必俗。"（《明诗评选》卷六评王世懋《横塘春泛》）相较而言，俗文学更体现性情之真，雅文学更体现性情之正。

中国以注重诗教的正统文论观为主流，因此追求雅正、以正律真的理论极多。无论是"诗言志"、"思无邪"，还是"温柔敦厚"，"发乎情，止乎礼义"，无不以雅正为旨归。从理论上说，以性情之正律性情之真存在其合理性。孔颖达和黄宗羲对此有经典论述。孔颖达在《毛诗正义》中说："一人者，作诗之人，其作诗者道己一人之心耳。要所言一人之心乃是一国之心。诗人览一国之意以为己心，故一国之事系此一人使言之也。但所言者，直是诸侯之政，行风化于一国，故谓之风，以其狭故也。言天

---

①　郭绍虞：《沧浪诗话校释》，人民文学出版社 1983 年版，第 101 页。

下之事，亦谓一人言之。诗人总天下之心，四方风俗以为己意而咏歌王政，故作诗道说天下之事，发见四方之风。所言者，乃是天子之政，施齐正于天下，故谓之雅，以其广故也。"黄宗羲《马雪航诗序》也指出："诗以道性情，夫人而能言之。然自古以来，诗之美者多矣，而知性者何其少也。盖有一时之性情，有万古之性情。夫吴歈越唱，怨女逐臣，触景感物，言乎其所不得不言，此一时之性情也。孔子删之以合乎兴观群怨、思无邪之旨，此万古之性情也。"

对于孔颖达之说，徐复观认为体现了个人的个性和社会性的统一，"诗人先经历了一个把'一国之意'，'天下之心'，内在化而形成自己的心，形成自己个性的历程，于是诗人的心，诗人的个性，不是以个人为中心的心，不是纯主观的个性；而是经过提炼升华后的社会的心，是先由客观转为主观，因而在主观中蕴蓄着客观的，主客合一的个性"①。孔颖达之说在横向上强调了人和社会的统一，黄宗羲的说法则是纵向上突出了人和群体的统一，本质上是一致的。

相似论述中外都有很多。中国如梁启超指出："艺术的权威，是把那霎时间便过去的情感，捉住他令他随时可以再现；是把艺术家自己'个性'的情感，打进别人们的'情阈'里头，在若干期间内占领'他心'的位置。"② 西方如荣格指出："艺术作品的本质在于它超越了个人生活领域，而以艺术家的心灵向全人类的心灵说话。"③ 美国学者苏珊·朗格的论述也很具代表性，她也认为文学作品应该表现人类的情感，"一件艺术品就是一件表现性的形式，这种创造出来的形式是供我们的感官去知觉或供我们想象的，而它所表现的东西就是人类的情感。当然，这里所说的情感是指广义上的情感"④。

---

① 《传统的文学思想中诗的个性与社会性问题》，《徐复观文集》第二卷，湖北人民出版社2002年版，第379页。黄海澄对此有细致的阐发：（艺术家）"既是一个单个的人，又属于一定的社会群体。作为一个单个的人，他有自己不同于其他人的独特的个性。作为不同层次的各社会群体（阶级、民族乃至全人类）中的一员，他又有群体普遍性。……艺术家作为价值主体，绝不会是只关心个人利益和需要的渺小的人物，这类渺小人物成不了艺术家。艺术家作为价值主体毋宁说是阶级、民族乃至全人类这些大的群体的代表。当人民大众受难时，他似乎在代表人民大众受难；当人民大众欢乐时，也似乎集人民大众的欢乐于一身。"（《艺术的哲学》，广西教育出版社1995年版，第136页）

② 《梁启超学术论著集·文学卷》，华东师范大学出版社1998年版，第172—173页。

③ ［瑞士］荣格：《心理学与文学》，生活·读书·新知三联书店1987年版，第140页。

④ ［美］苏珊·朗格：《艺术问题》，中国社会科学出版社1983年版，第13—14页。

在文学史上，情感真、正之间的冲突也是常有的现象，最常见的两种态度是求真反正和求正抑真。前者以明代李贽为代表，"自然发于情性，则自然止乎礼义，非情性之外复有礼义可止也。惟矫强乃失之"（《焚书·读律肤说》），看似追求真和正合一，即情性和礼义合一，实际上是以情性取代了礼义。至于求正抑真，在中国古代正统文论中极为普遍，汉儒以后妃之德来解释关关雎鸠，朱熹对思无邪的阐发等，可谓不胜枚举。

就中国古代文学发展来说，雅俗两种文学并存，有对立，也有交融。① 雅的传统和文学作为统治阶层在思想和文化上的体现，在理论和实践中具有一定的虚伪性和欺骗性，文学和情感上的近俗和求真就是对此种情况的一种反抗，具有积极的意义。除去这种因素，客观来说，在文学活动中以雅正规范真俗，真、正合一，雅俗共赏，是符合社会和文学发展的客观规律的。

（三）情文关系中的言象意

从文学活动过程提取的第三个带有整体性的大问题是言象意三者的关系。清代刘熙载说："作者情生文，斯读者文生情"（《艺概·文概》），其实就是对创作和阅读过程的一个概括。至于作者如何情生文，读者又如何文生情，列夫·托尔斯泰的阐释可以回答这个问题："人们用语言互相传达自己的思想，而人们用艺术互相传达自己的感情"，（艺术家）"在自己心里唤起曾经一度体验过的感情，在唤起这种感情之后，用动作、线条、色彩、声音，以及言词所表达的形象来传达出这种感情，使别人也能体验到这同样的感情——这就是艺术活动。"（《艺术论》）苏珊·朗格的说法近似："一切艺术都是创造出来的表现人类情感的知觉形式"；"艺术品是将情感（指广义的情感，亦即人所能感受到的一切）呈现出来供人观赏的，是由情感转化成的可见的或可听的形式。它是运用符号的方式把情感转变成诉诸人的知觉的东西，而不是一种症兆性的东西或是一种诉诸推理能力的东西"。②

刘熙载的表述只有情和文，托尔斯泰在情文之外增加了动作、线条、色彩、声音等，苏珊·朗格强调了符号的方式和"由情感转化成的可见的

---

① 徐渭《又题昆仑奴杂剧后》："语入要紧处，不可着一毫脂粉，越俗越家常，越警醒。……点铁成金者，越俗越雅，越淡薄越滋味，越不扭捏动人越自动人。"（《徐渭集》，中华书局1983年版，第1093页）

② ［美］苏珊·朗格：《艺术问题》，中国社会科学出版社1983年版，第75、24页。

或可听的形式"。说法不同，实质相近，他们都是在论述作为过程的文学活动，其核心就是言象意三者之间的关系，"意以象尽，象以言著"，情感则渗透和贯穿于整个活动过程。

在中国古代，言和意的关系很早就受到关注。庄子对此有较多的论述，如"世之所贵道者书也，书不过语，语有贵也。语之所贵者意也，意有所随。意之所随者，不可以言传也，而世因贵言传书。世虽贵之哉，犹不足贵也，为其贵非其贵也"（《庄子·天道》）；"可以言论者，物之粗也；可以意致者，物之精也；言之所不能论，意之所不能察致者，不期精粗焉"（《庄子·秋水》）；"筌者所以在鱼，得鱼而忘筌；蹄者所以在兔，得兔而忘蹄；言者所以在意，得意而忘言"（《庄子·外物》）。

在言和意之中，庄子更强调意，有将言和意对立的意思。《周易》对于言意的关系有重要推动作用，它增加了象作为沟通言和意的桥梁。《系辞》说："子曰：书不尽言，言不尽意。然则圣人之意，其不可见乎？子曰：圣人立象以尽意，设卦以尽情伪，系辞焉以尽其言。"经过《周易》的发展，原本对立的言和意再加上象，三者密不可分，共同构成了完整的文学世界。

其后，魏晋时期著名的玄学家王弼对言象意做出了极为经典的阐释。《周易略例·明象》：

> 夫象者，出意者也。言者，明象者也。尽意莫若象，尽象莫若言。言生于象，故可寻言以观象；象生于意，故可寻象以观意。意以象尽，象以言著。故言者所以明象，得象而忘言；象者所以存意，得意而忘象。犹蹄者所以在兔，得兔而忘蹄；筌者所以在鱼，得鱼而忘筌也。然则，言者，象之蹄也；象者，意之筌也。是故存言者，非得象者也；存象者，非得意者也。象生于意而存象焉，则所存者乃非其象也；言生于象而存言焉，则所存者乃非其言也。然则，忘象者，乃得意者也。忘言者，乃得象者也。得意在忘象，得象在忘言。故立象以尽意，而象可忘也；重画以尽情，而画可忘也。

这段话在历史上广为人知，影响极大。陶渊明"此中有真意，欲辨已忘言"，说的就是得意忘言。此外还有得意忘象。北宋欧阳修说："古画画意不画形"，苏东坡："论画以形似，见与儿童邻；赋诗必此诗，定非知诗人", 表达的就是重意轻象。

后世对王弼的说法有异议的也有不少。北宋的理学家邵雍就提出反对意见, "有意必有言, 有言必有象, 有象必有数。数立则象生, 象生则言彰, 言彰则意显。象数则筌蹄也, 立意则鱼兔也。得鱼兔而忘筌蹄, 可也; 舍筌蹄而求鱼兔, 则未见其得也"(《观物外篇》)。明末清初的思想家王夫之也提出了批评, 主张言象意道的统一: "王弼曰:'筌非鱼, 蹄非兔'。愚哉其言之乎! 筌蹄一器也, 鱼兔一器也, 两器不相为通, 故可以相致而可以相舍。'形而上者谓之道, 形而下者谓之器', 统之乎一形, 非以相致而何容相舍乎?'得言忘象, 得意忘言', 以辨虞翻之固陋则可矣, 而于道则愈远矣。"(《周易外传》卷五)

意和象相合为意象, 最早见于《文心雕龙·神思》: "窥意象而运斤", 被视为神与物游过程中创作构象活动。关于意象的论述极多, 至今都是古代文论研究的重要内容。

无论是文学中的言、象还是意, 情感都是内蕴其中的。卡西尔在《人论》中说: "语言最初并不是表达思想或观念, 而是表达情感和爱慕的。"① 卡西尔还引用了文德瑞耶斯的观点: "言语的节奏和节拍、重音、强调、旋律不可避免并且准确无误地反映着我们的个人生活, 反映着我们的情感、我们的感情和兴趣。"②

对于情感和意象的关系, 中国古人有很多论述, 如"意以达其情"(高启《凫藻集·独庵集序》), "意依情生, 情厚则意与俱厚"(厉志《白华山人诗说》卷二); "情立则意立, 意者志之所寄, 而情流行其中"(朱庭珍《筱园诗话》卷四)。当代美学家朱光潜对此的看法是: "'意'是情感饱和的思想"; "中国古诗大半是情趣富于意象。诗艺的演进可以从多方面看, 如果从情趣与意象的配合看, 中国古诗的演进可以分为三个步骤: 首先是情趣逐渐征服意象, 中间是征服的完成, 后来意象蔚起, 几成一种独立自足的境界, 自引起一种情趣。第一步是因情生景或因情生文; 第二步是情景吻合, 情文并茂; 第三步是即景生情或因文生情"。③

情感和言象意之间的关系比较复杂。言是有形的, 象有有形和无形,

---

① ［德］恩斯特·卡西尔:《人论》, 甘阳译, 上海译文出版社 1985 年版, 第 34 页。

② ［德］恩斯特·卡西尔:《语言与神话》, 于晓等译, 生活·读书·新知三联书店 1988 年版, 第 170 页。

③ 《朱光潜美学文集》第二卷, 上海文艺出版社 1982 年版, 第 310、70 页。

情意则无形，因此情感和言象意之间的关系不可避免地涉及虚实理论，并逐渐发展出意境论。唐代皎然《诗式·重意》指出："两重意已上，皆文外之旨。若遇高手，如康乐公，览而察之，但见情性，不睹文字，盖诣道之极也。"刘禹锡提出了"境生象外"说："诗者，其文章之蕴邪！义得而言丧，故微而难能；境生于象外，故精而寡和。"（《董氏武陵集序》）意境理论在后世发展成为中国古代文论最重要和有特色的内容之一。清末林纾《应知八则·意境》甚至称："意境者，文之母也，一切奇正之格，皆出于是间。不讲意境，是自塞其途，终身无进道之日矣。"追溯意境说的源头，则必然从情文关系入手。

情感和语言之间的关系，中外学者都有诸多论述。就意象而言，苏珊·朗格指出："当它呈现出来纯粹诉诸人的视觉即作为纯粹的视觉形式而与实物没有实际的或局部的关联时，它就变成了意象。如果我们完全看作直观物，我们就从它的物质存在抽取了它的表象。以这种方式所观察到的东西，也即成了纯粹的直观物———一种形式，即一种意象。"①美国诗人庞德则认为："一个意象是在瞬间里呈现出的一个理性和感情的复合体。"②

艾布拉姆斯四要素说中最突出的是以作品为中心的多种关系。上面所列的三个主要问题，就是基于多种关系构成的整体而言的，适用于其中所有的关系。如果将情文关系依据四要素中的各个关系逐一展开，那么还有诸多其他问题，如文学中的情感和理性、情感和虚构、虚静和激情、情感与其表现形式等。有的问题和本书主旨有关，会在后面一些章节中涉及，其他就不再予以展开。

二　中国情文关系的演变

清代叶燮曾以"地之生木"描述中国诗歌的发展："《三百篇》，则其根；苏李诗，则其萌芽由蘖；建安诗，则生长至于拱把；六朝诗，则有枝叶；唐诗，则枝叶垂荫；宋诗则能开花，而木之能事方毕。自宋以后之诗，不过花开而谢，花谢而复开。其节次虽层层积累，变换而出；而必不能不从根柢而生者也。"（《原诗·内篇下》）虽然叶燮关于宋及以后诗歌

---

① ［美］苏珊·朗格：《情感与形式》，刘大基等译，中国社会科学出版社1986年版，第57页。
② 黄晋凯等主编：《象征主义、意象派》，中国人民大学出版社1989年版，第135页。

的评价过于主观，但是以生木为喻，极为形象地展现了古代诗歌的发展。情文关系的演变也是这样，经历了一个渐进发展的过程。

在中国，对情文关系的阐发是和文学研究相始终的。迄今为止，它经历了不同的发展阶段：先秦两汉时期，文学观念由萌芽逐渐发展为成型的理论，初步形成了情文研究的理论边界；魏晋南北朝，理论大发展，出现了《文赋》、《文心雕龙》、《诗品》这样的经典著作，情文关系的研究达到了空前的高度；唐代是诗文创作的高峰，对文学审美特性的研究有较大推进，宋代则在创作和理论上呈现出不同于唐代的发展，突出了理对情和文的制约；此后，元代相对平淡，明清则在情文关系方面突飞猛进，其中乾嘉时期呈现出理论总结的特点；晚清民国是情文关系发展的新阶段，当代则出现了众声喧哗、莫衷一是的局面。情文关系发展的每一个时期都有它的独特性，将诗文理论和创作结合起来，尊重它的特点，总结其规律，对于发展古代文论、建设当代文论都是有意义的。

先秦两汉时期作为文学和理论发展的最初阶段，经历了由萌芽到定型的发展过程。就情文关系而言，被认为是中国诗论"开山的纲领"的"诗言志"就是对情文关系的最早论述。[①] 志从心，汉代赵岐《孟子·公孙丑》注解"志"为"心所念虑"，郑玄注解《礼记·学记》"志"为"心意所趣向"。志离不开情，"在己为情，情动为志，情志一也"（孔颖达）[②]。"诗言志"不是凭空出现的，往往是外感于物而言志，因此物感说也是很重要的一个部分。此外，《尚书》中对"志"在内表达情感的阐释也不可忽视。《尚书·召诰》明确提出"节性"思想，只有将其和"诗言志"结

---

① "诗言志"多认为出自《尚书·尧典》。类似表述还有：《左传》襄公二十七年赵文子对叔向说的"诗以言志"，《庄子·天下》中的"诗以道志"，《荀子·儒效》中"诗言是其志也"等。对于"诗言志"出自何时，陈良运《中国诗学体系论》（中国社会科学出版社 1992 年版）认为"诗言志"出自舜之口，是汉代确定下来的，对此应予以坚决否定：从文字学角度看，甲骨文和金文中都没有"诗"、"志"，《诗经》也没有出现"志"，说明两字出现较晚，不仅舜不会说出"诗言志"，就是孔子也没有"诗言志"的概念，《论语》等书都没有提到。本书认为，即使《尧典》中"诗言志"出现得比较晚，但是《左传·襄公二十七年》中也出现了"诗以言志"，这说明"诗言志"最晚在春秋中后期已经出现。

② 徐复观："大家公认最早说明诗之来源的'诗言志'（《尚书·舜典》）的'志'，乃是以感情为基底的志，而非普通所说的意志的'志'。普通所说的意志的'志'，可以发而为行为，并不一定发而为诗；发而为诗的志，乃是由喜怒哀乐爱恶欲的七情，蓄积于衷，自然要求以一发为快的情的动向。情才是诗的真正来源，才是诗的真正血脉。"（《中国文学精神》，上海书店出版社 2006 年版，第 26 页）

合起来，大概才能完整地体现这一时期对情文关系的理解。① "诗言志"
作为情文关系最早的经典表述，对后世的文学创作和文艺思想具有不可替
代的巨大作用。"节性"是中国人性论的开端，为"诗言志"进行了最初
的规范和限定。"诗言志"的内涵随时代发展而不断变化，但是总体上它
体现了这样一个观点：中国是将文学作为人的心灵的表现来看待的②，这
种传统始终存在于文学创作和理论研究中。这也是情文关系在中国古代文
论史上占据核心地位的重要原因，和西方柏拉图将文学艺术视为"影子的
影子"、亚里士多德把文艺视为现实的再现是完全不同的情况。

　　"诗言志"的志兼有情志，此后情文关系的发展走上了重情和重志两
种不同的道路。

　　孔子作为中国文论史上第一位文论家，他将情感作为哲学问题看待，
强调共同情感，在情感的基础上讲仁和礼，论述文学也是如此，提出兴观
群怨、尽善尽美等理论。孔子文艺思想的核心是诗教，强调文学对于政治
教化的作用，在这方面提出不少观点，指出"兴于诗，立于礼，成于乐"
（《论语·泰伯》），要求"思无邪"（《论语·为政》），倡导"乐而不淫，
哀而不伤"（《论语·八佾》）的中和之美等。孔子提出的"思无邪"和
"克己复礼"，可以视为对"诗言志"和"节性"思想的一种发展。

　　孔子思想的继承者孟子提出了知人论世、以意逆志、知言养气等观点。
"恻隐之心，人皆有之；羞恶之心，人皆有之；恭敬之心，人皆有之；是非
之心，人皆有之。恻隐之心，仁也；羞恶之心，义也；恭敬之心，礼也；是
非之心，智也。仁义礼智非由外铄我也，我固有之也"（《孟子·告子上》），
将人的自然情感作为建立道德的前提，将情作为礼存在的内在根据。当代发
现的郭店楚简也有类似语言："礼因人之情而为之"（《语丛一》），"情生于
性，礼生于情"（《语丛二》），"凡人情为可悦也。苟以其情，虽过不恶；不

---

　　① "情"在《尚书》中仅出现一次，"民情大可见，小人难保"（《康诰》）。出现"节性"
的《召诰》和《康诰》、《大诰》被认为基本可确定是西周初年的命书。伪古文相关思想还有：
"我闻曰：世禄之家，鲜克由礼。以荡陵德，实悖天道，敝化奢丽，万世同流。兹殷庶士，席宠
惟旧，怙侈灭义，服美于人，骄淫矜侉，将由恶终。虽收放心，闲之惟艰"（《尚书·毕命》）；
"欲败度，纵败礼"（《尚书·太甲中》）等。

　　② 徐复观《〈文心雕龙〉的文体论》："《尚书·尧典》已谓'诗言志'，扬雄《法言·问
神》篇更明谓'故言，心声也'；书，心画也'。把文学直接溯源于人之心，而又很早通过诗的比、
兴以使心融和于自然，于是中国的文学，很早便认为是心物交融的结晶，而文体正成立于心物交
融的文学之上。"（《中国文学精神》，上海书店出版社 2006 年版，第 207 页）

以其情，虽难不贵。苟有其情，虽未之为，斯人信之矣"（《性自命出》）。

儒家思想的另一位代表人物荀子突出了言志和明道的关系，以道作为文学在内的一切言论行为的准则，"辨说也者，心之象道也。心也者，道之工宰也。道也者，治之经理也。心合于道，说合于心，辞合于说，正名而期，质请而喻"（《荀子·正名》）。荀子特别论述了情和礼之间比较紧张的关系，"故顺情性则不辞让矣，辞让则悖于情性矣"（《荀子·性恶》）。如果说"节性"和"克己复礼"对于"诗言志"、"思无邪"还只是大体而模糊的一种制约，荀子这里就非常明确了，他提出要"以道制欲"（《乐论》），"诗者，中声之所止也"（《劝学》），"故至备，情文俱尽；其次，情文代胜；其下，复情以归大一也"（《礼论》）。

孔孟代表的儒家思想是立足社会，将自然纳入社会之中对情文关系进行阐发，老子、庄子代表的道家思想则是立足自然，将社会纳入自然之中表达自己的观点。因此，道家文艺思想和儒家有着诸多的不同，但却可以和它并驾齐驱，长期共存于中国思想文化之中。老子提出大象无形、道法自然、涤除玄览等说，庄子对贵真、虚静、心斋、言意的论述，对后世情文关系的发展都有极大的影响。余英时说："我想强调，道家的突破的最重要的历史意义，就在于这样一个事实：由于有形而上之道存在的'超越之境'，道家哲学给中国人的精神性提供了一个'真实的'世界，这个世界的最主要特征是自由与自足。因此，对于儒家主要是入世的道的学说来说，它就成为极好的平衡。"（《哲学的突破与中国人的心灵》）在情文关系中，道家和儒家彼此平衡，成为重要的思想和理论来源。

这一时期还出现了"诗言志"的一种特殊形态的萌芽，那就是"发愤以抒情"（屈原《楚辞》）。愤是一种极为强烈的情绪，中外作家都将愤作为重要的创作内驱力。李白说："哀怨起骚人"（《古风》），马克思"愤怒出诗人"之说则在世界范围内广泛流传。[①] 就中国来说，"男女有所怨恨，相从而歌。饥者歌其食，劳者歌其事"（何休《春秋公羊传·宣公十五年》解诂），孔子很早就将之归纳为"诗可以怨"；屈原《楚辞·九

---

① 关于"愤怒出诗人"，古罗马诗人尤维纳利斯有诗句"愤怒出诗作"；后来马克思给恩格斯的信中改作"愤怒出诗人"。具体可参见陈福季《"愤怒出诗人"的出处》（《咬文嚼字》2009年第6期），陈力丹《马克思与"愤怒出诗人"》（《文艺研究》1984年第6期）。日本作家厨川白村《苦闷的象征·创作论》对此也有很好的论述："有如铁和石相击的地方就迸出火花，奔流给磐石挡住了的地方那飞沫就现出虹采一样，两种的力一冲突，于是美丽的灿烂的人生的万花镜，生活的种种相就展开来了。"（人民文学出版社1988年版，第7页）

章·惜诵》："惜诵以致愍兮，发愤以抒情"，则是对这类文学现象最早的理论表述。

汉代是中国古代文论的框架基本成型的时期，情文关系也是如此。汉武帝时定儒家于一尊，由《春秋繁露》和《白虎通义》确立的三纲五常，也为社会各种关系和行为进行了规定，整个社会的规则确立起来。文学方面，进一步强调政治教化的功能，形成了正统文艺思想，出现了"发乎情，止乎礼义"、"温柔敦厚"等经典论述。"发乎情"和"止乎礼义"分别是"诗言志"、"思无邪"和"节性"、"克己复礼"、"以道制欲"的进一步发展，明确以"发乎情"为创作核心，而以"止乎礼义"作为创作的限定，"温柔敦厚"则是"发乎情，止乎礼义"在创作上的体现。它们出现后即在中国长期成为创作和批评的主要标准。

"发乎情"和"止乎礼义"有统一，但是在实际发展中，"发乎情"和"止乎礼义"时常出现分离的状况。司马迁正式提出的"发愤著书"就是"发乎情"一脉中极为重要的一个发展。它上承《诗经》"心之忧矣，我歌且谣"（《魏风·园有桃》），孔子的诗可以怨，屈原的"发愤以抒情"，成为对这类文学现象正式的理论概括。对于屈原，司马迁予以了同情和理解，"屈平正道直行，竭忠尽智，以事其君，谗人间之，可谓穷矣。信而见疑，忠而被谤，能无怨乎？屈平之作《离骚》，盖自怨生也"，给予了"推此志也，虽与日月争光可也"的高度评价。在《报任少卿书》中又指出："盖文王拘而演《周易》……《诗》三百篇，大抵圣贤发愤之所为作也。此人皆意有所郁结，不得通其道，故述往事，思来者"，明确了此说与创作动机之间的关系。正因为司马迁提出的"发愤著书"偏重于"发乎情"，班固称他"是非颇谬于圣人"，其实就是在变相指责没有"止乎礼义"。可以说，从"发乎情，止乎礼义"提出，二者时而共存、时而背离的情况便始终存在于文学创作和理论之中，成为发展的两条脉络。

对于汉代情文关系的特点，钱志熙提出的"群体诗学"和"个体诗学"这一对诗学范畴可以用以概括。他指出："群体诗学以表现群体性的思想感情为其基本内涵。……人类诗学发展的基本规律是群体诗学早于个体诗学而成熟，在早期的诗歌发展史中主流是群体诗学，而汉代正处于这一发展趋势的终端。是中国古代群体诗学发展成熟并即将转入以个体诗学为主的阶段之前的一个时期。……与群体诗学相对的个体诗学，代表了诗学发展的更高的阶段。所谓个体诗学，即建立在独立的个体的基础上的一种个人的思想感情表达的行为。在这种创作活动中，诗歌被深深地打上个体的印痕，它不仅是完整意义上的自我抒发，而且是个体的创造意识、传播愿望都十分突出的一种行为，即通过诗而获得个人在艺术上的声誉包括诗歌史上的地位。……魏晋南北朝时代是我国古代个体诗学确立、发展的时期。……个体诗学的一个重要标志是诗歌为个人所有，诗人通过创作来显示自己的才华，杰出的诗人，还致力于艺术上的卓越建树，以使自己的作品垂之久远，从而通过艺术的创造，实现人生的价值。"钱志熙认为，"群体诗学"到汉代已经成熟，其标志即是"诗言志"说，这个"志""实际上是一种群体的抒情行为"，"个体诗学的最重要的机制，是促进诗歌语言艺术向最大的可能达致的高度发展"①。他的这一说法是符合实际的，前面情感的真和正部分内容可以与此相互照应。

　　魏晋南北朝是情文理论大发展的时期。它被认为进入了"文学的自觉时代"②，人的主体意识的觉醒推动了文的自觉，文学艺术摆脱经学的束缚走向独立③，创作上出现了大批优秀的作家作品，山水诗、田园诗等新的诗歌类型和流派出现。文学批评也空前繁荣，出现了陆机《文赋》、刘勰《文心雕龙》、钟嵘《诗品》等经典著作。这一时期情文关系的发展主要体现在三个方面：缘情说出现；言意象关系有了质变；《文心雕龙》对情文关系进行了总结。④

　　陆机《文赋》提出的"缘情"说和"诗言志"的关系，历来是文论研究的重点，许多学者将二者置于对立的关系。如果从情文关系角度来看，缘情绮靡和发愤著书一样，都是"发乎情"以及此后刘勰所说"为情造文"的特殊形态，是从"诗言志"这一根源生发出来的。也就是说，"缘情"说和"诗言志"二者是源流的关系。这一时期以"缘情而绮靡"为代表的理论对情和文的认识较之以前都有了质的飞跃。类似的论述还有一些，如挚虞《文章流别论》："情之发，因辞以形之"，（诗）"以情志为本"，"以情义为

　　① 钱志熙：《从群体诗学到个体诗学——前期诗史发展的一种基本规律》，《文学遗产》2005年第 2 期。

　　② 鲁迅在《魏晋风度及文章与药及酒之关系》中指出："曹丕的一个时代可说是'文学的自觉时代'。"此论断被学界多数人接受和认可。

　　③ 清人皮锡瑞《经学历史》指出："汉亡而经学衰。"（中华书局 1959 年版，第 141 页）

　　④ 文的概念在中国有一个从混沌含混到清晰专门的一个过程。在刘勰《文心雕龙》数百处"文"中，有由大及小的四个层次：道之文；人文；文章之文；文学之文。相关文章可参阅张少康《刘勰的文学观念——兼论所谓杂文学观念》，《北京大学学报》2000 年第 4 期。

主"。梁代沈约《宋书·谢灵运传论》指出的："以情纬文"，"文以情变"。萧绎《金楼子·立言》中提出的著名言论："至如'文'者，惟须绮縠纷披，宫徵靡曼，唇吻遒会，情灵摇荡。"这些论述不仅强调了情在文学创作中的重要性，还涉及了其变化和文学创作的复杂关系。

言意象之间的关系是中国情文理论的重要内容。王弼《周易略例·明象》指出"尽意莫若象，尽象莫若言"，钟嵘的"文已尽而意有余，兴也"，刘勰的"隐秀"等都是这一时期重要的理论观点。这一点在前面已经有所论述，这里就不再重复。

《文心雕龙》系统总结于前者，启源导流于后世，被认为是集大成之作。对于情文关系，《文心雕龙》也进行了理论总结和提升，内容主要包括三个方面。

第一，情文是自然生成的。"心生而言立，言立而文明，自然之道也"；"人文之源，肇自太极"（《原道》）[1]。文章生于自然，具体又有形文、声文、情文之别。[2]

第二，情文之中情为主导。"故情者文之经，辞者理之纬；经正而后纬成，理定而后辞畅，此立文之本源也"，"辩丽本于情性"，"文质附乎性情"（《情采》）。"必以情志为神明，事义为骨髓，辞采为肌肤，宫商为声气"（《附会》）。因为当时一味注重形式、追求辞藻之美的风气已显露其弊病，刘勰特别强调了情之于文的主导作用。

第三，物感生情发为辞章，以情来通道和文辞。刘勰指出，"情以物兴，故义必明雅；物以情观，故词必巧丽"（《诠赋》），"物色之动，心亦摇焉……情以物迁，辞以情发"（《物色》），阐发了由景物到情感到文辞的创作过程："是以陶钧文思，贵在虚静，疏瀹五藏，澡雪精神，积学以储宝，酌理以富才，研阅以穷照，驯致以怿辞"；"神用象通，情变所孕。物以貌求，心以理应"（《神思》）。在《知音》篇中，刘勰还指出："缀文者情动而辞发，观文者披文以入情。沿波讨源，虽幽必显。世远莫见其

---

① 刘勰看重文与自然的关系，认为文产生于自然。学界对此多有阐发。黄侃《文心雕龙札记》："《序志》篇云：'《文心》之作也，本乎道。'案彦和之意，以为文章本由自然生……此与后世言'文以载道'者截然不同。"（华东师范大学出版社1996年版，第3页）

② 对此段文字的理解可参考钱锺书《谈艺录》有关论述："诗者，艺之取资于文字者也。文字有声，诗得之为调为律；文字有义，诗得之以侔色揣称者，为象为藻，以写心宣志者，为意为情。及夫调有弦外之遗音，语有言表之余味，则神韵盎然出焉。"（中华书局1984年版，第42页）

面，觇文则见其心。"在《定势》篇中指出："夫情致异区，文变殊术，莫不因情立体，即体成势也。"这些对于文学创作过程和特点的细致阐发，是《文心雕龙》的精髓所在，对后世产生了深远的影响。

唐宋金元时期，情文关系研究得到深化和拓展，不同时期情况又有所不同。唐代的进展主要体现在对"文"的审美性的研究上，看重风骨和兴象，提出意境理论和"不平则鸣"；对于情性，李翱受到佛教影响，提出"灭情复性"说："情者，妄也，邪也，邪与妄则无所因矣。妄情灭息，本性清明"；"人之所以为圣人者，性也；人之所以惑其性者，情也。喜怒哀惧爱恶欲七者，皆情之所为也。情既昏，性斯匿矣，非性之过也"（《复性书》）。对于李翱此说，朱熹以为"李翱复性则是，云灭情以复性则非，情如何可灭，此乃释氏之说，陷于其中不自知"（《朱子语类》卷五十九），可谓持平之见。虽然如此，在情性的论述上宋代出现了较大变化，"性静情动"、"性明情暗"、"性善情恶"在宋代成为被普遍接受的观念，最终出现了"存天理，灭人欲"这种比较极端的观点。理学成为宋代社会的主导思想，对情和文都有直接的影响。就这一时期的理论来说，欧阳修提出"穷而后工"；理学家强调文以载道，以理为主，反对诗歌吟咏性情。对于唐宋的差别，清人吴乔《围炉诗话》引《诗法源流》说："唐人以诗为诗，宋人以文为诗；唐诗主于达性情，故于《三百篇》近，宋诗主于议论，故于《三百篇》远。"金元时期在情文关系上有所进展，研究领域扩大至逐渐发展起来的词曲小说等方面。

唐宋时期情文关系的变化，跟具体的社会发展状况直接有关。汉代确立的社会各方面的规范，在魏晋南北朝时期得到了一定程度的消解，唐宋则力求建立起自己的社会规范。因为经济发展、战争等多方面的原因，唐代更加开放，宋代则趋于沉静保守。两种不同的社会和文化发展出不同的结果。在宋代，伦理纲常和本来具有超越性的天理浑然合一，理取代了基于人情的礼，在现实生活中无处不在。"所谓天理，复是何物？仁义礼智岂不是天理？君臣、父子、兄弟、夫妇、朋友岂不是天理？"（《晦庵集·答吴南斗》）这种影响的后果是巨大的。颜元对此抨击说："千余年来率天下入故纸堆中，耗尽身心气力，作弱人、病人、无用人者，皆晦庵为之，可谓迷魂第一、洪涛水母矣。"①

---

① 《颜元集·朱子语类评》，中华书局 1987 年版，第 251 页。

宋代以理代替了礼，原有的情和礼的矛盾逐渐让位于情理冲突。所以严羽指出："诗有别趣，非关理也。"明代陈献章说："作诗须将道理就自己性情上发出来，不可作议论说去，离了诗之本体，便是宋头巾也。"（《明儒学案》卷八）冯梦龙："世儒但知理为情之范，孰知情为理之维乎?"（《情史·情贞类总评》）清代戴震："理也者，情之不爽失也，未有情不得而理得者也。"（《孟子字义疏证》）这些都是宋及以后学者针对情理矛盾提出的批评。具体到文学，情理冲突中有情而无理的情况也有所呈现。是以钟惺在《唐诗归》中说"荒唐之想，写怨情却真切"；贺贻孙《诗筏》说"夫唐诗所以冠绝千古者，以其绝不言理耳。宋之程、朱及故明陈白沙诸公，惟其谈理，是以无诗"，"《楚骚》虽忠爱恻怛，然其妙在荒唐无理"；沈雄引《柳塘词话》之语："词家所谓无理而入妙，非深情者不辨"（《古今词话》）；贺裳《载酒园诗话》开始便是论诗、理关系，引唐代李益《江南曲》"早知潮有信，嫁与弄潮儿"不可以理求为例，指出诗歌"又有以无理而妙者"。

明清尤其是晚明清初情文关系再次得到大的发展。魏晋南北朝是中国封建社会早期阶段，明清则是封建社会的晚期，也是向现代社会转型而未成，封建统治难以维系，各种暗流涌动的时期。市民文艺兴起，一批激情洋溢的作品问世，在世俗化的道路上走得更远。小说和戏曲创作空前繁荣，"极摹人情世态之歧，备写悲欢离合之致"（《今古奇观·序》），《三国演义》、《西游记》、《水浒传》、《封神演义》等一批脍炙人口的巨著涌现，极大地拓展了文学想象的空间，文情关系也由此变得更加复杂，情感和虚构的关系凸显出来。

明清出现了"文章贵贱操之在下"的局面①，理论上也相应出现了"圣人之道无异于百姓日用"（王艮）、"以理杀人"（戴震）等观点。在情文关系上，明代情理冲突加剧，李贽、汤显祖推崇真情和至情，主张自由抒情，不受性理的束缚，指出"世总为情，情生诗歌，而行于神"（汤显祖《耳伯麻姑游诗序》）；清代则呈现出多样化发展的趋向：有袁枚推崇性灵，消解了温柔敦厚等正统观念，沈德潜和纪昀对正统文论观念的系

---

① 夏允彝《岳起堂稿序》："唐宋之时，文章之贵贱操之在上，其权在贤公卿；其起也多以延奖，其合也或赞文以献，挟笔舌权而随其后，殆有如战国纵横士之为也！至国朝而操之在下，其权在能自立，其起也以同声相引重，其成也以其书示人而人莫之能非。故前之贵于时也以骤，而今之贵于时也必久而后行。"（陈子龙《陈忠裕公全集》卷首）

统总结，也有戴震、阮元等对性理之学的发展。

日本学者沟口雄三在《中国前近代思想之曲折与展开》中指出，明清思想迥异于先前的中国思想的两个重要的变化就是"欲"和"私"的标举和肯定。在中国情文关系中，情一般被看得更重要一些，重内容轻表达的特点在明清继续存在，而由重情到纵欲，张扬个性，以文娱情，以情为教，则成为明清情文关系的一个突出特征。

近代之后中国的情文关系也经历了诸多变化。随着印刷、出版技术和传播渠道的成熟与发展，尤其是科技和网络对社会生活的全方位渗透，情文关系也更加复杂多样。虽然如此，大致可以归纳为三种发展道路和趋向：一是继续重内容轻形式的传统，随时代变化而改变"情志"与"礼义"的内容和标准，依然追求符合这个时代标准的"雅正"①；二是发扬明清以来看重情欲、张扬个性的创作特点，不断扩大创作的领域和表现空间，同时呈现出脱离现实，以空想、幻想甚至臆想作为创作内容的倾向；三是受到商业化的影响，以市场为导向，贴近市场和读者，为迎合各类消费趣味而出现更加细致的类型划分，文学创作如商品生产般同质化和模式化。如果说，明清时期为文造情已有泛化的趋向，那么在当代为钱造文才是最普遍的存在。

三　乾嘉情文理论概说

乾嘉是中国历史上一个非常特殊的阶段。康雍乾盛世到了乾隆中叶，盛极转衰。1774 年山东临清王伦起义之后，白莲教和天地会先后在南北方组织抗清甚至大规模起义。国内矛盾已极为尖锐，国外列强又对中国虎视眈眈，心怀觊觎。乾嘉学术就处在这样一个由盛转衰，内有社会危机，外有民族危机，隐患四伏却还未充分显现的历史性时刻，社会整体还算稳

---

①　以中国当代文学创作来说，一方面有以茅盾奖作品代表的主流写作，另一方面是大量的几乎没有发表门槛的网络文学写作。它们之间的差别之大是前所未有的。这种差别可以从茅盾奖的评奖标准窥见一斑。《茅盾文学奖评奖条例·评选标准》：茅盾文学奖评奖坚持思想性与艺术性有机统一的原则。获奖作品应具有深刻的思想内涵，有利于倡导爱国主义、集体主义、社会主义的思想和精神；有利于倡导改革开放和现代化建设的思想和精神；有利于倡导民族团结、社会进步、人民幸福的思想和精神；有利于倡导用诚实劳动争取美好生活的思想和精神。对于深刻反映现实生活和人民主体地位、体现中国精神、弘扬社会主义核心价值观、书写中华民族伟大复兴中国梦的作品，尤应予以关注。应重视作品的艺术品位，鼓励题材、主题、风格的多样化，鼓励在继承中国优秀传统文化和借鉴外国优秀文化成果基础上的探索和创新，鼓励具有中国作风和中国气派、为人民大众所喜闻乐见的作品。

定，经济相对繁荣，文化得以总结和发展。

清代统治者十分看重思想文化的控制，设立四库馆，大兴文字狱，采取了诸多措施和手段，直接影响到文学的创作和理论发展；海外学术文化也已经传入中国，和本土文化发生碰撞；明代以来"文章贵贱操之在下"，即创作与研究重心的下移，在乾嘉时期继续存在，大量中下层官员和普通士子成为文学创作和批评的主力。社会大转型时期各种力量的交汇碰撞，导致了这一时期情文关系的复杂性和多样性：一方面是传统的情文理论得以系统总结，另一方面则又出现了迅速发展甚至走向极端的趋势。

就乾嘉情文理论而言，可从纵横两个维度予以分析：从纵向而言，乾嘉情文是中国情文演变过程中的一个环节，和明代以情感的真正与文学的雅俗为主要问题相比，这一时期的主要问题是义理、考据、辞章的关系以及由此对情文产生的影响。就横向而言，学界一般以沈德潜"格调说"、袁枚"性灵说"、翁方纲"肌理说"为主要理论进展来论述。本书将乾嘉情文作为一个动态的整体，不仅关注大家名家，也将那些没有那么突出的文论家纳入其中，在充分汲取现有研究成果的基础上，对这一时期存在的主要问题、解决方法和理论建构进行剖析。

无论是侧重于义理、考据还是辞章，文论家们都面临着共同的文化境遇：明七子和王士禛神韵说的影响，考据精神和经世致用思想的全面渗透，对唐宋诗歌、汉宋学之争的态度，不同的文论家基于不同的立场进行解答，彼此又相互影响碰撞，最后形成各自相对稳定的理论体系。此后由于时局的变化、国外的影响等诸多因素，文学创作和理论研究沿着乾嘉时期定下来的一些基调从此走上一条不同以往的发展道路。从这个意义上说，乾嘉时期是明清学术思想的一个转折点，也是现当代学术最为直接的源头。

从情文关系角度来研究乾嘉文论，那么原来相对简单的三大块可以由问题意识为导向，具体化成义理和情欲、格调和兴象、性灵和肌理、情感和虚构、孤愤和意淫等理论问题。这些问题在中国其他历史阶段也有不同程度的呈现，外国文论也同样要面临和解决这些问题。以这些具体的问题取代原来的三大块理论，就为进一步打通古今中外的文论研究提供了基础和平台。

从问题出发，乾嘉情文理论主要包括五个方面的内容。

第一，义理和情欲的关系。情文关系中，对情性的要求和主导的义理思想的变化都会对文学创作和批评产生直接影响。在乾嘉时期，程朱理学仍是官方主导思想，为诸多学者接受。朱筠称："程朱大贤，立身制行卓绝，其所立说，不得复有异同"（《汉学师承记·洪榜》）；姚鼐："程朱犹吾父师"（《再复简斋书》）。但是也有不少学者立足现实经验，认识到性理之学空疏、不近人情的一面，以戴震和阮元为代表的一批学者就性理提出了自己的观点。具体来说，戴震继承了罗钦顺、顾炎武、王夫之等学者以气为本体的理念，对程朱理学以理为本体的学说进行了批驳，提出要"以情挈情"，"去私而非去欲"，"通天下之情，遂天下之欲"；阮元"用戴学治经的方法来治哲学的问题；从训诂名物入手，而比较归纳，指出古今文字的意义的变迁沿革，剥去后人涂饰上去的意义，回到古代朴实的意义"（胡适《戴东原的哲学》），发展了《尚书》中的"节性"说，从史的角度对人性论予以了梳理和分析。

第二，性情和格调的关系。沈德潜和纪昀代表的正统文论家对诗教的发展，主要是围绕这一问题展开的。沈德潜有重尊诗道的理想追求，在理论上融合了性情、格调和神韵说，以诗人的立场来弘扬诗道，推崇温柔敦厚，既重视诗歌的审美特征，又强调诗歌的教化功用。纪昀作为乾嘉考据学的代表人物之一，将实事求是的态度、客观理性的精神、考镜源流的方法运用到文学批评领域，对诗教理论进行了全面系统的归纳和总结；提出教外别传说，对山水田园诗以及相关理论在儒家体系内予以了归纳和定位。乾隆和《四库全书总目》关于情文关系的论述，也是这一时期正统文论不可或缺的重要内容。

第三，性灵与学理的关系。主要对袁枚、翁方纲以及王鸣盛、赵翼等学者对诗歌与性情、诗歌与学问关系的论述进行研究。承接明代公安性灵说，袁枚对性灵说进行了理论创新，并将理论运用于自己的诗文和小说创作之中。翁方纲提出肌理说，以"彻上彻下之谓"解理，认为理只一义，诗歌之理并无特殊性，将义理、考据和辞章置于统一的框架之中，主张三者合一，诗人、才人、学人三位一体，发展出有特色的以知识和义理为中心的诗学。王鸣盛、赵翼、章学诚、钱大昕、崔述等史学家关于情文关系也有诸多论述，是乾嘉情文理论一个重要组成部分。

第四，情感与虚构的关系。情感和虚构是重要的理论问题，在诗歌创作中还不太明显，在小说类虚构作品中就成为非常突出的问题。结合明清时期的小说创作，重新审视刘勰批评的"为文造情"，可以发现它也具有存在的合理性和必要性。明人胡应麟说："变异之谈，盛于六朝，然多是传录舛讹，未必尽幻设语，至唐人乃作意好奇，假小说以寄笔端。"（《少室山房笔丛》）明清小说中"为文造情"的情况尤为突出。乾嘉时期小说中书斋的实象和假象，《红楼梦》中秦可卿等人物形象的塑造等，都直接与此有关。此外，曹雪芹受蒲松龄"孤愤"说的影响，提出了"意淫"说；乾嘉学者对于"穷而后工"理论提出批评，都是这一时期值得认真研究的问题。

第五，乾嘉文学的清老之美。不同时期的情文关系具有不同的美学追求和风格特征。就乾嘉时期而言，理论和创作上呈现出共同的美学追求，那就是普遍存在的清、老之美。这一时期的诗文理论和小说《红楼梦》、《儒林外史》、《阅微草堂笔记》等对此有充分的展现。从这个角度研究小说和人物形象，对于清代小说研究也是有启发意义的。

乾嘉时期的学者文人或多或少对于文学都有所论述，涉及的问题也很多，有些问题如义法、工拙、繁简等，和情文研究的关系没有那么密切，对于此类问题，本书不再予以论述。

情文关系是文学理论研究最重要的内容之一，迄今尚未出现专门的著述。目前细致的学科分类和不同文化研究的差异，无形中扩大了中国古代文论和其他文论之间的距离，也在一定程度上加剧了古代文论相对封闭的研究状况。对乾嘉情文关系进行整体研究，有助于打破当前学科分类造成的人为界限，将作家创作、学术理论和社会现实结合起来，将诗学和小说批评结合起来，归纳和总结这一时期情文理论的特点，探索情文关系演变的规律，梳理情文之间的各种联系，有助于在融通中拓展文论研究的新天地。

第 一 章

性与理:论乾嘉义理对情文关系的影响

文学的发展受到多种因素的影响,学术思想是最为重要的一个方面。郭绍虞《中国文学批评史》指出:"文学批评又常与学术思想发生相互连带的关系;因此中国的文学批评,即在陈陈相因的老生常谈中也足以看出其社会思想的背景。"乾嘉时期义理、考据、辞章三者并立,学术思想和文学的关系较之他时更为密切。① 焦循在《国史儒林文苑传议》中这样概括乾嘉学者兼通义理、考据、辞章的情况:"经生非不娴辞赋,文士或亦有经训。"当代学者陈平原也指出:"清代文章与学术思潮联系之密切,使得'著述之文'未必不潇洒,而'文人之文'也未必没见识。清代文章的演变,不妨从'文'、'学'的会通与冲突这个特定角度来把握。"② 因此,义理思想对于情文关系的影响,乃是乾嘉情文理论研究首先要面对的问题。乾嘉学术整体上具有求真务实、注重功用的特点,这一特点的形成和传统的道器观直接有关。

《周易·系辞》:"形而上者谓之道,形而下者谓之器",是中国哲学思想的精髓,影响深远。孔颖达《周易正义》对此句的解释是:"道是无体之名,形是有质之称。凡有从无而生,形由道而立。是先道而后形,是道在形之上,形在道之下。故自形外以上者谓之道也;自形内而下者谓之器也。形虽处道器两畔之际,形在器不在,道也。既有形质可为器用,故

---

① 关于清代学术思想和文学的关系,已经出版的专著有:马积高《清代学术思想的变迁与文学》(湖南出版社 1996 年版)第三章论述了考据学和骈文复兴的关系,对学术之于文学的影响评价不高,认为消极面更多;陈居渊《清代朴学与中国文学》(百花洲文艺出版社 2000 年版)对朴学之于文学的作用给予了较高评价。此外,徐雁平《清代东南书院与学术及文学》(安徽教育出版社 2007 年版)对扬州学派与文学的关系也有所论述。

② 陈平原:《中国散文小说史》,上海人民出版社 2004 年版,第 164—165 页。

云形而下者谓之器也。"① 在道器关系上有影响的还有《论语·为政》所说的"君子不器"，它是"士志于道"的表现，同时还含有将通学和通人结合的理想追求。

器是具体的有形的，道则是玄而又玄的存在。余英时对比中西之道，指出："中国'士'代表'道'和西方教士代表上帝在精神上确有其相通之处。'道'与上帝都不可见，但西方上帝的尊严可以通过教会制度而树立起来，中国的'道'则自始即是悬在空中的"，"由于'道'缺乏具体的形式，知识分子只有通过个人的自爱、自重才能尊显他们所代表的'道'。此外便别无可靠的保证"②。传统的道器思想在很长时期内为士人提供了一种超越现实功利的理论支持，其中蕴含的道先器后、道重器轻的倾向，也使得中国哲学发展出唯道主义以及脱离现实而空谈性理的倾向，对于社会发展也在一定程度上产生不利影响。对此，明清以来的学者体会得更为深刻。

顾炎武将明代灭亡归结于空谈性理之学："不习六艺之文，不考百王之典，不综当代之务……以明心见性之空言，代修己治人之实学，股肱惰而万事荒，爪牙亡而四国乱，神州荡覆，宗社丘墟。"（《日知录·夫子之言性与天道》）晚清严复也指出："若东汉之党锢，赵宋之道学，朱明之气节，皆有善志，而无善功。"③ 当代哲学家跳出时代的局限，以这一现象加以分析和总结。冯友兰认为："以前大部分中国哲学家的错误，不在于他们讲空虚之学，而在于他们不自知，或未明说，他们所讲底，是空虚之学。他们或误以为圣人，专凭其是圣人，即可有极大底对于实际底知识，及驾驭实际底才能。或虽无此种误解，但他们所用以描写圣人底话，可使人有此种误解。"④ 这些批评可谓鞭辟入里。

随着认识的改变，明代出现的求真务实的风气在乾嘉时期成为主流。余英时认为：明中叶以后考证学的萌芽"是明代儒学在反智识主义发展到最高峰时开始向智识主义转变的一种表示"，"儒家由'尊德性'转入'道问学'的阶段，最重要的内在线索便是罗整庵所说的义理必须取证于

---

① 《老子》四十二章："道生一，一生二，二生三，三生万物。万物负阴而抱阳，冲气以为和。"一般认为这是道先器后说的滥觞。

② 余英时：《士与中国文化》，上海人民出版社1987年版，第102、107页。

③ 《严复集》，中华书局1986年版，第1024页。

④ 冯友兰：《新原道》（中国哲学之精神），北京大学出版社2014年版，第227页。

经典"①。相较智识主义，张丽珠认为"经验论兴起"更切合清学，"至于
清代义理学的特色，主要在于发扬情性与重智主义，是一种主情重智的道
德观。其所揭橥者，正是生命主体在道德理性以外，追求情性与智性的另
一面，是以名为'情性学'，以标示其在理学以外，并与理学相将成为儒
家义理学之两种范式，不亦可乎"，"清代义理学所发扬的，正是过去两千
多年儒学中罕为士人所论及的经验价值"。② 张丽珠把乾嘉义理的特色总
结为注重经验价值，相对于余英时的智识主义，其说更加符合清代学术思
想的实际。

乾嘉时期程朱理学作为官方意识形态继续存在，但是被削弱甚至消解
了其作为思想的建设性，更加空疏无物，戴震、阮元代表的一批学者将实
事求是的精神和现实经验相结合，对程朱理学从义理和方法层面进行了深
刻的剖析和批评，使得乾嘉义理学呈现出新的面貌③，同时对于文学创作
也提出了新的见解，对于文学思想的发展有所促进。

第一节　戴震对情文的论述

戴震④在乾嘉时期已经成名，但声名在当代如此显赫，跟胡适、梁启
超等人的大力揄扬直接有关。胡适这样评价戴震：

> 人都知道戴东原是清代经学的大师，音韵的大师，清代考核之学
> 的第一大师。但很少人知道他是朱子以后第一个大思想家，大哲学
> 家。他在经学考据的方面，虽有开山之功，但他的弟子王念孙、段玉
> 裁等人的成绩早已超过他了。他在哲学的方面，二百年来，只有一个

① 余英时：《中国思想传统的现代诠释》，江苏人民出版社1989年版，第188、216页。
② 张丽珠：《清代新义理学——传统与现代的交会》，里仁书局2003年版，第6、9页。
③ 学术界有乾嘉新义理学的说法。胡适在《戴东原的哲学》中最早提到戴震"根据古训作
护符，根据经验做底子，所以能摧破五六百年推崇的旧说，而建立他的新理学"；余英时在《论
戴震与章学诚》一书中提到"戴震的新义理"。此后关于乾嘉新义理学的研究渐多，相关专著有
张丽珠《清代义理学新貌》、《清代新义理学——传统与现代的交会》，吴通福《清代新义理观之
研究》等。
④ 戴震（1724—1777），字东原，一字慎修，号杲溪，安徽休宁人。乾隆二十七年举人。
乾隆三十八年进入四库馆为纂修官。乾隆四十年被赐同进士出身。戴震为乾嘉著名学者，考据学
派的主要代表，在音韵、文字、历算、地理、经学等多个领域取得卓著成就，被梁启超称为"前
清学者第一人"。

焦循了解得一部分;但论思想的透辟,气魄的伟大,二百年来,戴东原真成独霸了。(《戴东原在中国哲学史上的位置》)

在中国历史上,由于评判标准的变化,一些人物被高估或低估的情况时有发生。对于戴震来说,则经历了被低估而后价值发现这样一个戏剧化的过程。从情文研究的角度看,戴震作为考据学的领军人物,在义理和考据方面成就卓著,辞章方面则没那么突出,对于文学内部规律的探讨并不多。而且,在诗酒唱和较为普遍的社会环境中,戴震居然未有一首诗歌作品留世也是令人惊异的事。虽然如此,戴震的学术思想是乾嘉情文研究的重要内容,主要涉及三个方面:对义理与情欲关系的阐发;对义理、考据、辞章三者的看法;治学态度与方法的意义。

一　戴震论义理与情欲

关于戴震的义理之学,胡适《戴东原在中国哲学史上的位置》说得简明扼要:"戴东原指斥程朱陆王的学说,只因为他们排斥情欲,不近人情。他自己的政治哲学只是'遂民之欲,达民之欲'八个字。"[①] 戴震的学术成就是多方面的,其中最引人注目的是他对情欲和义理关系的论述,以及对情欲所持的肯定态度。戴震思想中有三点和情文关系尤为相关。

一是情、欲、理三者是统一的关系。戴震对于这些问题的论述有自己的逻辑体系。

首先,对于主客体,戴震将其分为具体和抽象两个层次,彼此相互对应。就客体来说,分为具体的物和抽象的事;就主体来说,分为血气和心知;就关系来说,物对应血气,事对应心知。"味也、声也、色也在物,而接于我之血气;理义在事,而接于我之心知。血气心知,有自具之能,口能辨味,耳能辨声,目能辨色,心能辨夫理义。味与声色,在物不在我,接于我之血气,能辨之而悦之,其悦者,必其尤美者也;理义在事情之条分缕析,接于我之心知,能辨之而悦之,其悦者,必其至是者也。"(《孟子字义疏证》) 戴震认为,"理义在事,而接于我之心知",要求就事求理,就从根本上和程朱理学"心者,具众理而应万事"区别开来,将理论建立在唯物的基础之上。

---

① 此八字当为"体民之情,遂民之欲"之误。

　　其次，人不仅有血气心知之自然，还超越自然追求必然。"人生而后有欲、有情、有知三者，血气心知之自然"，"由血气之自然，而审察之以知其必然，是之谓理义"，"归于必然，适完其自然，此之谓自然之极致"（《孟子字义疏证》）。对于理义，戴震指出："理义非他，心之所同然也。何以同然？心之明之所止，于事情区以别焉，无几微爽失，则理义以名"（《原善》卷中）；"心之所同然始谓之理，谓之义；则未至于同然，存乎其人之意见，非理也，非义也。凡一人以为然，天下万世皆曰'是不可易也'，此之谓同然"（《孟子字义疏证》）。也就是说，情欲是人之自然，理义对客观事物来说是不易之则，对于主体来说是必然，或者说人心之所同然。在人之自然和必然的关系上，戴震将情欲理统一起来。"今以情之不爽失为理，是理者存乎欲者也"，"人伦日用，圣人以通天下之情，遂天下之欲，权之而分理不爽，是谓理"，推而广之，仁义礼智和血气心知也是统一的，"古贤圣所谓仁义礼智，不求于所谓欲之外，不离乎血气心知"（《孟子字义疏证》）。因此在戴震哲学中，个人内在的情理欲、个人和社会之间的关系都是和谐的。

　　戴震关于情欲理统一的观点纠正了程朱理学在此问题上的主观和偏激。程朱理学并非完全否定人欲，反对的是过分要求，"饮食者，天理也。要求美味，人欲也"（《朱子语类》卷十三）。被认可的欲望在朱熹看来是天理的一部分，过分的要求则违背天理，"人欲云者正天理之反"，"天理中本无人欲"（《晦庵集·答何叔京》），因此才会有"存天理灭人欲"（《宋元学案·晦庵学案》），"天理存则人欲亡，人欲胜则天理灭"（《朱子语类》卷十三）等比较极端的说法。程朱理学将天理、人欲对立，以抽象玄虚的理来评判模糊难定的人欲，落实到现实社会就不可避免地造成对人欲的压制和对人性的戕害，"人有是身，则有耳目鼻口四肢之欲，而或不能无害夫仁。人既不仁，则其所以灭天理而穷人欲者，将益无所不至。此君子之学所以汲汲于求仁。而求仁之要，亦曰去其所以害仁者而已"（《晦庵集·克斋记》）。戴震与程朱理学的不同之处，在于他立足现实，从个人的经验和生存层面看待理欲问题。在戴震看来，情理欲都是具体的，涉及的是人之自然和必然的关系，个体和社会群体之间的关系。所以戴震提出要以情絜情，体民情，遂人欲，有一定的理想色彩。对此，蔡元培评价说："至东原而始以人之欲为己之欲之界，以人之情为己之情之界，与西洋功利派之伦理学所谓人各自由而以他人之自由为界者同。"① 戴震将理义视为"不易之则"和"心之所同然"，有他的进步意义，但是"心之所同然"未必等同于真理，"心之神明，于事物咸足以知其不易之则"之类的说法在今天看来也是不尽客观的。

二是区别个人意见和公认的理，批判以理杀人。戴震上述关于理义的论述，已经明确包含了对意见和理的区分。理义对于主体而言是"心之所同然"，从客观角度则要符合"天下"。"耳之于声也，天下之声，耳若其符节也；目之于色也，天下之色，目若其符节也；鼻之于臭也，天下之臭，鼻若其符节也；口之于味也，天下之味，口若其符节也。耳目鼻口之官接于物，而心通其则。心之于理义也，天下之理义，心若其符节也。"（《读孟子论性》）"符节"本义是符信，一分两半，使用时以两半相合为验。戴震这里使用"符节"，意在强调个人感受要和客观一致。理义在事物之中而非具于心，不是主观可以判定的，必须和天下理义相合，否则就是个人主观的意见。

戴震有强烈的经世致用思想，因此对于宋以来以个人意见取代理的社会现象予以了猛烈抨击。"宋以来儒者，以己之见硬坐为古贤圣立言之意"（《与某书》），"启天下后世人人凭在己之意见而执之曰理，以祸斯民；更淆以无欲之说，于得理益远，于执其意见益坚，而祸斯民益烈"（《答彭进士允初书》）。由于将个人意见当作理，有权势者便可把持理作为统治和欺压弱者的工具，"负其气，挟其势位，加以口给者，理伸；力弱气慑，口不能道辞者，理屈"（《孟子字义疏证》）。有势利的群体把持理来欺压他人，必然损害弱势群体的利益，为现实社会埋下隐患："故今之治人者，视古贤圣体民之情，遂民之欲，多出于鄙细隐曲，不措诸意，不足为怪；而及其责以理也，不难举旷世之高节，著于义而罪之。尊者以理责卑，长者以理责幼，贵者以理责贱，虽失，谓之顺；卑者、幼者、贱者以理争之，虽得，谓之逆。于是下之人不能以天下之同情、天下所同欲达之于上；上以理责其下，而在下之罪，人人不胜指数。人死于法，犹有怜之者；死于理，其谁怜之！呜呼，杂乎老释之言以为言，其祸甚于申韩如是也"。戴震毫不客气地痛斥"此理欲之辨，适成忍而残杀之具"，"此理欲之辨适以穷天下之人，尽转移为欺伪之人，为祸何可胜言也哉"（《孟

---

① 蔡元培：《中国伦理学史》，东方出版社1996年版，第116页。

子字义疏证》）……这些言论可谓惊世骇俗，振聋发聩。胡适认为戴震
"这种眼光直是前无古人"（《戴东原在中国哲学史上的位置》）。

三是主张"去私"和"解蔽"。戴震认为主体的人有血气和心知两个
层次，"欲生于血气，知生于心"，二者之失分别为私和蔽，"私生于欲之
失，蔽生于知之失"。在《原善》卷下戴震有更详细的阐发："人之不尽
其材患二：曰私曰弊。私也者，生于其心为溺，发于政为党，成于行为
慝，见于事为悖，为欺，其究为私己。蔽也者，其生于心为惑，发于政为
偏，成于行为谬，见于事为凿，为愚，其究为蔽之以己。"戴震对于私和
蔽的论述带有一定的总结性。

私和蔽阻碍了人对客观世界的认知，阻碍了个人的全面发展，即"尽
其材"，古今中外对此都有不少论述。孔子所说的"子绝四：毋意，毋必，
毋固，毋我"（《论语·子罕》），就是对私和蔽较早的论述。荀子所论更
为明确："数（故）为蔽：欲为蔽，恶为蔽；始为蔽，终为蔽；远为蔽，
近为蔽；博为蔽，浅为蔽；古为蔽，今为蔽。凡万物异则莫不相为蔽，此
心术之公患也。"（《荀子·解蔽》）荀子所论蔽包含了私，强调不能"蔽
于一曲而暗于大理"，"观于道之一隅而未之能识"（《解蔽》）。对于去除
私和蔽的办法，孔子所论比较简单，大致就是要学而思（《论语·为
政》），多闻多思（《论语·述而》）。荀子专门撰写《解蔽》篇，论述较
详，概括起来有三点：一是虚壹而静，二是辩证，三是全面。"虚壹而静，
谓之大清明"，是荀子对于虚静思想的发展，要求主观上排除干扰，虚怀
若谷，深入洞察万物而不停留于表象，达到大清明的境界。辩证就是要不
偏执一隅之见，坚持"天下有二，非察是，是察非"。全面就是要"兼陈
万物而中悬衡焉"，用全面和发展的眼光来评判和衡量。西方相关论述也
有不少，弗朗西斯·培根的言论较有代表性。他指出，扰乱人心的假相
有四种，"第一种为'种族假相'，第二种为'洞穴假相'，第三种为
'市场假相'，第四种为'剧场假相'"。前两者是种族和个人的假相，
后两者是社会交往和外界导致的假相。对于解除假相的办法，培根认
为："用真正的归纳来形成观念和公理，无疑是避免和清除假相的适当
补救办法。"①中外说法不同，归结起来都是对私和蔽从不同角度和层次
进行的论述。

---

① 《西方哲学原著选读》上卷，商务印书馆1981年版，第350页。

对于去除私、蔽，戴震的观点是:"去私莫如强恕，解蔽莫如学。"私是欲望失控出现的弊病，"欲不患其不及，而患其过。过者，狃于私而忘乎人，其心溺，其形愍"，去私的办法则是节制和忠恕，"以我之情絜人之情，而无不得其平是也"，"欲不可穷，非不可有，有而节之，使无过情，无不及情，可谓之非天理乎"(《孟子字义疏证》)。私关系到道德，蔽则主要存在于认识领域，由知识的不足和偏差所致，戴震指出:"自非圣人，鲜能无蔽"，"心有所蔽，则于事情未之能得，又安能得理乎"，"蔽则差谬随之矣"(《孟子字义疏证》)。对于解蔽，戴震指出要"博学、审问、慎思、明辨、笃行"，在学习、思考和实践中提高自己的认识水平，此种观点古已有之，并非戴震创见。

戴震这三种观点逻辑非常清晰:对于情理欲在人的自然和必然关系上得以统一，运用于社会则是批判个人意见代替理的不公平现象，运用于个人则是去除人不能尽其才的两大弊患。这些观点富有建设性，对于由盛转衰的清代社会尤具现实意义，这也是胡适、梁启超等人高度重视和推崇戴震的主要原因。但是对清人来说，他们并不能理解和接受。一向赏识戴震的朱筠也认为集中体现戴震义理思想的《答彭进士书》等"可不必载，性与天道不可得闻，何图更于程朱之外复有论说乎! 戴氏所可传者不在此"(《汉学师承记》卷六)。程晋芳也隐晦地对戴震提出批评:"近代一二儒家，又以为程朱之学即禅学也。人之为人，情而已矣。圣人之教人也，顺乎情而已。宋儒尊性而卑情，即二氏之术。其理愈高，其论愈严，而其不近人情愈甚。虽日攻二氏，而实则身陷其中而不觉。嗟乎，为斯说者，徒以便己之私，而不知其大祸仁义又在释老杨墨上矣! 夫所谓情者，何也? 使喜怒哀乐发皆中节，则依然情之本乎性者也。如吾情有不得已者，顺之，勿抑之，则嗜欲横决，非始于情之不得已乎? 匡、张、孔、马迫于时势而诡随，马融、蔡邕迫于威力而丧节，亦可以不得已谅之乎?"(《清经世文编》，《正学论》三) 此后方东树对戴震的批评最为集中:"按程朱以己之意见不出于私乃为合乎天理，其义至精至正至明；何谓以意见杀人? 如戴氏所申，当体民之情，遂民之欲，则彼民之情，彼民之欲，非彼民之意见乎? 夫以在我之意见不出于私合乎天理者不可信，而信彼民之情、之欲，当一切体之、遂之，是为得理；罔气乱道，但取与程朱为难而不顾，此为大乱之道也。"(《汉学商兑》中卷) 朱筠和程晋芳对于戴震的批评是基于正统文论观，不能理解和认可戴震的义理思想，他们的批评反而体现了自己的迂腐保守。方东树不同，以彼之矛攻彼之盾，用戴震的观点来批戴震，指出戴震思想中存在的不足，有可取之处。此外，戴震对于情欲的肯定在后世也受到一些批评。如梁启超："人生而有欲，其天性矣，节之忧惧不荩，而岂复劳戴氏之教猱升木为也。二百年来学者，记诵日博，而廉耻日丧，戴氏其与有罪矣。"（《论中国学术思想变迁之大势》）

戴震思想带有时代的特点，并非毫无瑕疵，但它以"气化流行，生生不息"的唯物主义气本论为根基，提出了"絜情"、"同欲"等进步思想，批判了程朱理学将理欲对立的错误观念，肯定情欲的存在和价值，为文学表现真实的情感、摆脱程朱理学的束缚提供了理论支持。

二 戴震论义理、考据、辞章三者关系

乾嘉时期义理、考据、辞章三者关系凸显出来，对于情文研究来说，涉及文学的地位、性质和创作内容等诸多方面，是一个不容忽视的问题。

此问题一般追溯到北宋程颐将天下学问分为文章之学、训诂之学、儒者之学的说法。他认为三者不可偏废而统归于道。后人接受其说的同时，在三者关系上也逐渐有所倾向。明朝邱濬在《大学衍义补》（卷七十二）中指出："臣窃以谓词章、训诂皆儒学之事也，词章以达意，训诂以解经，儒者固不能外此以为学，但肆意乎枝叶之文，而不根乎义理，局志于言语之末而不求夫道理，则不可也。"邱濬将辞章和训诂纳入"儒学之事"，清代张伯行更进一步指出："词章之学，如司马迁、班固之类是也；训诂之学，如郑康成、孔颖达之类是也；此虽非异端而浮华鲜实无适于用。若儒者之学，则格致、诚正、修齐、治平，自有大道存焉，故欲求道，舍此学不可，若词章、训诂，皆其末流，无足务也。"（张伯行集解《濂洛关闽书》卷四）

乾隆二十年，戴震在《与方希原书》中表达了自己对义理、考据和辞章三者关系的看法：

> 古今学问之途，其大致有三：或事于理义，或事于制数，或事于文章。事于文章者，等而末者也。然自子长、孟坚、退之、子厚诸君子之为之，曰："是道也，非艺也。"以云道，道固有存焉者矣。如诸君子之文，亦恶睹其非艺欤？夫以艺为末，以道为本，诸君子不愿据其末，毕力以求据其本，本既得矣，然后曰："是道也，非艺也。"循

本末之说，有一末必有一本。譬诸草木，彼其所见之本与其末同一株而根枝殊尔，根固者枝茂。世人事其枝，得朝露而荣，失朝露而瘁，其为荣不久。诸君子事其根，朝露不足以荣瘁之，彼又有所得而荣、所失而瘁者矣。且不废浸灌之资、雨露之润，此固学问功深，而不已于其道也，而卒不能有荣无瘁。故文章有至有未至。至者得于圣人之道则荣，未至者不得于圣人之道则瘁。以圣人之道被乎文，犹造化之终始万物也。非曲尽物情，游心物之先，不易解此。然则如诸君子之文，恶睹其非艺欤？诸君子之为道也，譬犹仰观泰山，知群山之卑；临视北海，知众流之小。今有人履泰山之巅，跨北海之涯，所见又不悬殊乎哉！足下好道而肆力古文，必将求其本。求其本，更有所谓大本。大本既得矣，然后曰："是道也，非艺也"，则彼诸君子之为道，固待斯道而荣瘁也者。圣人之道在六经，汉儒得其制数，失其义理；宋儒得其义理，失其制数。譬有人焉，履泰山之巅可以言山，有人焉，跨北海之涯可以言水。二人者不相谋，天地间之巨观，目不全收其可哉？抑言山也，言水也，时或不尽山之奥，水之奇。奥奇，山水所有也，不尽之，缺物情也。①

这篇文章体现了戴震对文学的观点：文以道为本，义理为源，文学地位最低。戴震认为辞章在三者之中等而末之，此说并不出奇。明代开始注重实学，清代尤其是乾嘉时期考据学兴起，训诂的作用受到高度重视。阎若璩认为："疏于校雠，则多讹文脱字，而失圣人之本经；昧于音声训诂，则不识古人语言文字，而失圣人之真意。"（《汉学商兑》卷中载）注重训诂考据对于明道的作用，可以说是当时的共识。②

---

　　①　戴震关于义理、考据、辞章三者关系的看法在当时的考据学家中有一定的普遍性。王鸣盛在《王惠思先生文集序》中表达了类似的看法："譬诸木然，义理其根也，考据其干也，经济则其枝条，而词章乃其花叶也。譬诸水然，义理其原也，考据其委也，经济则疏引溉灌，其利足以泽物，而词章则波澜沦漪，漾洄演漾，足以供人玩赏也。……词章者，润色之资，此则学之绪余焉已尔。"

　　②　惠栋："经之义存乎训，识字审音，乃知其义"，主张"古训不可改也，经师不可废也"（《松崖文钞·九经古义述首》）。王鸣盛："经以明道，而求道者不必空执义理以求之也，但当正文字，辨音读，释训诂，通传注，则义理自见而道在其中矣"（《十七史商榷序》）。钱大昕："有文字而后有诂训，有诂训而后有义理。诂训者，义理之所由出，非别有义理出乎诂训之外者也"（《经籍籑诂序》）；"穷经者必通训诂，训诂明而后知义理之趣。后儒不知训诂，欲以向壁虚造之说求义理所在，夫是以支离而失其宗"（《左氏传古注辑存序》）。

　　至于道为文之根本，则是长期存在的主流观点。文源于道，文以明道，文以载道等说法源远流长。同时期的纪昀在评点《文心雕龙·原道》时也指出："文以载道，明其当然；文原于道，明其本然，识其本乃不逐于末。"戴震在这一问题上也是以道为文本，"今之博雅能文章善考核者，皆未志乎闻道，徒株守先儒而信之笃"（《答郑丈用牧书》）。戴震论述文道关系的新意，在于他论述的道不仅有天道，还有人道，"道，犹行也"，"在天地，则气化流行，生生不息，是谓道。在人物，则凡生生所有事，亦如气化之不可已，是谓道"，"道者，居处、饮食、言动，自身而周于身之所亲，无不该焉也"（《孟子字义疏证》）。从戴震关于道的论述看，他说的是建立在气论基础上的自然的道，是具体而非抽象的道。

　　另据段玉裁《戴东原先生年谱》记载①：

　　　　先生初谓："天下有义理之源，有考核之源，有文章之源，吾于三者皆庶得其源。"后数年又曰："义理即考核、文章二者之源也。义理又何源哉？吾前言过矣。"……尝言："做文章极难，如阎百诗极能考核，而不善做文章。顾宁人、汪钝翁文章较好。吾如大炉然，金银铜锡入吾炉一铸，而皆精良矣。"盖先生合义理、考核、文章为一事，知无所蔽，行无少私，浩气同盛于孟子，精义上驾乎康成、程、朱，修辞俯视乎韩、欧焉。

　　这段问题揭示了戴震关于文学的另一个观点：强调辞章、考据和义理之间的内在关系，三者经由作者的洪炉锤炼而合为一事。"宋儒讥训诂之学，轻语言文字，是欲渡江河而弃舟楫，欲登高而无阶梯也"（《与段茂堂》第九札）；"是以凡学始乎离词，中乎辨言，终乎闻道。离词，则舍小学故训无所藉；辨言，则舍其立言之体无从而相接以心"（《沈学子文集序》）。

────────────

　　① 段玉裁对此有自己的看法："义理、文章，未有不由考核而得者。自古圣人制作之大，皆精审乎天地民物之理，得其情实，综其始终，举其纲以俟其目，兴以利而防其弊，故能奠安万世，虽有奸暴不敢自外。《中庸》曰：'君子之道，本诸身，徵诸庶民，考诸三王而不缪，建诸天地而不悖，质诸鬼神而无疑，百世以俟圣人而不惑。'此非考核之极致乎？圣人心通义理，而必劳劳如是者，不如是不足以尽天地民物之理也。"（《戴东原集序》）

　　就理论的阐发来看，戴震关于义理、考据、辞章的论述是有新意的，具体到文学作品，戴震的阐释虽然不多，但同样时有新见，以戴震《屈原赋注》为例。

　　从字词层面，戴震注意结合文本和史料依据。以《离骚》"岂予身之惮殃兮，恐皇舆之败绩"中"败绩"的解释为例。败是毁坏；绩是绩麻，将散麻捻拢以编织，先成绩，大而为功绩，由此衍为功。此前流行的是王逸的解释："绩，功也，言我欲谏争者，非难身之被殃咎也，但恐君国倾危，以败先王之功。"戴震则依据史料，解释为："车覆曰败绩，《礼记·檀弓》篇'马惊败绩'，《春秋传》'败绩厌覆是惧'是其证。"相较而言，戴震的解释更符合作品的本义，在后世也得到广泛认可。从叙述层面看，戴震注意区分文学和经学，把握和分析文学表述的特点。如"战国时言仙者托之昆仑，故多不经之说。篇内寓言及之，不必深求也。"（《屈原赋注·离骚》），指出屈原作品寓言的特点。这种分析和评价是客观正确的。

　　从整体来说，戴震注重根本，分析传统研究的利弊。戴震在《屈原赋注》自序中说："予读屈子书，久乃得其梗概，私以谓其心至纯，其学至纯，其立言指要归于至纯。二十五篇之书，盖经之亚。说《楚辞》者，既碎义逃难，未能考识精核，且弥失其所以著书之指。今取屈子书注之，触事广类，俾与遗经雅记合致同趣，然后瞻涉之士，讽诵乎章句，可明其学，睹其心，不受后人皮傅，用相眩疑。"这段文字含有三层意思，一是对屈原其人其文"至纯"特点和"经之亚"的定位，二是对历史上解说《楚辞》弊病的分析，三是概括自己的研究道路。对于戴震的屈原研究，卢文弨在序言中有所评价，认为戴震能够"探古人之心于千载之上"，"指博而辞约，义创而理确"。

　　结合其他论述，可以归纳出戴震对于文学的第三个观点：强调自然、醇朴，反对定例束缚、强解诗歌。"夫文无古今之异，闻道之君子，其见于言也，皆足以羽翼经传，此存乎识趣者也。而词不纯朴高古亦不贵，此存乎行文之气体格律者也。因题成文，如造化之生物，官骸毕具，根叶并茂，少阙则非完物，此存乎冶铸之法者也。"（《与某书》）在《董愚亭诗序》中戴震还指出："为诗愈就平淡，而其味愈永，敛其光华以归醇朴，而发诸情性、谐于律吕者，备体而底于化。"对于诗歌中的赋比兴，戴震也有精彩论述："赋也、比也、兴也，特作诗者之立言置辞，不出此三者，若强析之，反自乱其例。盖情动于中而形于言，何尝以例拘？既有言矣，就其言观之，非指明敷陈，则托事比拟。非托事比拟，则假物引端。引端之辞，亦可寄意比拟，比拟之辞，亦可因以引端。敷陈之辞，又有虚实、浅深、反侧、彼此之不同，而似于比拟、引端，往往有之。此三者在经中，不解自明；解之，反滞于一偏矣。"（《毛诗目录》）这些论述涉及的问题不同，但是归结起来，核心都是追求自然，尊重文学和创作中的"理"，反对人为地束缚和歪曲。这种观点是戴震"凡生生所有事，亦如气化之不可已，是谓道"思想在文学方面的具体表现。

戴震治学"不以人蔽己，不以己自蔽"，此二语"实震一生最得力处"（梁启超《清代学术概论》），文学研究也同样如此。摆脱传统模式的影响，强调作者的洪炉锤炼，融义理、考据、辞章三者为一事，尊重文学的审美特点和创作的自然规律，戴震关于文学的论述虽然不多，价值却是多方面的。

三　戴震的治学态度和方法

对情文关系研究来说，戴震的治学态度和方法在一定程度上和他的具体观点同等重要。

观物取象、随物赋形、格物致知是中国古代建立物我关系的三种主要方式，其中格物致知出现最晚，理论形态最高级，也是宋儒的核心思想之一。朱熹的解释是："所谓致知在格物者，言欲致吾之知，在即物而穷其理也。盖人心之灵，莫不有知；而天下之物，莫不有理。"（《四书章句集注·大学章句》）而在戴震看来，"其曰'致知在格物'，何也？事物来乎前，虽以圣人当之，不审察，无以尽其实也，是非善恶未易决也；'格'之云者，于物情有得而无失，思之贯通，不遗毫末，夫然后在己则不惑，施及天下国家则无憾，此之谓'致其知'"（《原善》卷下）。

两相对比，戴震和朱熹之间的差异就很明显了，"宋儒虽然也说格物穷理，但他们根本错在把理看作无所不在的一个，所以说'一本而万殊'。他们虽说'万殊'，而其实只妄想求那'一本'；所以程朱论格物虽说'今日格一事，明日格一事'，而其实只妄想那'一旦豁然贯通'时的'表里精粗无不尽，而吾心之全体无不明'"；"宋儒虽说'即物而穷其理'，但他们终不曾说出怎样下手的方法……戴氏是真能运用这种方法的人，故他能指出分析与综合二方面，给我们一个下手的方法"（胡适《戴东原的哲学》）。

之所以出现这种差别，在于戴震实事求是、穷究到底的态度和"剖析至微"的方法，"事物之理，必就事物剖析至微而后理得"（《孟子字义疏证》）。

关于情文关系中外都有诸多论述，差别也非常明显，中国古代的表述相对含混、笼统，常常是点到为止，表述也较为随意，容易导致歧义的发生。但是戴震不是这样。他身上有一些特别的地方：近似于科学的理性精神，从自己的经验总结和领悟出最质朴也最根本的道理，以及对道理的执着追求。近似于科学的理性精神，跟时代思潮有一定关系，这一特点在乾嘉时期其他考据学家那里也可以发现。但是不假外物、从经验领悟道理，则在戴震处表现得更为突出。

这一点和戴震的个性、环境及经历直接有关。戴震家境贫寒，"少时家贫，不获亲师，闻圣人之中有孔子者，定六经示后之人，求其一经启而读之，茫茫然无觉。寻思之久，计于心曰：'经之至者，道也；所以明道者，其词也；所以成词者，字也。由字以通其词，由词以通其道，必有渐'"（《与是仲明论学书》）。戴震几乎是在没有教师指点、自己又很茫然的情况下采取了最为原始的办法来自学。这培养了他独立思考的能力，使他很早就明确了治学路径，"仆自十七岁时，有志闻道，谓非求之六经、孔、孟不得，非从事于字义、制度、名物，无由以通其语言"（《与段茂堂》第九札）；"苞罗旁蒐于汉、魏、唐、宋诸家，靡不统宗会元，而归于自得"（王昶《戴东原墓志铭》）。学术源于"自得"，并不断调整和"扩充"，这是戴震学术取得卓越成就的内因。

戴震自学成才，在生活的砥砺中艰难成长，养成了他自信、不虚饰的风格，在学术上高屋建瓴，追求最高的标准。在《与姚孝廉姬传书》中提出"十分之见"就充分体现了这一点："所谓十分之见，必征之古而靡不条贯，合诸道而不留余议，巨细必究，本末兼察。若夫依于传闻以拟其是，择于众说以裁其优，出于空言以定其论，据于孤证以信其通，虽溯流可以知源，不目睹渊泉所导，循根可以达梢，不手披枝肄所歧，皆未至十分之见也。"而在为人处世方面，他刚方直露，和传统敦厚含蓄的处世主张大相径庭。江藩《国朝汉学师承记》记载："戴编修震尝谓人曰：'当代学者，吾以晓徵为第二人。'盖东原毅然以第一人自居。"堪称戴震知己的章学诚也说："戴氏生平未尝许可于仆。"（《答邵二云书》）这种有目中无人之嫌的做派使得戴震在当时和后世遭到不少非议。钱大昕称戴震"性介特，多与物忤，落落不自得"（《戴先生震传》），《清史稿列传》称戴震"性特介"，都是对戴震这一特点的客观概括。

"立身守二字曰不苟，待人守二字曰无憾。事事不苟，犹未能寡耻辱；念念求无憾，犹未能免怨尤，此数十年得于行事者。其得于学，不以人蔽己，不以己自蔽，不为一时之名，亦不期后世之名。有名之见，其蔽二：非掊击前人以自表襮；即依傍昔儒以附骥尾，二者不同，而鄙陋之心同，是以君子务在闻道也。"戴震在《答郑丈用牧书》中这样总结。"守一说之确者，终身不易乃是"，则是戴震处世与治学的真实写照。正是由于这种性格，这种大的自我期许和严格要求，戴震才有今天看来不可思议的气势和高度，使他能够回到原始儒家，借助孟子和荀子的思想来重新界定和阐释性理①，"以'情感哲学'代'理性哲学'"（梁启超《清代学术概论》）。而这种做法实际的效果，则是要为社会重新制定规矩，改变人与现实的关系和社会的评价标准。②

戴震学术和思想都取得了很高的成就，但是也并非无瑕疵可寻。就考据而言，戴震并没有完全客观地依据训诂，将训诂当作证明义理的手段，有明显地服务自己的义理思想、批评程朱理学的倾向。方东树批评戴震，"古人一字异训，言各有当，汉学家说经，不顾当处上下文义，第执一以

---

①　关于戴震和孟子、荀子思想之间的关系，学界研究较多。钱穆《中国近三百年学术史·东原思想之渊源》所说较有代表性：今考东原思想，亦多推本晚周，虽依孟子道性善，而其言时近荀卿。荀主性恶，极重后天人为，故曰："明于天人之分，则可谓至人矣。"又曰："圣人清其天君，正其天官，备其天养，顺其天政，养其天情，以全其天功。"此即东原精研自然以底于必然之说也。又曰："凡语治而待去欲者，无以道欲而因于有欲者；凡语治而待寡欲者，无以节欲而困于多欲者也。心之所可中理，欲虽多，奚伤于治？心之所可失理，欲虽寡，奚止于乱？故治乱在心之所可，亡于情之所欲。故虽为守门，欲不可去，性之具也。虽为天子，欲不可尽，所欲虽不可尽，求者犹近尽。欲虽不可去，所求不得，虑者欲节求也。道者，进则近尽，退则节求，天下莫之若也。"东原谓理者就人之情求之，使之纤悉无憾之谓理，正合荀卿"进近尽，退节求"之旨。而荀子则要其归于礼，曰："人生而有欲，欲而不得，则不能无求；求而无度量分界，则不能不争。争则乱，乱则穷。先王恶其乱也，故制礼义以分之，以养人之欲，给人之求，使欲必不穷乎物，物必不屈于欲，两者相持而长，是礼之所起也。"戴学后起，亦靡勿以礼为说，此又两家思想之相通而至似者也。（商务印书馆1997年版，第393—394页）

②　戴震在《送右庶子毕君赴巩秦阶道序》一文中明确以"通经致用"为治学之旨归。洪榜也称："先生抱经世之才，其论治以富民为本。故常称《汉书》云王成、黄霸、朱邑、龚遂、召信臣等所居民富，所去民思，生有荣号，死见奉祠，凛凛庶几德让君子之遗风，先生未尝不三复斯言。……先生于《史记》尤善张释之、冯唐、汲黯、郑当时列传，有味乎其言之。"（《戴东原先生行状》）

通之，乖违悖戾，而曰义理本于训诂，其可信乎"(《汉学商兑》卷中之下)，这一说法是有道理的。

"由字以通其词，由词以通其道，必有渐"(《与是仲明论学书》)，这是戴震的经典论述。如果联系中国有着充分发展的言象意理论，即可知训诂对于义理的阐释是有限度的①，正如方东树所说："盖义理有时实有在语言文字之外者，故孟子曰：以意逆志，不以文害辞，辞害意也"；"主义理者，断无有舍经废训诂之事；主训诂者，实不能皆当于义理"(《汉学商兑》卷中之下)。

虽然如此，戴震对情欲和义理的理论分析和重新定位，对程朱理学"以理杀人"的揭示和控诉，合义理、考核、辞章为一事，强调义理为二者之源的观点，为当时情文关系的发展提供了理论支撑。②

第二节　对"节性"的阐释：以阮元为中心

戴震是乾嘉学术的代表人物，阮元、凌廷堪、焦循③等更年轻的一代学者继承他的思想，对于天命、理欲、心性等关键问题继续以实事求是、经世致用的态度予以研究，同时对于文学的兴趣也明显大于早期学者，提出了一些新的见解。其中，阮元的成就和作用尤为突出，梁启超称他为考据学正统派的"护法神"(《清代学术概论》)，侯外庐认为阮元"扮演了总结十八世纪汉学思潮的角色"④。

阮元和戴震关系密切，胡适称"阮元是戴学的一个最有力的护法"

---

① 焦循："训诂之不明，则诗辞不可解，必通其辞而诗人之旨可绎而思也。《毛传》精简，得诗意为多。郑生东汉，是时士大夫重气节而温柔敦厚之教疏，故其笺多迂拙，不如毛氏，则传、笺之异不可不分也。"(《雕菰集》卷十六《毛诗郑氏笺》)此论有助于理解戴震"由词以通道"的意义与不足。

② 关于戴震哲学在当时社会的影响，学界基本持肯定的态度，也有少数学者持不同意见。侯外庐："在当时除章学诚了解外，并未成为支配的学说，没有起着社会影响，因而历史的价值也是有限的。"(《中国思想通史》第五卷，人民出版社1956年版，第462页)

③ 阮元(1764—1849)，字伯元，号芸台，晚号怡性老人，江苏仪征人，乾隆五十四年进士，历任乾隆、嘉庆、道光三朝，官至体仁阁大学士，太傅，谥文达，著有《揅经室集》等。凌廷堪(1755—1809)，字仲子，一字次仲，安徽歙县人，乾隆五十五年进士，曾任宁国府学教授，先后主讲敬亭、紫阳书院，著有《校礼堂文集》等。焦循(1763—1820)，字理堂，一作里堂，江苏甘泉(扬州)人，嘉庆六年举人，终生以授徒、著述为乐，著有《雕菰集》等。

④ 侯外庐：《中国思想通史》第五卷，人民文学出版社1956年版，第577页。

(《戴东原的哲学》)，两人的学术思想和治学方法有同有异，各有特色。①
相同之处在于都主张以文字训诂来明义理，反对墨守成规，强调实事求
是。不同之处则存在多个方面：就文学而言，戴震没有诗歌流传，阮元则
有大量诗文著作，富于文名，提出了文笔论等。② 就经学研究而言，戴震
认为义理为考核、文章之源，借经典阐发自己的思想，阮元则兼重义理和
考据，通过考证和归纳来恢复本义，"余之说经，推明古训，实事求是而
已，非敢立异也"(《揅经室集自序》)，同时在具体研究中更强调"实"③；
戴震认为"生生之谓仁"，反对理欲对立，主张达情遂欲，缘情制礼，阮
元也肯定情欲，认为情发于性，欲生于情，但是主张以礼节性，"欲在有
节，不可纵，不可穷"。钱穆评价说："东原言性善，专就食、色之性言
之，与仲次言礼，专就声、色、味之好恶言之，同一失也。既专以声、
色、味之好恶言性，故曰性不可以不节，芸台承之，乃有节性之论，要之
为荀学之承统而已。"④ 在阮元学术中，他个人极为看重的是"节性"问
题。阮元在给陈寿祺的信札中说："生近来将胸中数十年欲言者，写成

---

① 阮元《传经图记》："元当弱冠后，即乐与当代经师游，若戴君东原、孔君巽轩、孙君渊
如，皆与元为忘年交，与元教学相长，因得略窥古经师家法。"(《国粹学报》1905 年第 3 期) 晚清
至 20 世纪中叶，部分学者认为阮元继承戴震学术，如王国维认为阮元之学"全祖戴氏"(《国朝汉
学派戴阮二家之哲学说》)，蔡元培认为阮元作《性命古训》等"未能出东原之范围"(《中国伦理
学史》，东方出版社 1996 年版，第 116 页)，侯外庐甚至说："我们读遍阮元的《揅经室集》，除了
接受戴震的一些思想外，丝毫找不出他自己的哲学思想"(《中国思想通史》第五卷，人民出版社
1956 年版，第 578 页)。20 世纪 50 年代后张舜徽、杨向奎等学者对于阮元有专门研究，80 年代后一
系列研究专著相继出现，对于戴震和阮元学术思想的异同等问题有了更为深入的探讨。

② 阮元本身著有大量诗文，提出了"文笔说"，重建文选楼，他对于文学的看法如文、学
兼备，学为根柢，文学为学术考察的材料等，是他学术思想的组成部分。阮元关于文学的论述主
要见于《四六丛话序》、《文言说》、《文韵说》等文。《四六丛话序》认为："夫人文大著，肇始
六经，典坟邱索，无非体要之辞，礼乐诗书，悉著立诚之训。……统论斯文，日月以对待曜采，
草木以错比成华。玉十縠而皆双，锦百两而名匹。明堂斧藻，视画缋以成义，阶苑笙铺，听铿鈜
而应节。"这些文字说明阮元以经学为立场，文出于经；至于文学的特点，则强调曜采等形式方
面的因素。阮元在《文韵说》中指出："凡文者，在声为宫商，在色为翰藻"，依然突出文学的形
式因素。凌廷堪在当代学界以其"以礼代理"思想闻名，其文学思想和阮元有相似之处，刘师培
等学者对此已有所论述，其关于文笔的论述主要见于《祀古辞人九歌》、《与江豫来书》、《书唐
文粹后》等文，被视为阮元的同调甚至先声。凌廷堪在《晚霞赋序》中指出："假托古人以畅其
旨，设为往复以骋其才"，"纪载则雅应典核，辞赋则无嫌恢诡"等，显示他对文学的虚构性有一
定的认识。

③ 阮元："实者，实事也，圣贤讲学，不在空言，实而已矣。……故此实字最显最重，而
历代儒者忽之。"(《孟子论仁论》)

④ 钱穆：《中国近三百年学术史》，商务印书馆 1997 年版，第 548—549 页。

《性命古训》一卷,大抵欲辟李习之复性之书,而以《书·召诰》节旨为主。"阮元在中国《尚书》"节性"阐释史上起着继往开来的关键作用,他的研究也是乾嘉义理学的重要内容。

一　清代之前关于"节性"的阐释

"节性"出自《周书·召诰》:"王先服殷御事,比介于我有周殷事,节性,惟日其迈,王敬作所,不可不敬德。"对于"节性"最早的阐释,大概当属托名汉代孔安国的传:"和比殷周之臣,时节其性,令不失中,则道化惟日其行。"[①] 此外高诱在《吕氏春秋》卷三"怒之以验其节"中"节"字后注:"节性"。此后到隋朝很长一段时间,虽然出现了关于《尚书》的多种义疏,但多数没有流传下来。其后比较确凿的便是唐代孔颖达的正义:"和比殷周之臣,时节其性命,令不失其中,则王之道化惟日其行矣。"此说几近照搬孔安国;孔颖达对于孔传注疏解释得稍详细些:"人各有性,嗜好不同,各恣所欲,必或反道。故以礼义时节其性命,示之限分,令不失中。皆得中道,则各奉王化,故王之道化惟日其行。言日日当行之,日益远也。顾氏云:'和协殷周新旧之臣,制其性命,勿使怠慢也。'"孔颖达遵循"疏不破注"的惯例,两段文字可结合来看,"性"就是"性命",是"人各有性";"节性"则是"以礼义时节其性命,示之限分,令不失中"。如果说孔安国明确的是"节性"的目的——"不失其中",孔颖达则指向了以礼义来节性的手段。

《尚书》是宋代理学最重要的理论来源之一,宋人对之推尊有加,此时关于"节性"的阐释明显增多。其中既有承继传统略为粗略的解释,如苏轼"当节文殷人之善性,使日进于善"(《东坡书传》卷十三),也有比较详细的阐发。如:

> 节之所以本乎礼者,由礼乃天然之则,所以制中,必中乎礼,斯能中节。此中所以为节之则也。惟其礼者,节之本中者节之则,故《乐记》有言大礼与天地同节,而《节之象》亦云,天地节而四时成,阳盛则节之以阴,寒极则节之以暑,二气必得其中,四时斯不失

---

① 托名汉代孔安国作传的《古文尚书》出现于东晋,宋时吴棫、朱熹开始对其真伪提出质疑。但是出现在东晋,托名孔安国所作传依然是"节性"最早的阐释文字。

序。天地且尔，而况于人乎？此人之所以不可不知节也。节之为义，
岂但曰节财用而已哉？自其内而言之，则嗜欲不可不节，嗜欲不节则
清明之气昏矣；自其外而言之，则饮食不可不节，饮食不节则和平之
气垂矣。知此而节则中正以通，不惟无饮酒濡首之患，而于安节之
亨、甘节之吉，亦能有所得矣。是乃节之旨要，即书中所谓节性之旨
也。学圣人者，必明节之旨，以尽节之道，斯无愧矣。（吴如愚《准
斋杂说》卷下《节说》）

　　这种基于"节"和"礼"的关系展开的说法，可视为对孔颖达观点
的进一步阐发。吴说的重点落在"节"上，是值得注意的。从中国思想文
化的源流来看，对于性、情、欲，加以节制而不是放纵和灭绝，乃是中国
传统最为主流的思想和态度。① 此外，较有代表性的阐释有：

　　欲服殷御事无他，节性而已。孟子曰：性无有不善，水无有不
下。殷之御事，当成王之世，天下之所谓恶人也。周之御事，天下之
所谓善人也。虽有美恶之异，然原夫殷御事，所禀于天之性未丧之
前，与周之御事有以异哉。惟上之人有以唱之，遂陷溺其良心，而不
义之习遂与性成，寝淫日久，牢不可遏，必有以节之而后可也。节之
者，非强其所无也，以其所固有之性还以治之，去其不善而反之善
也。有以节之，则臣民将迁善远罪而不自知，惟日其进于善也。故
曰：惟日其迈。（林之奇《尚书全解》卷三十）

　　林氏继承孟子性善说，强调习、性关系，认为性善是"天之性"、
"固有之性"，"节性"就是"以其所固有之性还以治之，去其不善而反之
善也"，这和孔颖达提出的以"礼义"来"节性"已有根本不同。林说在

----

　　① "节"的思想在中国占据重要地位，不止在情性方面。《国语·鲁语》："夫祀，国之大节
也。而节，政之所成也。"《荀子·大略》：汤旱而祷曰："政不节欤？"《礼记·乐记》："大乐与
天地同和，大礼与天地同节。"《二程遗书·明道先生语一》："有节故有余，止乎礼义者节也。"
《二程遗书·伊川先生语十一》："礼之本，出于民之情，圣人因而道之耳。礼之器，出于民之俗，
圣人因而为文之耳。圣人复出，必因今之衣服器用而为之节文。"可以说，"节"的思想是中国文
化非常重要的内容，直到今天仍然表现在社会生活的各个方面，对人们的思维方式和消费习惯等
直接产生影响。

后代影响较大，接受或持相似观点的学者很多，比如朱熹。①

就中国人性论史来说，"节性"是一个重要组成部分，宋人已经注意到这一点：

> 古之言性者多矣，何其纷纷而不一耶！在《商书》则言常性，在《周书》则言节性，在孔子则言性相近，在孟子则言性善。圣贤立论固已不同。下至诸子则荀子言性恶，扬子言善恶混，韩子言三品，佛氏则又以知觉言性。然则后世将何所折衷耶？盖尝即数说而考之，性即理也，理无不善，气质之禀不能皆同，则所受之理亦随以异，此善不善之所由分也。《商书》之言常性，孟子之言性善，此指理而言也。《周书》之言节性，孔子之言相近，此指气而言也。所指虽异，亦何害其为同哉？荀、杨、佛氏则敢为异论而不顾者也。谓之恶则性无善矣，谓之混则善恶相对而生也，此岂理之本然者哉？知觉者，人之精神，而又非所以言性也。惟韩愈氏生于数子之后，独有得于圣贤之意，其曰性之品有三，则孔子相近之谓也，所以为性者五，则孟子性善之谓也。故其自视以为世无孔子不当在弟子之列，而每以孟子自比者，夫岂无所见而然欤？（黄榦《勉斋集》卷二十五）②

此则材料首次明确地将"节性"置于中国性论的链条之中，细分了气之性和理之性，指出"节性"和孔子"性相近"中的"性"，是"指气而言的"。

元代关于"节性"的阐释虽有不少，但大多承续林之奇等人之说③，

---

① 朱熹《晦庵集》卷六十五："盖人性无不善，殷人特化纣之恶，是以不义之习遂与性成而忘反耳。上之人有以节之，使之日进于善，则与周人亦何异哉？然欲节民之性，又在王之所化，故王又当敬为其所不可不敬之德以率之，非政刑所及也。王氏以为明政刑以节之，不知道之言也。或曰：服亦事也，犹任也，任殷人为御事，使之佐我周之御事也。盖欲其共事相习以成善，且使上下相通情，易以行化，然后有以节其性而日进于善，王则惟作所不可不敬德以率之而已。"此外，朱熹将性分为"天地之性"和"气质之性"，与林说亦有相似之处。

② 宋代持类似观点的还有：杨简《慈湖遗书》卷十五：汲古问圣贤言性何以多不同？先生曰：性字解释有不同，如"性相近"与"节性、惟日其迈"，此是随俗泛言性，质如《易》曰"各正性命"、孟子道"性善"，则言性之本。

③ 吴澄《书纂言》卷四上："节，裁抑之也。性，气质之性，迈行而进也。……商之旧臣已迁于洛，正欲化服其心使之亲近我周之臣，熏染变化以矫揉其性之偏而日进于善也。"陈悦道《书义断法》卷五："既言节性，又欲其日迈，望于殷臣者无穷；既言敬作所，又言不可不敬德，望成王者亦无穷也。"

较有特色的是陈栎《尚书集传纂疏》卷五的说法："敬者，一心之主宰，性即心所具之理也。敬则此心收敛于天理之中而性可节，不敬则此心放纵于人欲之伪而性日流日其迈，即上达反天理而日进乎高明之意也。"主敬是宋以前的说法，性为"心所具之理"乃是宋人观点，陈氏则对前人说法有所综合。此外，胡炳文《云峰集》专门有《节夫字说》："《书》曰：节性。性之过者不节则不中。《中庸》曰：中节。情之过者不节则不和，不和则不中，如一年二十四气有中有节，节者抑其过而归之中也，天地之数极于六十，故易六十卦为节。"

　　明代关于"节性"的阐释更少，且多为老生常谈。[①] 值得注意的是顾炎武的论述："'降衷于下民，若有恒性'，此'性善'之说所自出也。'节性，惟日其迈'，此'性相近'之说所自出也。"（《日知录》卷二）宋人黄幹也曾进行梳理，但只列先后顺序，顾炎武则明确了其中的源流，从史的角度指出孔子"性相近"和孟子"性善"之说出自"节性"。

二　阮元代表的清人对"节性"的阐释

　　清代统治者对于文化思想的控制很严格，极为重视教化，同时又有考据学兴起，出现以礼代理的倾向，所以清代对于"节性"的阐释，不仅强化了和礼的关系以及教化功用，同时也突破旧有格局，展现出新的风貌。康熙钦定、代表皇家正统思想的《日讲礼记解义》（卷五十四）这样阐释："夫礼，称情而立文，乃所以制中也。盖中者，性之德也，礼以节性，故曰所以制中"[②]；《日讲书经解义》（卷八）也说："盖性本有节，惟为

---

① 刘三吾《书传会选》卷五："然王之治当先服殷治事之臣，以亲近副贰我周治事之臣，使其渐染熏陶相观为善，以节制其骄淫之性，则我惟日加巡迈，警觉提撕以督责之，使日进于善而已。"程敏政《篁墩集》卷四："召公说殷之臣化纣之恶，非若我用之臣习于教令，王要先去化那殷家御事之臣，须教他亲近副贰于我周家御事之臣，使其渐染陶成相观为善，以节制他往时骄淫之性，日进于善而不已矣。"陈耀文《天中记》卷十五："节性，昔先圣王之为苑园囿池也，足以观望劳形而已矣，非好侈而恶费也，节乎性也。"

② 类似的还有《钦定礼记义疏》卷六十四："马氏睎孟曰：中出于人之性，而所以节性者在乎礼而已。故曰夫礼所以制中。"《日讲礼记解义》卷二十七："'君子曰：无节于内者，观物弗之察矣，欲察物而不由礼，弗之得矣。故作事不以礼，弗之敬矣，出言不以礼，弗之信矣。故曰：礼也者，物之致也。'此言礼为观物之要也，物犹事也。君子曰：人而无节于内者则不知礼之所由制，将观于物而弗之察矣。盖事物至繁而未有不受裁于礼者，欲察物而不由礼，其弗之得也决矣。故作事不以礼者不能存其敬，出言不以礼者不能立其信，此可见礼为事物之极致也。案礼主于节，故曰经礼三百曲礼三千其致一也。精求之，则所以节性而推是，以裁成辅相者不外是。"

习染所移,是以流而忘返。使日与正人居,闻正言,见正事,未有不愧悔感悟,舍其旧而新是图者。此转移风俗之大机也。"乾嘉学者孙渊如亦称:"圣人之治性情也以礼乐,礼节性,乐防情;其用性情也以忠恕,忠率性,恕推情;其善性情也以道德,道其情之中和谓之道,得其性之至善谓之德。"(《问字堂集》卷一)突破旧有格局、别立新说则主要体现于阮元的研究,用傅斯年的话来说,"即以语言学的观点解决思想史中之问题",并由此带来"节性"研究的新局面。

阮元对于"节性"的论述主要见于《性命古训》、《复性辨》和《塔性说》,其中《性命古训》最为重要,"此中包有彼为儒家道德论探其原始之见解,又有最能表见彼治此问题之方法"。① 和以往阐释不同,阮元首先追溯字源:

> ……按:以虞、夏、商、周四代次之,"性"字始见于此。《周易》卦辞、爻辞但有"命"字,无"性"字,明是"性"字包括于"命"字之内也。此篇"性"字上加以"天"字,明是性受于天,孟子所谓有性焉,君子不谓命也。郑康成注曰:"王逆乱阴阳,不度天性,傲狠明德,不修教法。"郑氏以"度"训"虞",以"修教法"训"迪率典"是也。"度性"与"节性"同意,言节度之也。"迪率典"即《中庸》所说率性之谓道,修道之谓教,典即《虞书》之五典也。纣自恃有天命,逸欲,不修身敬德,以祈永命,所以祖伊言,惟王自绝天命也。盖罪多者,天以永命改为不永,不能向天责命,此祈命之反也。"性命"二字相关,实见于此。……按:《尚书》之"虞性"、"节性",《毛诗》之"弥性",言性者所当首举而尊式之,盖最古之训也。学者远涉二氏,而近忘圣经,何也?《乐记》曰好恶无节,《王制》曰节民性,皆式《尚书》"节性"之古训也。……按:"性"字本从"心"从"生",先有"生"字,后造"性"字。商、周古人造此字时即已谐声,声亦意也。然则告子"生之谓性"一言本不为误,故孟子不骤辟之,而先以言问之曰:"生之谓性也,犹白之谓白与?"盖"生之谓性"一句为古训,而告子误解古训,竟无人物善恶之分,其意中竟欲以禽兽之生与人之生同论,与《孝经》"人为

---

① 傅斯年:《性命古训辨证》引语,广西师范大学出版社 2006 年版。

贵"之言大悖。是以孟子据其答应之'然'字，而以羽、雪至犬、牛、人之性不同辟之。(《研经室集》一集卷十)

阮元还从史的角度对人性论予以梳理和分析："性命之训，起于后世者且勿说之，先说其古者。古性命之训虽多，而大指相同，试先举《尚书·召诰》、《孟子·尽心》二说以建首，可以明其余矣。……《召诰》所谓命即天命也。若子初生，即禄命福极也。哲与愚，吉与凶，历年长短，皆命也。哲愚授于天为命，受于人为性。君子祈命而节性，尽性而知命。故《孟子·尽心》亦谓口目耳鼻四肢为性也。性中有味色声臭安佚之欲，是以必当节之。古人但言节性不言复性也。'王敬作所，不可不敬德'，即性之所以节也。……君子之道，则以仁义为先，礼节为制，不以性欲而苟求之也。……《孟子》此章，性与命相互而为文，性命之训最为明显。赵氏注亦甚质实周密，毫无虚障。若与《召诰》相并而说之，则更明显。惟其味色声臭安佚为性，所以性必须节，不节则性中之情欲纵矣。惟其仁义礼知圣为命，所以命必须敬德。德即仁义礼知圣也。且知与圣即哲也，天道即吉凶历年也。今以此二经之说建首，而次以诸经，再随诸经古训比而说之，可以见汉以前性命之说未尝少晦。"(《研经室集》一集卷十)

阮元解释了汉以前人不注释"节性"的原因，阐发了"节性"与"中和"和"发乎情、止乎礼义"的关系："修道之教，即《礼运》之礼，礼治七情十义者也。七情乃尽人所有，但须治以礼而已，即《召诰》所谓节性也。若以性本光明，受情之昏，必去情而始复性，此李习之惑于释老之说也。不睹不闻，即不愧屋漏之说也。非如释氏寂静无眼耳鼻舌身意也。未发之中，即《礼记·乐记》所谓'人生而静，天之性也'，中即《左传》所谓'民受天地之中以生'之中。中者，有形有质，有血气心知，特未至喜怒哀乐时耳。发而中节，即节性之说也。有礼有乐，所以既节且和也。天地位，万物育，即《周易》所谓各正性命也。"(《研经室集》一集卷十)

对阮元来说，"节性"不只是研究的对象，还进入了他的生活。阮元的书斋名为节性斋，自称节性斋主人。著有《节性斋铭》：

> 周初《召诰》，肇言节性。周末孟子，互言性命。性善之说，秉彝可证。命哲命吉，初生即定。终命弥性，求至各正。迈勉其德，品节其行。复性说兴，流为主静。由庄而释，见性如镜。考之姬孟，实

相迳庭。若合古训,尚曰居敬。(《研经室续集》卷四)

此外,在《节性斋主人小像跋》中也有总结:

> 余讲学不敢似学案立宗旨,惟知言性则溯始《召诰》之节性,迄于孟子之性善,不立空谈,不生异说而已。性字之造于周召之前,从"心"则包仁义礼智等在内,从"生"则包味臭色声等在内。是故周召之时解性字者朴实不乱,何也?字如此实造,事亦如此实讲。周召知性中有欲,必须节之。节者,如有所节制,使不逾尺寸也。以节字制天下后世之性,此圣人万世可行,得中庸之道也。《中庸》之"率性",犹《召诰》之节性也。(转引自王国维《静安文集·国朝汉学派戴阮二家之哲学说》)

和以往阐释相比,阮元论述较为全面和深刻。他运用追根溯源的研究方法,指出先有生字,后有性字,性字含于命字之内;性字最早见于《西伯戡黎》中的"不虞天性",而非宋人王应麟以为的《汤诰》;指出"度性与节性同意,言节度之也"。在早期人性论的历史梳理方面,将《尚书》"节性"和《孟子·尽心》"性中有味色声臭安佚之欲,是以必当节之"为古性命之训,突出孟子性论而忽略孔子,和宋人黄干、明末顾炎武都有所不同,体现了清人关于人性论的观点。

三 当代对于阮元"节性"说的批评和阐释

从汉到清的研究来看,"节性"的内涵、"节"与"性"关系、渊源传承等方面,都是在继承前人之说的基础上不断推进的。20世纪之后的阐释则有了根本性的改变,对阮元阐释的批评以及批评的批评成为重要内容。

20世纪上半叶,于省吾和傅斯年的研究较有代表性。[①] 于省吾认

---

① 傅斯年、于省吾的说法影响较大,但当时也还存在接受传统观点的情况。曾运乾(1884—1945)东北沦陷后在中山大学讲授《尚书》,认为:"节,节制也。性,生之理也。迈,进也。周官大司徒,以五礼防万民之伪而教之中,以六乐防万民之情而教之和。"关于"节性"则解释为"又庶殷久化纠俗,习染骄淫,当制礼作乐,以节制其血气之性。"(后人根据其在中山大学讲义出版《尚书正读》,中华书局1964年版,第196页)

为："'节性'旧读如字，遂不可解。"[①] 其弟子刘起釪评析了阮元的研究，认为"阮氏将西周初年的《召诰》与战国时期《孟子》二书中之说，都看成即是宋儒所倡的性命之训的学说，似有意牵合"，"是有意为后代的东西牵附古代经典之说，以表示其渊源有自，冲淡它所承佛、道之影响"。[②]

在学界影响更大的是傅斯年在1938年出版的《性命古训辨证》。其主要观点和依据是：一是先秦遗文有"生"字无独立之"性"字，"性"之观念在《左传》、《国语》时代逐渐产生，犹未完全成立。[③] 二是《周诰》中仅《召诰》中出现一"性"字，无法自证，而《吕氏春秋·重己篇》有"节乎性"[④]，可以此为证。关于《吕氏春秋·重己篇》，傅氏以为"此皆所以论养生，终篇之乱，应题'节生'，其曰'节性'，曰'安性'者，后人传写，以性字代生字耳。节性之义既如是，则《召诰》之云'节性'，在原文必作节生明矣。周公以此教成王，正虑其年少血气未定，如穷欲极侈必坠厥命，故勉其节生，治其身也；教以敬德，治其心也。阮芸台不知节性之本作节生，于此大发议论，可谓在迩而求诸远矣"[⑤]。据此，傅斯年认为阮元之说不能成立，"阮氏聚积《诗》、《书》、《论语》、《孟子》中之论性、命字，以训诂学的方法定其字义，而后就其字义疏为理

---

① 于省吾在其1934年出版的《双剑誃尚书新证》中指出："《康诰》'越小臣诸节'，'节'，王静安谓为'夷'之伪，吾则疑为'人'之伪。金文'人'作'𠄌'，'夷'，狄夷，字作'𢎨'，二字最易混杂。且《康诰》上言外庶子、训人、正人皆官名，下言小臣不可胜数，故以诸人该之。性、姓金文并作生……然则节性惟日其迈者，人生惟日其迈也。《西伯戡黎》'我生不有命在天'，是人生我生之语例，由来尚矣。"（于省吾：《双剑誃尚书新证》，中华书局2009年版，第172—173页）

② 顾颉刚、刘起釪：《尚书校释译论》第三册，中华书局2005年版，第1455页。

③ "独立之性字为先秦遗文所无，先秦遗文中皆用生字为之。至于生字之含义，在金文及《诗》、《书》中，并无后人所谓'性'之一义，而皆属于生之本义。后人所谓性者，其字义自《论语》始有之，然犹去生之本义为近。至《孟子》，此一新义始充分发展。""《左传》、《国语》中之性字，多数原是生字，即以为全数原为生字，亦无不可。"（傅斯年：《性命古训辨证》，广西师范大学出版社2006年版，第3、44页）

④ 原文如下：是故先王不处大室，不为高台，味不众珍，衣不燀热。燀热则理塞，理塞则气不达。味众珍则胃充，胃充则中大鞔，中大鞔而气不达，以此长生可得乎？昔先圣王之为苑囿园池也，足以观望劳形而已矣。其为宫室台榭也，足以辟燥湿而已矣。其为舆马衣裘也，足以逸身暖骸而已矣。其为饮食酏醴也，足以适味充虚而已矣。其为声色音乐也，足以安性自娱而已矣。五者，圣王之所以养性也，非好俭而恶费也，节乎性也。

⑤ 傅斯年：《性命古训辨证》，广西师范大学出版社2006年版，第28页。

论,以张汉学家哲学之立场,以摇程朱之权威"①。傅氏还细评阮元说法之蔽:其一是使用材料之蔽,《召诰》之"节性"按照《吕览》本是"节生",《大雅》所谓"弥尔性"按照金文乃是"弥厥生",节性与性论无涉;其二是时代偶像之蔽,即儒家传统不敢言孟子之说不同于孔子,不敢说荀子性论近于孔子;其三是门户之蔽,清代所谓宋学实际是明代官学,所谓汉学则是紫阳至深宁一脉相衍的宋学,汉宋之争的环境下不易平心静气等。

就"节性"研究来说,认为"性"当为"生","节性"即"节生",在这一点上傅斯年和于省吾并无差异,但是傅氏之说在学界影响更大。究其实在傅氏更接近当代学术,于氏研究更为传统。傅斯年治学的特点是"用语学的观点所以识性命诸字之原,用历史的观点所以疏性论历来之变",其据以成书的也是"语学的观点与历史的观点"。其实,阮元关于"节性"的研究亦体现了这两种特点。正因为此,傅氏以为"夫阮氏之结论固多不能成立,然其方法则足为后人治思想史者所仪型",但是反过来,方法近似而结论迥异的现象也是值得深究的。因此从 20 世纪中叶开始,陆续有学者针对傅斯年、于省吾的观点提出了不同的看法,代表人物是徐复观。

在方法上,徐复观同样注意从语源学入手,不同的是突出了语言的发展变化:"性字之含义,若与生字无密切之关联,则性字不会以生字为母字。但性字之含义,若与生字之本义没有区别,则生字亦不会孳乳出性字。而且必先有生字用作性字,然后乃渐渐孳乳出性字";"知此本义,则不仅可以了解《尚书·召诰》的'节性',只能是'节性',而不能如傅氏之改作'节生';亦即周初已有性字"。②

在徐复观看来,阮元和傅斯年都缺乏史的意识,是不能正确认识和判断的根由:

> 阮元对节性的解释是"性中有味色声臭安佚之欲,是以当节之",并不算错。他的错处,在于根本不了解同一性字,随时代及思想家的立场不同而演变,他根本没有历史的观念,以为一个名词成立以后,

---

① 傅斯年:《性命古训辨证》引语,广西师范大学出版社 2006 年版,第 1 页。
② 徐复观:《中国人性论史》,华东师范大学出版社 2005 年版,第 4、5 页。

不仅会永远不变，而且应以最古者为标准；所以他接着说"古人但言节性，不言复性也"，这便非常可笑了。

傅斯年氏作《性命古训辨证》，以为阮氏"训诂字义之方法，足以为后人治思想史者所仪型"；遂沿阮氏之方法，而更推进一步，以为"性"字出于"生"字，遂以"生"字之本义为古代性字之本义；更倡言"独立之性字，为先秦遗文所无；先秦遗文中，皆用生字为之"。……傅氏所用的方法，不仅是在追寻当下某字的原音原形，以得其原义；并进而追寻某字之所自出的母字，以母字的原义为孳乳字的原义。……这在语言学上，也未免太缺乏"史"的意识了。①

相对傅斯年之于阮元，徐复观对傅斯年的批评更为严厉："其根据系来自西方少数人以为'哲学乃语言之副产品'的一偏之论，以与我国乾嘉学派末流相结托"，"傅斯年的《性命古训辨证》，因为他当时在学术界中所占的权力性的地位，正可以作为这一派的典范著作。但夷考其实，这不仅忽略了由原义到某一思想成立时，其内容已有时间的发展演变；更忽略了同一个名词，在同一个时代，也常由不同的思想而赋予不同的内容。尤其重要的，此一方法，忽略了语言学本身的一项重大事实，即是语原的本身，也并不能表示它当时所应包含的全部意义，乃至重要意义"。② 对于傅斯年以为论据的《吕氏春秋·重己》中关于"节性"的材料，徐复观认为"此段原文的节性，不可能解释作节生"，"作为《吕览》有关这一部分思想特性的，却是'人之性寿'（《本生》）一语"，"既决不可以改作'节生'，更与《召诰》所说的'节性'毫无关系"。③

徐复观对于"节性"的分析，更注重中国人性理论发展的脉络，思路开阔，论述充分，比起傅斯年更加客观和融通。他的研究得到同时代一些学者的认同。牟宗三虽未提及傅斯年，但是在傅斯年引以为据的"弥而性"问题上，明确赞同徐复观之解，以为"此解较优"④。相较徐氏之说，牟宗三的心性研究构成了对傅斯年等说法更为系统的否定，对"节性"也有了更客观和全面的分析。

---

① 徐复观：《中国人性论史》，华东师范大学出版社 2005 年版，第 3—4、21 页。
② 同上书，第 1 页。
③ 同上书，第 5、6 页。
④ 牟宗三：《心体与性体》（一），《牟宗三先生全集》（5），联经出版社 2003 年版，第 204 页。

在性、生关系上,牟宗三以为:"大抵造字先有生字,后渐孳乳性字。自性之观念言,其初只是直接就生而言性。所谓实然之性即是自生而言性也。自生言性,性非即生也。初民文字简略,字可互代字。虽可通用互代,而观念既生,则义实有别。生与性各自有义。究从生,抑从性,则由上下文语脉决定。不能消灭性字之独立义,而谓性即是生也。"关于"节性,惟日其迈",牟宗三以为:"此性字即生命中自然有的欲望本能等。此项节、导,而不能纵,如此方能日进其德。此处是性、德对言,此见性在下,属自然而实然,德在上(尽管是外在的),属当然而应然。'节性',字亦可写为'节生',然其实只是性义,不是今日所谓'节制生育'之'节生'也。"其后牟宗三特意说明此"节性"与《商书·西伯戡黎》中的"不虞天性"两处文字"是今文《尚书》,无问题者"。[①]

同时期值得关注的还有唐君毅的论述。"'节性'之性,当是指人自然生命之要求。此言节性,乃对敬德而言此性之当节。此德,乃人对'一道德标准或礼义之理想,为天之所命,而人之所当为者',兼对'我以外之他人与万物',而由人自己所成之德。对敬德而言节性,亦即就人面对其人生理想,与其自己以外之人物,以自反省其对人性之态度之言也";"即在'节性'之言之涵义中,虽有此性不宜放纵,放纵则陷邪恶之义,亦未明言性恶"。[②]唐的说法和徐复观近似,但是角度不同:徐复观明确提出"节性即同于节欲",注重性和欲的关系;唐则强调性为自然生命的要求,强调性和德的关系。虽然论述有所不同,思想、方法等也各有差异,但是徐复观、牟宗三、唐君毅等人在几十年前所作的研究,代表了现有"节性"研究的最高水平。[③]

"节性"是中国人性论、修身和德治思想的起点,是"思无邪"、"止乎礼义"一脉思想最初的萌芽,在中国思想文化史上占有极为重要的地

---

①　牟宗三:《心体与性体》(一),《牟宗三先生全集》(5),联经出版社 2003 年版,第214、204—205 页。

②　唐君毅:《中国哲学原论·原性篇》,中国社会科学出版社 2005 年版,第8 页。

③　大陆学者对于"节性"研究的不多,裘锡圭对于 20 世纪 90 年代出现的郭店楚简《性自命出》中,"凡动性者,物也;逆性者,悦也;室性者,故也;厉性者,义也;出性者,势也;养性者,习也;长性者,道也",认为其中的"室性"是"节性","古人对节性这件事很重视。《性自命出》讲到了'动性'、'逆性'、'出性'、'厉性'、'养性'、'长性',似乎不应不提'节性'。这也说明把'室性'释读为'节性',是很合理的"(裘锡圭:《由郭店简〈性自命出〉的"室性者故也"说到〈孟子〉的"天下之言性也"章》,张光裕主编《第四届国际中国古文字学研讨会论文集》,香港中文大学中国语言及文学系 2003 年版,第45 页)。

位。阮元以浅近平实之言语，将原本多歧义的"节性"具体化为个人情欲和社会之间的关系，并进而由知命、修德、尽道来追求天下之太平。他的学术思想和组织编纂《皇清经解》、《十三经注疏校勘记》、《经籍籑诂》等活动，不仅将乾嘉学术推上了高峰，也为文化发展提供了重要的史料和理论支持。

第 二 章

性情与格调、礼义:乾嘉时期正统文论的发展

　　正统文论在乾嘉时期呈现出两种发展态势:一种是沿袭传统,以诗人的立场来弘扬诗道,推崇温柔敦厚,既重诗歌的审美特征,又强调诗歌的教化功用;另一种是将文学与乾嘉学术相结合,运用考据学的方法和求是精神,以学者的态度理性审视诗歌的发展,对诗教理论予以归纳和发展。前者重在继往,后者重在开来,两者相合,乾嘉正统文论在文论史上就具有了独特的地位:它联结着传统文论和当代文论,传统文论在此得以系统总结,当代文论则由此萌芽与开端。这一时期的正统文论家中代表前一种态势的是沈德潜,体现后一种发展趋向的则是纪昀。在这一时期,乾隆和《四库全书总目》是不可忽视的重要方面,不仅对沈德潜和纪昀等正统文论家直接产生影响,还在一定程度上引导了整个社会文化的发展走向。

第一节　沈德潜对格调与神韵的调和

　　沈德潜是乾隆时期的正统文论家①,其诗学思想概括起来有三个特点:重视诗歌的社会教化功用,看重“温柔敦厚”;强调性情,认为“舍至情无以成诗”;调和格调与神韵。作为清代“格调说”的代表人物,沈德潜备受学界关注,相关著述不断出现,研究比较深入。这里主要从情文关系角度考察沈德潜的诗学思想,主要就诗教与性情、格调与神韵两个方面予

---

　　① 沈德潜(1673—1769),字确士,号归愚,长洲人。乾隆元年举荐博学鸿词科,乾隆四年进士,曾任内阁学士兼礼部侍郎。著有《沈归愚诗文全集》,选编《古诗源》、《唐诗别裁》、《明诗别裁》、《清诗别裁》等。沈德潜是公认的清代正统诗论家。陈衍《近代诗钞序》认为清代“有清二百余载,以高位主持诗教者,在康熙曰王文简,在乾隆曰沈文悫,在道光、咸丰则祁文端、曾文正也。……夫文简、文悫生际承平,宜其诗之为正风正雅”。

以论述。

一　诗教与性情

《说诗晬语》开宗明义就是："诗之为道，可以理性情，善伦物，感鬼神，设教邦国，应对诸侯，用如此其重也。秦汉以来，乐府代兴；六代继之，流衍靡曼。至有唐而声律日工，托兴渐失。徒视为嘲风雪，弄花草，游历燕衎之具，而诗教远矣。学者但知尊唐而不上穷其源，犹望海者指鱼背为海岸，而不自悟其见之小也。今虽不能竟越三唐之格，然必优柔渐渍，仰溯《风》、《雅》，诗道始尊。"其后又称"温柔敦厚，斯为极则"。此外，在《清诗别裁集·凡例》中还指出："诗之为道，不外孔子教小子、教伯鱼数言，而其立言一归于温柔敦厚，无古今一也。自陆士衡有缘情绮靡之语，后人奉以为宗，波流滔滔，去而日远矣。选中体制各殊，要惟恐失温柔敦厚之旨。"这些是最能体现沈德潜重视诗教、推崇温柔敦厚的论述。朱东润评价说："归愚论诗，主张最力者，则为其温柔敦厚之说"，"归愚之论，谓诗贵温柔，不可说尽，又必关系人伦日用"。①诗教和性情的关系比较复杂，沈德潜对诗教思想的发展主要体现在温柔敦厚的阐释和运用之中。

温柔敦厚出自《礼记·经解》："温柔敦厚，诗教也……其为人也，温柔敦厚而不愚，则深于诗者也。"历代关于温柔敦厚的阐释很多，比较经典的如唐代孔颖达《礼记正义》"经解第二十六"中所说："温，谓颜色温润；柔，谓情性和柔。《诗》依违讽谏，不指切事情，故云温柔敦厚是诗教也。"宋代朱熹认为："只是思无邪一句好，不是一部诗皆思无邪"，"温柔敦厚，诗之教也。使篇篇皆是讥刺人，安得温柔敦厚"（《朱子语类》卷八十）。宋代游酢从创作角度阐释温柔敦厚："盖诗之情出于温柔敦厚，而其言如之。言者心声也。不得其心，斯不得于言矣。"（《游廌山集》卷一）概括来说，温柔敦厚大致涉及作家性情人品、作品内容和形式风格三个方面。沈德潜关于温柔敦厚的论述大致也可以归结其中。

就作家的性情人品来说，以温柔敦厚为批评的首要标准，尤其强调忠君爱国。沈德潜在《七子诗选序》中说："予惟诗之为道，古今作者不

---

①　朱东润：《中国文学批评史大纲》，上海古籍出版社 2001 年版，第 354 页。

一,然揽其大端,始则审宗旨",窃谓宗旨者,原乎性情者也"。沈德潜受其师叶燮的影响,也主张"有第一等襟抱,第一等学识,斯有第一等真诗"、(陶潜)"六朝第一流人物,其诗自能旷世独立"(《说诗晬语》)。按照此种标准衡量,杜甫受到沈德潜的高度评价:(杜甫)"一饭未尝忘君,其忠孝与夫子事父事君之旨有合,不可以寻常诗人例之";"少陵身际乱离,负薪拾橡,而忠爱之意,惓惓不忘,得圣人之旨矣"(《唐诗别裁集》)。沈德潜因人品而推尊屈原、陆游、元好问等人就是自然而然的了。①

就作品内容而言,强调言之有物,具有现实意义。沈德潜在《唐诗别裁集·凡例》中明确指出:"《诗》本六籍之一,王者以之观民风,考得失,非为艳情发也。……集中所载,间及夫妇男女之词,要得好色不淫之旨,而淫哇私亵,概从阙如";在《明诗别裁集·序》中说:"雷同沿袭,浮艳淫靡,凡无当于美刺者屏焉";《清诗别裁集·凡例》对此表达得更为详细:"诗必原本性情,关乎人伦日用及古今成败兴坏之故者,方为可存,所谓其言有物也。若一无关系,徒办浮华,又或叫号撞搪以出之,非风人之指矣。尤有甚者,动作温柔乡语,如王次回《疑雨集》之类,最足害人心术,一概不存"。沈德潜几部选集都注重挑选反映现实、言之有物的作品,对于形式华美而内容空洞的作品,涉及艳情的作品则基本不予入选。沈德潜和袁枚围绕《疑雨集》展开的关于艳情诗的论争,也充分展现了沈德潜诗学反对艳情的特点。②

---

① 《说诗晬语》论屈原:"读其词,审其音,如赤子婉恋于父母侧而不忍去。要其显忠斥佞,爱君忧国,足以持人道之穷矣。尊之为经,乌得为过?"《宋金三家诗选》论陆游和元好问:"放翁出笔太易,气亦稍粗,是其所短。然胸怀磊磊明明,欲复国大仇,有触即动,老死不忘,时无第二人也。上追少陵,志节略同,勿第以诗人目之";"遗山值金主守绪,时蒙古宋师交攻之,君臣殽惑,生死不能自主。……选元诗者,强作元人以冠一代之籍,欲尊其诗,转没其节矣"。《宋金三家诗选》另一家为苏轼,顾宗泰在序中称:沈德潜对于陆游和元好问,"首为论定,例言、评语都备。独东坡诗于病中选阅,只有定本,不及评而先生已下世"。

② 针对沈德潜在《清诗别裁集·凡例》中的言论,袁枚先后写作《答沈大宗伯论诗书》、《再与沈大宗伯书》表达不同意见,对沈德潜不选王彦泓(字次回)《疑雨集》进行质疑,指出《关雎》即艳诗,"阴阳夫妇,艳诗之祖","次回才藻艳绝,阮亭集中时时窃之","艳诗宫体,自是诗家一格"。沈德潜并没有回应袁枚的质疑。袁枚在《随园诗话》卷一中记载了此事:"本朝王次回《疑雨集》,香奁绝调,惜其只成此一家数耳。沈归愚尚书选国朝诗,摈而不录,何所见之狭也。尝作书难之云:'《关雎》为《国风》之首,即言男女之情。孔子删诗,亦存《郑》、《卫》,公何独不选次回诗?'沈亦无以答也。"关于沈袁二人艳诗之争,当时及后世也有不少评论,其中黄培芳《香石诗话》(卷三)之说最为公允:"次回艳诗自在,好之者选之读之,自无不可;而沈公不以入选,持一家之论,亦未尝不是。至作书难之,妄引圣人,甚不伦矣"。

就形式风格来说，要求微言大义，优游婉顺。这里有两个层次，一个是作者性情和柔，表达也相应比较婉约；一个是从审美效果来说，言无尽而意有余，才能具有含蓄蕴藉的韵味。沈德潜在《施觉庵考功诗序》中说："诗之为道也，以微言通讽谕，大要援此譬彼，优游婉顺，无放情竭论，而人裴徊自得于意言之余。《三百》以来，代有升降，旨归则一也，惟夫后之为诗者，哀必欲涕，喜必欲狂，豪则纵放，而戚若有亡，粗厉之气胜，而忠厚之道衰。……今体会其词，和顺以发情，微婉以讽事，比兴以定则。其体渊渊，其风泠泠，味之澹澹，而炙之温温，读者不自觉静其志气，而调其性情也。是可谓诗人之旨也已。"

沈德潜强调诗歌的教化功能，兼顾审美特性，通过选编诗集体现自己的诗学观点，对于诗歌的发展追根溯源，在诗歌发展史中诠评诗人作品。这是沈德潜诗学的价值所在，也是所编选诗集至今广为流传的原因。因此王豫称赞说："文悫为诸生，品端行完。论诗上溯《三百》、屈《骚》、汉晋三唐，下迄明代，以和平敦厚得性情之正为宗。截断众流，别裁伪体。如老鹤一鸣，喧啾俱寂；瑶琴一鼓，瓦缶无声。自来选家，未克臻斯诣也。"（《群雅集》）虽然如此，沈德潜的论述还有朱东润所说的"评次古今诗人，大都前人所已言"的特点。

虽然当代研究一再强调沈德潜兼顾诗教和诗歌的审美特性，实际上诗教在沈德潜处始终是第一位的。这必然会对他的诗歌批评有所影响。对比《古诗源》和王夫之的《古诗评选》，差异是很明显的。以对古乐府《艳歌行》的评价来看。王夫之评："古人于尔许事，闲远委蛇如此，乃以登之管弦，遂无赧色。攫骨戟髯，以道大端者，野人哉！"沈德潜评："与《陌上桑》、《羽林郎》同见性情之正。国风之遗也。"王夫之也看重雅正，但是对文学的审美特性分析得更为细密，沈德潜则仅关注性情之正，有些相形见绌了。

可能也正因为此等原因，后人对沈德潜也多有批评。文廷式《琴风余谭》认为："本朝诗学，沈归愚坏之，体貌粗具，神理全无。动以别裁自命，浅学之士，为其所劫，遂至千篇一律，万喙雷同。……姚姜坞《援鹑堂笔记》谓归愚以帖括之余，研究风雅，可谓助我张目者也。"汪国垣《近代诗派与地域》："乾嘉之世，为有清一代全盛时期……试观尔时诗家，在朝如沈归愚，在野若袁简斋，非所谓负一时诗坛重望，仰之为泰山北斗乎？迄今试翻其遗集，沈则篇章妥贴，涂泽为工……迹其所诣,殊难相副。"① 这些批评有助于我们客观全面地认识和评价沈德潜。

二　格调与神韵

格调说是贴在沈德潜身上最鲜明的标签,但是他并未以格调来标榜自己的诗学主张。将沈德潜和格调说联系起来的是他的弟子王昶,"苏州沈德潜独持格调说,崇奉盛唐而排斥宋诗……以汉魏盛唐倡于吴下"(《湖海诗传》)。王昶《蒲褐山房诗话》又说:"先生独综今古,无藉而成,本源汉魏,效法盛唐,先宗老杜,次及昌黎、义山、东坡、遗山,下至青邱、崆峒、大复、卧子、阮亭,皆能兼综条贯。"《清史稿·沈德潜传》则这样评价:"德潜少受诗法于吴江叶燮,自盛唐上追汉魏,论次唐以后列朝诗为《别裁集》,以规矩示人。承学者效之,自成宗派。"综合这些论述来看,沈德潜论诗兼综条贯,强调规矩,"格调"就是这两者的综合体现,用邬国平、王镇远的话来说,"所谓格,往往指诗歌体制上的合乎规格;所谓调,就是指诗歌的声调韵律",要求诗歌在形式体制上合乎高格,其实就是要效法汉魏盛唐。这和明代七子的复古主张大体一致,"在神韵派独标王孟清音和宋诗派高举苏黄之帜的时候,沈德潜崇尚李白、杜甫为代表的雄放刚健诗风,欲提倡开阔豪迈的盛世气象,故上追唐人,下接七子,追求高格,被视为接绪七子的格调说之代表"②。由此看来,将沈德潜的诗学主张称为"格调说"也是有道理的。

虽然被视为明清两代"格调说"的代表,但沈德潜和明七子的差别仍是明显的。七子倡导"文必秦汉,诗必盛唐",意图以汉魏盛唐之高格纠正当时的诗文之弊,其理论偏重于诗歌的形式方面;沈德潜则试图追溯风雅传统,发挥诗歌的教化作用,因而更重视诗歌的思想内涵和现实意义。同样主张复古,七子墨守成规,偏重于拟议,过于强调复古而限制和束缚了自我的表达,失去了诗歌的真性情,这是明七子在后世受到广泛批评的主要原因。沈德潜深谙明七子之弊③,不仅有拟议,还强调变化,看重格调,也强调性情,因而既避免明七子格调之弊,也在一定程度上纠正了神

---

① 《汪辟疆说近代诗》,上海古籍出版社2001年版,第6页。

② 邬国平、王镇远:《清代文学批评史》,上海古籍出版社1995年版,第448、447页。

③ 《古诗源·序》:"前后七子,互相羽翼,彬彬称盛。然其敝也,株守太过,冠裳土偶,学者昝之。"《唐诗别裁集·序》:"顾自有明以来,选古人之诗者,意见各殊。嘉、隆后,主复古者拘于方隅,主标新者俪而先矩,入主出奴,二百年间,迄无定论。"

韵说之偏，理论更具包容性，有调和格调与神韵的意味。

神韵和格调本身也是密切相关的。清代杨绳武在《资政大夫经筵讲官刑部尚书王公神道碑铭》中这样概括："公之诗，笼盖百家，囊括千载，自汉魏六朝以及唐宋元明人，无不咀其精华，探其堂奥，而尤浸淫于陶、孟、王、韦诸公，有以得其象外之音、意外之神……尝推本司空表圣'味在咸酸之外'及严沧浪以禅喻诗之旨，而益伸其说。盖自来论诗者，或尚风格，或矜才调，或崇法律，而公则独标神韵。神韵得，而风格、才调、法律三者悉举诸此矣。"杨绳武说的是神韵的理想境界，与王士祯的实际创作存在一定差距，赵翼等人对其"诗中无人"的批评就可见一斑。神韵和格调如何相通，沈德潜又是如何调和二者的呢？

就格调和神韵二者关系来说，其相通处在艺术创造上保持与现实的距离，更具体地说就是"远"。黑格尔在《哲学史讲演录》中说"东方的崇高境界"，是"取消一切特殊性而得到一个渺茫的无限"①。在中国的文化中，"远"就是这样"一个渺茫的无限"，"大曰逝，逝曰远"（《老子》）。正是"远"，将格调和神韵联通起来。

叶燮《原诗》指出："诗之至处，妙在含蓄无垠，思致微渺，其寄托在可言不可言之间，其指归在可解不可解之会，言在此而意在彼，泯端倪而离形象，绝议论而穷思维，引人于冥漠恍惚之境，所以为至也。"王士祯的神韵说就是对此种境界之美的理论总结。早年王士祯在《丙申诗序》中提到了典、远、协、则四字原则②，其中的"远"就是其后来提出的神韵说的雏形。冒襄在《渔阳山人诗集序》中评价王士祯的诗歌"其标旨也，微而远，其托物也，思而多风"，也指出了"远"和神韵之间的关系。无论是诗论中的言外之意、象外之象，还是王孟韦柳以及王士祯的诗作，"远"都是必不可少的因素。"远"又表现为两个不同的方面：一是时空远，"余尝观荆浩论山水，而悟诗家三昧，曰远人无目，远水无波，远山无皴"（《香祖笔记》卷六），远距离描绘更容易营造若有若无、朦胧梦幻的意境；二是超越性，超越现实功利，表现审美感受，"如华严楼阁，

---

① ［德］黑格尔：《哲学史讲演录》第一卷，商务印书馆 2011 年版，第 128 页。

② 王士祯《丙申诗旧序》："一曰典。画潇湘洞庭，不必蹙山结水；李龙眠作阳关图，意不在渭城车马，而设钓者于水滨，忘形块坐，哀乐嗒然，此诗旨也；次曰远。诗三百五篇，吾夫子皆尝弦而歌之，故古无乐经。而《由庚》《华黍》皆有声无词，土鼓鞞铎非所以披管弦，叶丝肉也；次曰谐音律。昔人云，《楚词》《世说》，诗中佳料，为其风藻神韵去风雅未遥，学者由此意而通之，摇荡性情，晖丽万有，皆是物也；次曰丽以则。"

弹指即现,又如仙人五城十二楼,缥缈俱在天际"(《渔洋诗话》卷中施闰章语)。除了"远",王士禛在后来的表述中又强调了"清",清远得兼而有神韵之妙:

> 汾阳孔文谷(天胤)云:"诗以达性,然须清远为尚。"薛西原论诗,独取谢康乐、王摩诘、孟浩然、韦应物,言:"'白云抱幽石,绿筱媚清涟',清也;'表灵物莫赏,蕴真谁为传',远也;'何必丝与竹,山水有清音','景昃鸣禽集,水木湛清华',清远兼之也。总其妙在神韵矣。"神韵二字,予向论诗,首为学人拈出,不知先见于此。(《池北偶谈》卷一八)

这是王士禛论述神韵最重要的一段文字。"远"本身有超越之意,"清"更加突出了清淡、自然、飘逸的意味。王士禛在《带经堂集·芝廛集序》中记载的他和王原祁的一段对话也与此有关。王原祁说:"凡为画者,始贵能入,继贵能出,要以沉著痛快为极致","见以为古澹闲远,而中实沉著痛快,此非流俗所能知也"。王士禛有所感思,得出这样的结论:"入之出之,其诗家之舍筏登岸乎?沉著痛快,非惟李、杜、昌黎有之,乃陶、谢、王、孟而下莫不有之。子之论,论画也,而通于诗。诗也,而几于道矣。"这里涉及了清远和沉著痛快的关系,由王士禛的论述看,他所说的神韵应该是兼有清远和沉著痛快的,即清远在外,沉著痛快蕴含其中。这种情况和司空图《二十四诗品》中雄浑和冲淡的关系近似,相关论述已经很多,这里不再赘述。

沈德潜同样欣赏清远淡雅的诗风,这大概也是在《清诗别裁集》中将王士禛推为清代诗坛第一大家,并选其诗作47首的原因。《清诗别裁集》中多处以清来评诗,如评陈荪诗歌"清如镜,净如拭,意味稍薄,而真气独存,贤于饾饤为博、纤佻为工者";评岑霁"诗品清澈无尘",《寻涧上先生故居》一诗"诗品清绝"。对于王士禛,沈德潜在其小传中称:"全集以明丽博雅胜者居多,然恐收之不尽,兹特取其高华浑厚有法度神韵者,觉渔洋面目,为之改观。"这句话含有这样一些意思:王的本来面目是"明丽博雅",沈"取其高华浑厚有法度神韵者",结果是渔洋面目改观,诗歌呈现出新的面貌。沈德潜以格调来改造神韵的意图和路径,此处表述最为清晰。

对于清远和沉著痛快之间的关系，沈德潜也有深刻认知，"王维、李颀、崔曙、张谓、高适、岑参诸人，品格既高，复饶远韵，故为正声。老杜以宏才卓识，盛气大力胜之。读《秋兴八首》《咏怀古迹五首》《诸将五首》，不废议论，不弃藻缋，笼盖宇宙，铿戞韶钧，而横纵出没中，复含蕴藉微远之致；目为大成，非虚语也"（《说诗晬语》）；"王摩诘七言律风格最高，复饶远韵，为唐代正宗。然遇杜《秋兴》《诸将》《咏怀古迹》等篇，恐瞠乎其后。以杜能包王，王不能包杜也"（《唐诗别裁集》卷十三）。

对比这些论述，沈德潜和王士祯的差异以及以格调调和神韵的意图已经非常清晰。在王士祯看来，神韵是清远而内蕴沉著痛快，清远为主；沈德潜则是雄浑阔大中含有蕴藉微远之致，"风格者，本乎气骨者也；神韵者，流于才思之余，虚与委蛇，而莫寻其迹者也"（《七子诗选序》），二者孰轻孰重一目了然。沈德潜试图以突出主体的风骨来弥补王士祯神韵说的缺失，"新城王阮亭尚书选《唐贤三昧集》，取司空表圣'不著一字、尽得风流'、严沧浪'羚羊挂角、无迹可求'之意，盖味在盐酸外也。而于杜少陵所云'鲸鱼碧海'、韩昌黎所云'巨刃摩天'者，或未之及。余因取杜、韩语意定《唐诗别裁》，而新城所取亦兼及焉"（《重订唐诗别裁集序》）。

沈德潜对于格调和神韵的调和，在其编选诗集中有充分体现。《七子诗选序》说："予惟诗之为道，古今作者不一，然揽其大端，始则审宗旨，继则标风格，终则辨神韵。"《重订唐诗别裁集序》说："作诗之先审宗旨，继论体裁，继论音节，继论神韵，而一归于中正和平。"从这些表述可以归纳出沈德潜以宗旨、格调、神韵为选诗标准，关于三者的论述实际也构成了沈德潜诗学的理论框架。

对于沈德潜的诗学，学界研究越来越深入，评价也越来越高。清代朱庭珍在《筱园诗话》中对于沈德潜的评价值得借鉴。他反对姚鼐批评沈德潜"以帖括之余，攀附风雅"的说法，同时也对沈德潜的诗学做了相对全面和客观的总结：从承继而言，"迹其生平，门户依傍渔洋，而于有明前后七子之徒及卧子、竹垞诸公遗言绪论，亦多掇拾"；就诗论而言，"持论极正，持法极严，便于初学。所为诗，平正而乏精警，有规格法度而少真气，袭盛唐之面目，绝无出奇生新，略加变化处，殊无谓也"；就历史作用而言，"大雅不作，诗道沦芜。归愚自命起衰复古，未免力小任重，举鼎折胹。然宗旨、规格、法律，一出于正，未可深贬，特才气短，不能副其志耳"；对于著述和编选的多种诗集，认可《说诗晬语》，肯定《古诗源》"矜慎平允，可云公当"，对于其他则"徒夸别裁之鉴，未脱门户之私"，评价不高。①

　　以冷静的态度对待研究对象，实事求是，不贬低，不溢美，不仅对沈德潜是如此，也适用于所有的学术研究。这是在盛行写作翻案文章的今天尤其值得注意的。

第二节　纪昀对"发乎情，止乎礼义"的发展

　　朱庭珍在《筱园诗话》中对沈德潜有相当尖锐的批评，但是对纪昀②则予以了极高的评价："纪文达公最精于论诗，所批评如杜诗、苏诗、李义山、陈后山、黄山谷五家诗集，及《才调集》、《瀛奎律髓》诸选本，剖析毫芒，洞鉴古人得失，精语名论，触笔纷披，大有功于诗教，尤大有益于初学"，认为纪昀关于王孟等所论"极确，见解绝高，而以根柢为重"（卷一）。对比沈德潜和纪昀，两人的差异极为鲜明：沈德潜是一个纯粹的诗人，希冀以诗歌联系政治来恢复诗道的尊严，从而改变现状，重振诗教。这种举动和追求有理想化的因素，但是总体来说，还是相对迂腐，未能勘透世事，有些不切实际。这也是同时代及后人对沈德潜不断有所批评的主要原因。纪昀也追求诗歌的教化功用，强调温柔敦厚的审美标准，但是他骨子里还是一位具有理性精神和经世致用思想的学者，从经验出发，对历史和现实有相对清醒的认知和判断，这是纪昀和沈德潜差别之根本所在。这里从纪昀的文道观、对"发乎情，止乎礼义"的发展、"教外别传"说三个方面展开论述。

一　纪昀的文道观
　　沈德潜希望重振诗教，目的是实现文道合一。在纪昀看来，文道早已

---

　　①　朱庭珍《筱园诗话》卷一还对沈德潜所说的"作古诗不可入律，作律诗却须得古诗意"之说提出了批评，认为"人以为妙喻妙论，予独不以为然"，原因在于"古诗律诗，体格不同，气象亦异，各有法度，各有境界分寸"。

　　②　纪昀（1724—1805），字晓岚，一字春帆，道号观弈道人，河北沧县人。乾隆十九年进士。《四库全书》总纂官。著有《阅微草堂笔记》、《镜烟堂十种》等，是乾嘉时期著名的学者和文论家。

分离："三代以前，文皆载道。三代以后，流派渐分。犹之衣资布帛，不能废五采之华；食主菽粟，不能废八珍之味，必欲一扫而空之，于理甚正，而于事必不能行"；"夫文以载道，不易之论也。然自战国以下，即已歧为二途：或以义理传，或以词藻见，如珍错之于菽粟，锦绣之于布帛，势不能偏废其一"。① 纪昀认为，文以载道在战国之后就失去了存在的现实基础，文道相分离的情况不可避免。

> "文以载道"，非濂溪之创论也。"理扶质以立干，文垂条以结繁"，陆平原实先发之。要皆孔子所谓"言有物也"。顾真西山《文章正宗》，黜《逐客书》，斥《横汾词》，刘后村以"深衣雅乐"譬之，谓非绮罗筝笛所能比，而卒不能与《昭明文选》争后先。唐荆川宗法韩、欧，足以左把遵岩，右拍熙甫，而论者终有"晚年著作挽入语录"之疑，是岂理之不足乎？毋乃"言之无文，行之不远"，又如孔子之所云乎？夫事必有理。推阐其理，融合贯通，分析别白，使是非得失厘然具见其端绪，是谓之文。文而不根于理，虽鲸铿春丽，终为浮词；理而不宣以文，虽词严义正，亦终病其不雅训。譬诸礼乐，礼主于敬，理也，然袒裼而拜君父，则不足以为敬；乐主于和，理也，然喧呶歌舞，快然肆意，则不足以为和。唐以前，文论事者多，论理者少，固已。宋以后，讲学之家发明圣道，其理不为不精，而置诸词苑，究如《王氏中说》、《太公家训》，为李习之所不满。其故不可深长思乎？（《明皋文集序》）

这段文字逻辑严密，论述透彻，集中体现了纪昀对文道关系的看法。文道分离之后，在纪昀看来，文理关系成为突出问题：文根于理，"理扶质以立干，文垂条以结繁"，不能只重说理而忽视诗歌的艺术性，否则就是"言之无文，行之不远"。为了充分证明自己的观点，纪昀还举例进行说明，指出《文章正宗》终究无法和《昭明文选》相提并论，"讲学之家发明圣道，其理不为不精，而置诸词苑，究如《王氏中说》、《太公家训》，为李习之所不满"。

---

① 《四库全书总目》总集类存目四《斯文正统》提要；别集类存目二《蔡文庄集》提要。

　　既然文道分离,那么"诗法、道统,截然二事,不必援引,借以为重"①,"此于儒者为格言,而于诗家为厉禁"②,纪昀此类观点在具体的诗歌批评中多有表现。以纪昀对朱熹及道学诗的批评为例:

　　　　文公火候,不及后山之深,而涵养和平,亦无后山硬语盘空之力。盖兼习之与专门,固自有别。(纪昀评朱熹《观梅花开尽不及吟赏感叹成诗聊贻同好二首》)

　　　　作意翻案,但觉迂阔不情,语亦多杂腐气,不必以文公之故为之词。(纪昀评朱熹《择之诵所赋拟进吕子晋元宵诗因用元韵二首》之一)③

　　不仅如此,纪昀还在《删正瀛奎律髓》中,将方回原来选定的二十八首朱熹诗删得仅剩一首。对道学诗,纪昀同样大加批判,毫不客气:"《文章正宗》作于前,《濂洛风雅》起于后,借咏歌以谈道学,固不失无邪之宗旨,然不言人事而言天性,于理固无所碍,而于'兴观群怨'、'发乎情,止乎礼义'者,则又大相径庭矣。"④

　　基于这样的文道观,纪昀对文学创作提出了自己的看法:

　　　　诗本性情者也。人生而有志,志发而为言,言出而成歌咏,协乎声律。其大者,和其声以鸣国家之盛;次亦足抒愤写怀。举日星河岳、草秀珍舒、鸟啼花放,有触乎情,即可以宕其性灵。是诗本乎性情者然也,而究非性情之至也。夫在天为道,在人为性,性动为情。情之至,由于性之至;至性至情,不过本天而动。而天下之凡有性情者,相与感发于不自知,咏叹于不容已。于此见性情之所通者大,而其机自有真也。彼至性至情,充塞于两间蟠际不可澌灭者,孰有过于忠孝节义哉!……至诗之分葩竞艳,异曲同工,要皆发乎情思,抒乎

---

　　① 纪昀评朱熹《登定王台》,《瀛奎律髓汇评》,方回选评,李庆甲集评校点,上海古籍出版社1986年版,第19页。

　　② 纪昀评吕祖谦《贺车驾幸秘书省二首》之二,《瀛奎律髓汇评》,方回选评,李庆甲集评校点,上海古籍出版社1986年版,第229页。

　　③ 《瀛奎律髓汇评》,方回选评,李庆甲集评校点,上海古籍出版社1986年版,第765、585页。

　　④ 《诗教堂诗集序》,《纪晓岚文集》第1册,第210页。

性灵。读者自得于讽诵间，无俟予之哓哓也夫。(《冰瓯草序》)

在这段文字中，纪昀指出了性、情与天、道是一体的存在，不同于李翱的"性善情恶"和"复性黜情"，宋明理学的存性灭情，也不同于袁枚所说的"须知性无可求，总求之于情耳"[①]；将情和性灵进行了区分，从"触乎情"和"宕其性灵"，"发乎情思，抒乎性灵"来看，情是具体的情感，性灵就是情感的生动表现，即《中国历代文论选》中所说的，"把真实的感受生动活泼的表现出来，这就是性灵之说的真谛之所在"[②]。但是，纪昀将忠孝节义视为至性至情的观点，相比颜元"男女者，人之大欲也，亦人之真情至性也"(《存人编》卷一)的说法，和沈德潜倒是极为相似，都是相对保守的。

对于文学的发展，纪昀一方面认为"神奇朽腐，转变何常，诗所以贵变化也"[③]，"缘情之什，渐化为文章……故体格日新，宗派日别，作者各以其才力学问智角贤争，诗之变态遂至于隶首不能算"[④]；另一方面又认为诗歌发展到明代，已经没有办法继续，"至'嘉隆七子'变无可变，于是转而言复古"[⑤]，这又和沈德潜态度一致，对七子复古派也是持总体肯定的态度。纪昀对明代以前的诗歌发展认识比较客观，但认为明诗只能复古，表明他的通变思想又是不彻底的。所以，后人称纪昀"他的循环论的文学史观是半截子，只适宜于论古，不合乎开今"[⑥]。

总体而言，沈德潜虽然也注重诗歌的审美特征，但是努力以诗教为旨归，让文学向政教靠拢。纪昀则在文道分离的现实中强调文道并重，认为二者不能偏废，对于文学的审美特性有更为深刻的认知，对于正统文论思想也能够以更理性和客观的态度加以总结和发展。这种文道观的差异，很清晰地体现在两人在策问中所设问题上。沈德潜曾于《湖北乡试策问》中提出这样的问题：

①　(清)袁枚：《牍外余言》，《袁枚全集》第五册，江苏古籍出版社1993年版，第26页。
②　郭绍虞主编：《中国历代文论选》第三册，上海古籍出版社2001年版，第472页。
③　纪昀评宋庠《马上见梅花初发》，《瀛奎律髓汇评》，方回选评，李庆甲集评校点，上海古籍出版社1986年版，第756页。
④　《鹤街诗稿序》，《纪晓岚文集》第1册，第206页。
⑤　《四百三十二峰草堂诗钞序》，《纪晓岚文集》第1册，第207页。
⑥　陈伯海：《近四百年中国文学思潮史》，东方出版中心1997年版，第224页。

风骚以后,诗人代兴,上下艺林,四言何以独推韦、孟? 五言何以独推苏、李? 阮籍何以擅长于魏代? 陶潜何以卓绝于六朝? 陈子昂、元结、李白、杜甫、韩愈何以高出于唐? 苏轼、陆游何以高出于两宋? 元好问何以高出于金源? 岂其语言之工欤? 抑诗外别有事在也? (《归愚文钞》卷七)①

"语言之工",显然属于诗歌的审美属性,但是沈德潜强调的是"诗外别有事在",是要把文学引向政治。纪昀在《嘉庆丙辰会试策问》中也有类似的提问:

齐、梁绮靡,去李、杜远甚,而杜甫以阴铿比李白,又自称颇学阴、何,其故何也? 苏、黄为元祐大宗,元好问《论诗绝句》指为"沧海横流",其故又何也? 王、孟清音,惟求妙悟,于美刺无关,而论者谓之上乘;元、白讽喻,源出变雅,有益劝惩,而论者谓之落言诠、涉理路。然欤? 否欤? 《击壤》流为《濂洛风雅》,是不入诗格者也,然据理而谈亦无以难之;《昌谷集》流为《铁崖乐府》,是破坏诗律者也,然嗜奇者众,亦不废之。何以救其弊欤? 北地、信阳以摹拟汉、唐流为肤滥,然因此禁学汉、唐,是尽佃古人之规矩也;公安、竟陵以荜甲新意,流为纤佻,然因此恶生新意,是锢天下之性灵也。又何以酌其中欤?②

纪昀在本来属于政治一部分的策问中,问的全是文学发展中最重要的理论问题,和沈德潜之提问立场和用意截然不同。不仅对于文学的独立性和审美特征更为看重,纪昀相比沈德潜视野也更为开阔,对文学史的把握

---

① 《沈德潜诗文集》第三册,人民文学出版社2011年版,第1234页。
② 纪昀在《嘉庆壬戌会试策问》中的提问与此类似,可作参考:屈、宋以前,无以文章名世者。枚、马以后,词赋始多;《典论》以后,论文始盛;至唐、宋而门户分、异同竞矣。齐、梁、陈、隋,韩愈以为"众作等蝉噪";杜甫则云"颇学阴、何苦用心"。李白触忤权幸,杜甫忧国忠君,而朱子谓李杜只是酒人。韩愈《平淮西碑》,李商隐推之甚力,而姚铉撰《唐文粹》乃黜韩而仍录段文昌作。元稹多绮罗脂粉之词,固矣;白居易诗如十首《秦吟》,近正声者原自不乏,杜牧乃一例诋之。苏、黄为宋代巨擘,而魏泰《东轩笔录》诋黄为"当其拾玑羽,往往失鹏鲸"。元好问《论诗绝句》亦曰:"只知诗到苏、黄尽,沧海横流却是谁?"凡此作者、论者皆非浅学,其抵牾必有故焉。多士潜心文艺久矣,其持平以对。

也更加全面客观。

　　纪昀作为总纂官的《四库全书总目》体现的文道观与他是一致的。《四库全书总目》区别了"文人之文"和"道学之文"："文士之文以词胜，而防其害理。词胜而不至害理，则其词可传。道学之文以理胜，而病其不文。理胜而不至不文，则其理亦可传。"① 指出真德秀《文章正宗》"大意主于论理而不论文"，"道学之儒与文章之士各明一义，固不可得而强同也"。② 在《濂洛风雅》提要中更直接指出："道学之诗与诗人之诗千秋楚越矣。夫德行、文章，孔门即分为二科。儒林、道学、文苑，《宋史》且别为三传。言岂一端，各有当也。以濂洛之理责李、杜，李、杜不能争，天下亦不敢代为李、杜争。然而天下学为诗者，终宗李、杜，不宗濂洛也。此其故可深长思矣。"

　　结合这些材料可知，纪昀所说的"文以载道，明其当然；文原于道，明其本然"，确实如学者指出的："前者'文以载道'乃道学家或理学家的话语，'明其当然'只是文章功能之一端，而非全部；而后者'文原于道'才是文论家的意思，结合《原道》篇来讲，此'道'就远比'文以载道'之'道'宽泛，它包括了自然界的动植万物甚至一切有声色者，文原于如此无所不包之'道'，几乎就尊之以虚位了，就显然不以'载道'为惟一之担当，使文章或文学进入了一个更加宽广的世界。"③

二　纪昀对"发乎情，止乎礼义"的发展

　　对于诗教，纪昀的核心观点是："'发乎情，止乎礼义'二语，实探《风》、《雅》之大原"，"《书》称'诗言志'，《论语》称'思无邪'，子夏《诗序》兼括其旨曰'发乎情，止乎礼义'，诗之本旨尽是矣"。④ 在《文心雕龙·明诗》的批评中，纪昀又进一步予以分析："大舜"九句（大舜云："诗言志，歌永言。"圣谟所析，义已明矣。是以"在心为志，发言为诗"，舒文载实，其在兹乎）是发乎情，"诗者"七句（诗者，持也，持人情性；三百之蔽，义归"无邪"，持之为训，有符焉尔）是止乎

① 《四库全书总目》别集类二一《环谷集》提要。
② 《四库全书总目》总集类二《文章正宗》提要。
③ 汪春泓：《关于纪昀的〈文心雕龙〉批评及其文学思想之研究》，《北京大学学报》2001年第5期。
④ 分别参见《云林诗钞序》、《挹绿轩诗集序》，《纪晓岚文集》第1册，第199、204页。

礼义。① 这段话表达了纪昀一个重要观点:"发乎情"即"诗言志","止乎礼义"即"思无邪"。因此,"发乎情、止乎礼义"便兼括了"诗言志"和"思无邪"。这种说法放在争议颇多的诗教研究史上,其涵盖性和意义是不言自明的。

"诗言志"和"发乎情"等同起来,在批评史上是一个重大突破。情志如何统一在创作过程之中?

> 盖志者,性情之所之,亦即人品、学问之所见。②
> 在心为志,发言为诗,古之风人特自写其悲愉,旁抒其美刺而已。心灵百变,物色万端,逢所感触,遂生寄托;寄托既远,兴象弥深,于是缘情之什,渐化为文章。③

纪昀注重情志的统一,同时强调道德理性对人的自然生命的约束、教化和提升,意图实现审美原则和道德原则的统一,"夫诗有贞淫奢俭,可以观天下之政教;有兴观群怨,可以正天下之性情。于言志之中,寓无邪之旨。在上者以是事君,即为纯臣,以是莅民,即为循吏;在下者有所观感,则易为善,有所惩创,则惮为恶:推而广之,即陶冶万类无难也"④。

就文学批评而言,将"思无邪"和"止乎礼义"等同起来,主要是文道关系问题。作为正统文论家,纪昀坚持宗经明道,在对刘勰《文心雕龙·原道》篇的评点中指出:"文以载道,明其当然;文原于道,明其本然,识其本乃不逐其末。"⑤ 此外,纪昀对于宗经明道也多有论述:

> 盖经者常也,万世不变之常道也;道者理也,事之制也。理明,

---

① 黄霖编著:《文心雕龙汇评》,上海古籍出版社 2005 年版,第 27 页。纪昀之前的学者对"发乎情"和"止乎礼义"二者之间关系已经有所关注,如宋代真德秀《问兴、立、成》(《西山文集》卷三十一)就指出:"古之诗,出于性情之真。先王盛时,风教兴行,人人得其性情之正,故其间虽喜怒哀乐之发,微或有过差,终皆归于正理。故《大序》曰:'变风发乎情,本乎礼义。发乎情,民之性也;本乎礼义,先王之泽也。'三百篇诗唯其皆合正理,故闻者莫不兴起其良心,趋于善而去于恶,故曰'兴于诗。'"这段文字对"性情之真"和"性情之正"进行了分析,指出"发乎情"的是"性情之真","发乎情、止乎礼义"的才是"性情之正"。

② 《郭茗山诗集序》,《纪晓岚文集》第 1 册,第 192 页。

③ 《鹤街诗稿序》,《纪晓岚文集》第 1 册,第 206 页。

④ 《端本导源论》,《纪晓岚文集》第 1 册,第 137 页。

⑤ 《纪晓岚评文心雕龙》,江苏广陵古籍刻印社 1997 年版,第 21—22 页。

则天下之是非不淆，百为之进退有准，千变万化，不离其宗。以应世，则操纵咸宜；以立言，则了了于心者，自了了于口，投之所向，无不如志。①

必深明乎理之是非，而后制事有所措；必折衷于圣贤之训，而后能明理之是非。……岂非以明经为致用之本欤？②

圣人之志，藉经以存；儒者之学，研经为本。③

纪昀对于宗经的说法并无特别之处，但是在明道方面，显然受到宋学影响，以理为道，认为"道者理也，事之制也"，理就取代"道"成为其追求和论述的主要对象。这种情况在乾嘉时期具有普遍性，在钱大昕、戴震处皆是如此。在纪昀看来，"《六经》所论皆人事"（《槐西杂志》二），宗经明理和经世致用密不可分，其宗经明道思想的基本主张便是强调经世致用，依据儒学"切于人事"的特点，将儒学与空谈性理的道学进行区分。

纪昀认为诗歌发展过程出现的弊端，其根源就在于"发乎情，止乎礼义"的分裂，是将"发乎情"和"止乎礼义"各执一端、片面发展的结果：

余谓西河卜子传诗于尼山者也，《大序》一篇，确有授受，不比诸篇小序，为经师递有加增。其中"发乎情，止乎礼义"二语，实探《风》、《雅》之大原。后人各明一义，渐失其宗。一则知"止乎礼义"而不必其"发乎情"，流而为金仁山"濂洛风雅"一派，使严沧浪辈激而为"不涉理路，不落言诠"之论；一则知"发乎情"而不必其"止乎礼义"，自陆平原"缘情"一语引入歧途，其究乃至于绘画横陈，不诚已甚与！夫陶渊明诗时有庄论，然不至如明人道学诗之迂拙也。李、杜、韩、苏诸集岂无艳体？然不至如晚唐人诗之纤且亵也。酌乎其中，知必有道焉。（《云林诗钞序》）

从这段文字来看，只知"止乎礼义"而不"发乎情"的一类以《濂

---

① 《耳溪文集序》，《纪晓岚文集》第1册，第214—215页。
② 《壬戌会试录序》，《纪晓岚文集》第1册，第150页。
③ 《诗序补义序》，《纪晓岚文集》第1册，第156页。

洛风雅》为代表。纪昀多处提到此书，如嘉庆丙辰会试策问中"《击壤》流为《濂洛风雅》，是不入诗格者也，然据理而谈亦无以难之"，联系到引文所说"陶渊明诗时有庄论，然不至如明人道学诗之迂拙也"，可见《濂洛风雅》代表的乃是只重礼义道德而忽视审美特性的一类诗歌，主要是道学诗。只重视"发乎情"的一类，则主要是指艳体诗。

在诗歌创作中，审美原则和道德原则是并存的，但是很容易失衡。偏重于审美的作品，无非有两种情况：一类归为"发乎情"而不能"止乎礼义"，走向和道德的背离，等而下者如艳体诗；另一类则流于景物诗，和道德无关，如山水诗。偏重于道德的诗歌，则容易枯燥乏味，沦为载道的工具。这是诗歌史上两种比较突出的不良倾向，诗歌创作的弊病由此而来，诗歌发展的动力亦由此而来：

> 有一变，必有一弊；弊极而变，又生焉。互相激，互相救也。唐以前毋论矣。唐末，诗猥琐，宋，杨、刘变而典丽，其弊也靡；欧、梅再变而平畅，其弊也率；苏、黄三变而恣逸，其弊也肆；范、陆四变而工稳，其弊也袭；四灵五变，理贾岛、姚合之绪余，刻画纤微；至江湖末派流为鄙野，而弊极焉。元人变为幽艳，昌谷、飞卿遂为一代之圭臬，诗如词矣。铁崖矫枉过直，变为奇诡，无复中声。（纪昀《冶亭诗介序》）

以"发乎情"和"止乎礼义"的分裂来阐释诗歌史上两种不良倾向的产生，以二者在分裂中的交互作用来阐释诗歌的发展，体现了纪昀自觉的批评意识和历史思维。这对于纪昀理论体系的建立也是重要的：通过对"发乎情、止乎礼义"的阐发，确定了立论根基，建立了自己的理论框架；通过二者的分裂以及相互作用来阐释诗歌发展，这样静态的框架转变为动态的系统，重要的诗人、诗歌与理论问题便被涵盖其中了。

三　"教外别传"说

对正统文论家来说，如何看待和评价与诗教关系相对较远的王孟类诗歌，是一个重要问题。沈德潜调和神韵与格调，是一种做法，纪昀则提出"教外别传"，以此作为阐释"发乎情，止乎礼义"的理论补充。

夫两汉以后，百氏争鸣，多不知诗之有教，亦多不知诗可立教。故晋、宋歧而元（玄）谈，歧而山水，此教外别传者也，大抵与教无裨，亦无所损。（《诗教堂诗集序》）

纪昀所说"教外别传者"是指晋宋时期出现的山水诗，即刘勰所谓"庄老告退，山水方滋"。联系纪昀《挹绿轩诗集序》所说：

其间，触目起兴，借物寓怀，如杨柳雨雪之类，为后人所长吟而远想者，情景之相生，天然凑泊，非"六义"之根柢也。然风会所趋，质文递变，如食本疗饥，而海陆穷究其滋味；衣本御寒，而纂组渐斗其工巧。于是乎咏物之作，起于建安；游览之篇，沿于典午。至陶、谢而标其宗，至王、孟、韦、柳而参其妙，至苏、黄而极其变。自唐至今，遂传为诗学之正脉，不复能全宗《三百篇》矣。

由此可知纪昀并非孤立地看待王、孟诗歌，而是考镜源流，将其放置在咏物诗发展的脉络之中，认为中国田园诗、山水诗的奠基者陶渊明、谢灵运"标其宗"，王、孟、韦、柳"参其妙"，苏、黄"极其变"。在定位上更进一步指明，自唐至清，这种诗歌传为"诗学之正脉"，并从创作和审美特点等方面予以总结。此外，还指出：

司空图分为二十四品，乃辨别蹊径，判若鸿沟。虽无美不收，而大旨所归则在清微妙远之一派，自陶、谢以下，逮乎王、孟、韦、柳者是也。至严羽《沧浪诗话》始独标"妙悟"为正宗，所谓"如空中音，如相中色，如镜中花，如水中月，如羚羊挂角无迹可寻"。即司空图所谓"不着一字，尽得风流"也。沿及有明，惟许昌毅、高叔嗣传其衣钵。王敬美谓"数百年后，李、何或有废兴，高、徐必无绝响"，斯言当矣。虞山二冯顾诋沧浪为呓语，虽防微杜渐，欲戒浮声，未免排之过当。（《田侯松岩诗序》）

这便是从理论批评角度对"陶、谢以下逮乎王、孟、韦、柳"一派作品予以归纳和定位，指出其特点在"清微妙远"，为司空图《二十四诗品》之旨归，点明严羽《沧浪诗话》与此一脉相承的关系，以及对二冯批评严羽进行评析。

从这些材料可知，纪昀提出的"教外别传"说，是对文学史上以陶、谢、王、孟、韦、柳为主要代表的一系列咏物诗，以司空图、严羽为代表的一系列诗歌理论进行的理论归纳和定位。对比同一时期正统文论家沈德潜的说法："陶诗胸次浩然，其中有一段渊深朴茂不可到处。唐人祖述者，王右丞有其清腴，孟山人有其闲远，储太祝有其朴实，韦左司有其冲和，柳仪曹有其峻洁，皆学焉而得其性之所近"，（渊明）"倘幸列孔门，何必不在季次、原宪下"（《说诗晬语》卷上）。都关注到了陶渊明、王维、孟浩然等诗歌一脉的关联，沈德潜还是将陶渊明归为儒家，两相对比，纪昀此说的价值更为突出，认定王、孟、韦、柳等为代表的一类诗歌对于诗教既无益亦无损，以"教外别传"予以理论定位。

值得注意的是，纪昀所称的"教外别传者"一类，以王、孟诗歌为主要代表，但并不局限于此。如《四库全书总目》称（沈周）"以画名一代，诗非其所留意。又晚年画境弥高，颓然天放。方圆自造，惟意所如。诗亦挥洒淋漓，自写天趣。盖不以字句取工，徒以栖心丘壑，名利两忘，风月往还，烟云供养，其胸次本无尘累。故所作亦不雕不琢，自然拔俗。寄兴于町畦之外，可以意会而不可加之以绳削。其于诗也，亦可谓教外别传矣"[1]。这表明，纪昀所谓的"教外别传"，主要是指以自然为主要表现对象，与儒家诗教没有明显关联的一类作品，不一定是受老庄思想和佛道思想影响产生的诗歌。

同时，纪昀也并未因以王、孟、韦、柳为代表的诗歌为"诗学之正宗"而轻视其他诗歌。

> 庄老告退，山水方滋，晋宋以还，清音遂畅。揆以风雅之本旨，正如六经而外，别出玄谈，亦自一种不可磨灭文字。后人转相神圣，遂欲截断众流，专标此种为正法眼藏。然则《三百》以下，汉魏以前，作者岂尽俗格哉？[2]

---

[1]　《四库全书总目》别集类二三《石田诗选》提要。
[2]　评苏轼《梵天寺见僧守诠小诗清婉可爱次韵》，曾枣庄主编《苏诗汇评》（上），四川文艺出版社 2000 年版，第 280 页。

言各有当，勿以王、孟一派概尽天下古今之诗。①

这些评点说明，纪昀认为王、孟等人诗歌"自一种不可磨灭文字"，但终究为诗歌之一种，而不能以此为标准来衡量其他。这体现了纪昀一贯自觉的批评意识和客观辩证的态度。

第三节　乾隆与《四库全书总目》关于情文的论述

沈德潜和纪昀分别代表了诗人和学者相对正统的文论思想，乾隆和《四库全书总目》关于情文的论述则带有更强的官方色彩。《四库全书总目》作为政府组织编纂的大型目录著作，具有传统目录学"辨章学术，考镜源流"的特点，同时也在总体上代表和体现着乾隆为首的清廷的意见：在正统面目和简洁形式下，注意从诗歌发展史、当时创作风气、作者生平气节、渊源影响、文体特征等角度来予以综合分析；重视风骨、兴象等文学的审美特性；强调人和文的关系；评价标准不以一格拘，有相对客观、灵活、宽容的一面，也有过于执着政教导致的片面之失。②

一　乾隆③的文学思想

《清史稿·文苑传》开篇即指出："康乾盛治，文教大昌。圣主贤臣，莫不以提倡文化为己任。"作为清代盛世帝王，中国封建社会晚期的关键

---

① 评苏轼《送参寥师》，曾枣庄主编《苏诗汇评》（上），四川文艺出版社 2000 年版，第734 页。

② 对于《四库全书总目》，后世评价甚高。清代目录学家周中孚《郑堂读书记》（卷三十二史部十八）称："窃谓自汉以后，簿录之书，无论官撰私著，凡卷第之繁富，门类之允当，考证之精审，议论之公平，莫过于是编。"在《总目》研究方面有高深造诣的余嘉锡也对其学术价值予以了充分肯定："今《四库提要》叙作者之爵里，详典籍之源流，别白是非，旁通曲证，使瑕瑜不掩，淄渑以别，持比向、歆，殆无多让；至于剖析条流，斟酌今古，辨章学术，高挹群言，尤非王尧臣、晁公武等所能望其项背。故曰自《别录》以来，才有此书，非过论也。故衣被天下，沾溉靡穷，嘉、道以后，通儒辈出，莫不资其津逮，奉作指南，功既巨矣，用亦弘矣。……然而汉、唐目录书尽亡，《提要》之作，前所未有，足为读书之门径，学者舍此，莫由问津。"（《四库提要辨证·序录》，中华书局 1980 年版，第 48—51 页）

③ 爱新觉罗·弘历（1711—1799），年号乾隆，庙号高宗，清朝第六位皇帝，也是中国历史上执政时间最长、最为长寿的皇帝。

人物,乾隆对文学的看法和文化政策值得深入探讨。① 就已有的研究来看,学界对于乾隆的诗论研究不是很多。实际上无论是对于沈德潜研究,还是乾嘉文论研究,乾隆的诗学观点都是重要参照。② 乾隆堪称这一时期正统文论的首位倡导者,编选《唐宋诗醇》、《唐宋文醇》,设四库馆,在一定程度上左右了这一时期的文化走向。就诗歌来说,他将政治功用放第一位,艺术性放第二位;诗人之中推举李杜,"有唐诗人至杜子美氏,集古今之大成,为风雅之正宗。谭艺家迄今奉为矩镬无异议者。然有同时并出,与之颉颃上下,齐驱中原,势均力敌而无所多让,太白亦千古一人也"(《唐宋诗醇》卷一)。乾隆推崇杜甫、韩愈、白居易、陆游,欣赏雄浑壮阔的诗风,这些对于当时的文学创作和批评都有直接影响。

乾隆喜欢写诗,"平生结习最于诗","几务之暇,无他可娱,往往作为诗古文赋。文赋不数十篇,诗则托兴寄情,朝吟夕讽。其间天时农事之宜,莅朝将祀之典以及时巡所至,山川名胜,风土淳漓,罔不形诸咏歌,纪其梗概"(《初集诗小序》)。乾隆一生写作大量诗文,"五集篇成四万奇,自嫌点笔过多词"(《御制诗余集·鉴始斋题句》),他不仅是写作最多的皇帝,也是现存诗作最多的诗人。③

虽然乾隆被民间文化渲染成风流倜傥的帝王,但是和陈后主、宋徽宗等情思婉约的诗人相比,他俨然是一位正襟危坐的夫子,不要说表达缠绵之情,就是诗酒放纵都不曾涉及。乾隆对自己的创作也有概括:"予向来

---

① 当代学者对于清代帝王对文学的影响有所论述。严迪昌《清诗史》:"在中国诗史上从未有像清王朝那样,以皇权之力全面介入对诗歌领域的热衷和制控的!"(浙江古籍出版社2002年版,第17页)吴承学论述得更加具体:"清代最高统治者对文学风气的影响相当大。历史上,最高统治者对于文学一般是通过政策的制定来控制的,很少直接参与具体的文学批评。而清代的皇帝不同,他们以极高的热情和兴趣直接参与文学批评活动。皇帝御选的诗文,如康熙有《御选古文渊鉴》、《御选唐诗》,乾隆有《御选唐宋文醇》、《御选唐宋诗醇》。而且各制序文,并以评点的方式进行了批评。历代诗文总集也是'御定'的,如《全唐诗》、《全金诗》、《四朝诗》、《佩文斋咏物诗选》、《题画诗》、《千叟宴诗》、《四书文》等重要书籍,都是御定钦定的。这些选本及批评,不仅对历代诗文作了总结,也对当时的诗文创作起了非常重要的导向作用。"(吴承学、曹虹、蒋寅:《一个期待关注的学术领域——明清诗文研究三人谈》,《文学遗产》1999年第4期)

② 沈德潜《湖北乡试策问》:"我皇上圣学高深,万几之暇,时成诗赋。金和玉节,上掩前古,而一时登承明擅著作者,赓歌矢音,以宣圣朝德化,诚千载不易逢之嘉会也。"

③ 乾隆的诗歌收入《御制诗》诸集和《乐善堂全集》中,约43630首。中国人民大学出版社1993年整理出版了《乾隆御制诗文全集》。这些诗不完全是乾隆的作品,有些诗经文臣代录润色、填补缺句,有些诗就是臣子代作。乾隆在《御制乐善堂全集定本·序》中亦称:"盖是集乃朕夙昔稽古典学所心得,实不忍弃置,自今以后虽有所著,或出词臣之手,真赝各半。"

吟咏，不为风云月露之辞，每有关政典之大者，必有诗纪事，即游艺拈毫，亦必于小中见大，订讹析义，方之杜陵诗史，意有取焉。"(《御制诗余集》卷二《惠山园八景》诗注)和其他诗人相比，乾隆尤其重视诗歌的功利性，他是将文学作为自己统治的一部分，希望借助诗歌塑造自己勤政爱民的贤明君主形象，所以对待创作，不要说炼气炼神，甚至不雕琢字句，"岂必练研求警句，兴之所至笔因拈"(《御制诗三集·永恬居》)。这样兴之所至、有感即发的创作，数量自然很多，"放舟揽景，俄顷之间，得诗数首，非欲与文士争长，正以理精辞熟，自觉有水到渠成乐趣"(《御制诗五集·由玉河泛舟至万寿山清漪园》)。乾隆以诗歌记录日常生活中的大事小情，涉及国家政治经济文化等多个领域，所以在今天看来，其创作可谓是以诗记史，具有的史料价值要远大于文学价值。

就乾隆文学思想而言，首要特点就是注重诗教。乾隆四十六年十一月初六日上谕："昨阅四库馆进呈书，有朱存孝编辑《回文类聚补遗》一种，内载美人八咏诗，词意媟狎，有乖雅正。夫诗以温柔敦厚为教，孔子不删郑卫，所以示刺示戒也。故三百篇之旨，一言蔽以'无邪'。即美人香草以喻君子，亦当原本风雅，归诸丽则，所谓托兴遥深，语在此而意在彼也。自《玉台新咏》以后，唐人韩偓辈，务作绮丽之词，号为香奁体，渐入浮靡。尤而效之者，诗格更为卑下。今美人八咏内所列《丽华发》等诗，毫无寄托，辄取俗传鄙亵之语，曲为描写，无论诗固不工，即其编造题目，不知何所证据。"在《学诗堂记》中，乾隆还指出："学诗者，岂以骈四俪七、叶声韵、练词藻为能尽诗之道哉？必于可兴、可观、可群、可怨，事父、事君之大端，深入自得，然后蕴诸内则心气和平，发诸外则事理通达，于是言之文而行之远。不读《关雎》《麟趾》，不能行周官法度。是则有天下国家者，尤不可不学诗也。"这些都是乾隆诗教思想的集中体现。

顺治、康熙、雍正在文学方面同样强调诗教，并明确提出雅正的要求，和他们相比，乾隆还突出了品行和学问："士人以品行为先，学问以经义为重。故士之自立也，先道德而后文章；国家之取士也，黜浮华而崇实学。我朝养士，已将百年，渐摩化导，培护甄陶，所以期望而优异之者，无所不至。为士者当思国家待士之重，务为端人正士，以树齐民之坊表。至于学问必有根柢，方为实学。治一经必深一经之蕴，以此发为文辞，自然醇正典雅。若因陋就简，只记诵陈腐时文百余篇，以为弋取科名之具,则士之学已荒,而士之品已卑矣。"(《清实录》乾隆三年十月条)这一点可能跟乾隆时期考据学兴起,社会普遍注重学问的风气有关。

将情感视为诗歌创作的重要动因,也是乾隆和此前几位皇帝的共同之处。康熙:"诗者心之声也。原于性而发于情,触于境而宣于言"(《圣祖仁皇帝御制文集·诗说》);"堂陛之赓和,友朋之赠处,与夫登临宴赏之即事感怀,劳人迁客之触物寓兴,一举而托之于诗。虽穷达殊途,悲愉异境,而以言乎摅写性情,则其致一也。夫性情所寄,千载同符,安有运会之可区别?"(《御制全唐诗序》)乾隆也有不少论述:"我闻古人语,诗以道性情。题韵随手拈,易如翻手成"(《乐善堂全集·遣兴》);"诗以言志,言为心声,非仅缔章绘句,如词人东涂西抹为之"(《鉴始斋题句》)。在情感之中,乾隆尤其强调忠孝。"古之人一吟一咏,恒必有关于国家之故,而藉以自写其忠孝之诚。……至谓其一饭未尝忘君,发于情,止于忠孝,诗家者流断以是为称首。呜呼,此真子美之所以独有千古者矣。予曩在书窗,尝序其集,以为原本忠孝,得性情之正,良足承《三百篇》坠绪。"(《唐宋诗醇·杜甫总评》)对于忠孝的推崇,也是沈德潜和纪昀的共同之处,在他们的诗歌批评中可以找到大量例证。

对于唐宋诗之争,乾隆持尊唐抑宋的态度。在《御选唐宋诗醇序》中,乾隆指出:"文有唐宋大家之目,而诗无称焉者。宋之文足可以匹唐,而诗则实不足以匹唐也。既不足以匹,而必为是选者,则以《唐宋文醇》之例,有文醇不可无诗醇,且以见二代盛衰之大凡,示千秋风雅之正则也。"是以在《唐宋诗醇》中唐代选了李白、杜甫、白居易、韩愈四家,宋代则只选了苏轼和陆游两家。在具体诗作的点评中,尊唐抑宋的倾向也是非常明显的,在这种思想指导下,《四库全书总目》在评价上也存在同样的倾向性。

就诗人来说,乾隆最欣赏杜甫。"杜诗于我有何缘,每一见之不忍舍"(《御制诗初集·杜诗》);"葩经到此千余载,只爱杜陵菽粟文"(《御制诗初集·漫兴》);"缅想浣花溪,披读仰高格。诗史非妄评,良足娱朝夕"(《乐善堂全集·读杜诗》)。乾隆欣赏杜诗,"是以言诗者,必以杜氏子美为准的。子美之诗,所谓道性情而有劝惩之实者也。抒忠悃之心,抱刚正之气,虽拘于音韵格律,而言之愈畅,择之益精,语之弥详。其于忠君爱国如饥之食、渴之饮,须臾离而不能,故虽短什偶吟,莫不睠顾唐祚，系心明皇"（《乐善堂全集·杜子美诗序》）。欣赏杜甫诗歌，除了忠君爱国之情，以诗代史的写作风格外，还有其诗歌言之有物的特点。"文所以足言而言固以足志，其志已荒，文将奚附？是以孔子又曰：'言有物。'夫序而达，达而有物，斯固天下之至文也已。昌黎韩愈生周汉之后几五百年，远绍古人立言之轨，则其文可谓有序而能达者。然必其言之又能有物，如布帛之可以暖人，菽粟之可以饱人。"（《御选唐宋文醇序》）

乾隆的文学思想具有特殊性，不仅对正统文论家如沈德潜和纪昀，对当时社会的文风、学风也都直接有所影响。乾隆的文学思想和文化政策之间有何关联，文化政策如何制定和影响文学创作与批评等诸多问题，还有待进一步探讨。

二　《四库全书总目》的情文论

《四库全书总目》成于众人之手，经纪昀总编纂。虽然大旨合乎乾隆的要求，在具体写作过程中也要遵从乾隆意见，但是准则不等同于内容，因此总目提要不能视为乾隆之作，就如同它不能视为纪昀之作一样。虽然如此，乾隆《御选唐宋诗醇》、《唐宋文醇》和《四库全书总目》等确实存有诸多相似之处。

《四库全书总目》关于情文的论述主要见于集部，诚如《隋书·经籍志》所言："自灵均已降，属文之士众矣，然其志尚不同，风流殊别。后之君子，欲观其体势，而见其心灵，故别聚焉，名之为集。"集部提要中关于文学的论述甚多，情和文的关系具体表现为以下几点。

第一，文品和人品的关系。在明代刘麟《刘清惠集》提要中指出："文章关乎人品之验也。"文品和人品的关系也分为以下几种。

一是人品决定文品。宋代俞德邻《佩韦斋文集》提要："盖文章一道，关乎学术、性情；诗品、文品之高下，往往多随其人品。"类似的还有很多，如"其人品如是，则诗品之高固其所矣"（《常建诗》提要）。人品也有诸多差异，在文品的表现上也各不相同：宋代邵子"人品率以光明豁达为宗，其文章亦以平实坦易为主"（《击壤集》提要）；赵蕃"恬淡自守，人品本高，宜其诗之无俗韵也"（《乾道稿一卷淳熙稿二十卷章泉稿五卷》提要）；元代程端学"人品端谨，学术亦醇，故其文结构缜密，颇有闳深肃括之风"（《积斋集》提要）；元代鲁贞"人品既高，胸怀夷旷，一切尘容俗状无由入其笔端，故称臆而谈，自饶清韵，譬诸深山幽谷，老柏苍松,虽不中绳规,而天然有出尘之意,其故正不在语言文字间矣"
(《桐山老农文集》提要);明代薛蕙"人品之高迥出流辈,其诗格蔚然孤
秀,实有自来"(《考功集》提要)。

二是文不足而因人存传。明代曹端"人品既已醇正,学问又复笃实,
直抒所见,皆根理要,固未可绳以音律,求以藻采。况残编断帙,掇拾于
放失之余,固宜以其人存之矣"(《曹月川集》提要);清代潘天成"学问
源出姚江,以养心为体,以经世为用。其诗文皆抒所欲言,不甚入格。然
行谊者文章之本,纲常者风教之源,天成出自寒门,终身贫贱,而天性真
挚,人品高洁,类古所谓独行者。其精神坚苦,足以自传其文,故身殁嗣
绝,而人至今重之"①(《铁庐集》提要)。这种评判标准有较强的主观色
彩,也是正统思想的体现。

三是人品不足而其文足采。元代方回"人品卑污,见于周密《癸辛杂
识》者,殆无人理,然观其集中诸文,学问议论一尊朱子,崇正辟邪,不
遗余力,居然醇儒之言。就文言文,要不可谓其悖于理也。其诗专主江
西,平生宗旨悉见所编《瀛奎律髓》中,虽不免以粗率生硬为老境,而当
其合作,实出宋末诸家上,更不能以其人废矣"(《桐江续集》提要)。明
代严嵩为一代奸相,"虽怙宠擅权,其诗在流辈之中乃独为迥出。王世贞
《乐府变》云:'孔雀虽有毒,不能掩文章。'亦公论也。然迹其所为,究
非他文士有才无行可以节取者比。故吟咏虽工,仅存其目,以明彰瘅之义
焉"(《钤山堂集》提要)。

第二,性情、才学与文学的关系。《四库全书总目》对于性情是很看
重的,"盖诗本性情,义存比兴,固不必定为濂洛风雅之派,而后谓之正
人也"(《横塘集》提要);韩偓"其诗虽局于风气,浑厚不及前人;而忠
愤之气,时时溢于语外。性情既挚,风骨自遒。慷慨激昂,迥异当时靡靡
之响。其在晚唐,亦可谓文笔之鸣凤矣。变风变雅,圣人不废,又何必定
以一格绳之乎"(《韩内翰别集》提要);宋代文彦博"不以诗名,而风格
秀逸,情文相生"(《潞公集》提要)。

对于性情,追求雅正,强调直抒胸臆。雅正是清廷对于文化的明确要
求。顺治提出要"纯正典雅"(《清实录》顺治八年三月条),康熙在《训

---

① 这样的论述还有很多,如元华幼武"其诗未足名家,世以重其人品传之耳"(《黄杨集》
提要);明冯汝弼"其人足以不朽,其诗文则以人见重,非以词章传也"(《祐山文集十卷诗集四
卷》提要);明徐敬德"诗文虽不入格,特存其目,以表其人焉"(《徐花潭集》提要)。

饬士子文》提出："文章归于醇雅，毋事浮华轨度"（《清实录》康熙四十一年五月条），雍正则要求"雅正情真，理法兼备"（《清实录》雍正十年七月条）。提要称明代刘仔肩编的《雅颂正音五卷》"要其春容谐婉，雍雍乎开国之音，存之亦足以见明初之风气也"。至于风人之旨，《御选唐宋诗醇》认为："夫六义肇兴，体裁斯别。言简而意赅，节短而韵长，含吐抑扬，虽重复其词，而弥有不尽之味，此风人之旨也"（韩愈总评）；《总目》则指出是"感事忧时"："夫忠君爱国，君子之心。感事忧时，风人之旨。杜诗所以高于诸家者，固在于是"（《杜诗攟》提要），并以李商隐诗歌为例，"商隐诗与温庭筠齐名，词皆缛丽。然庭筠多绮罗脂粉之词，而商隐感时伤事，尚颇得风人之旨"（《李义山诗集》提要）。很显然，《御选唐宋诗醇》和《总目》对于风人之旨的表达是不同的，它们强调了诗歌的不同方面。从这一细节大概也可以看出，提要出于众手，和乾隆的意见并不能一一吻合。

强调直抒胸臆的表达方式也值得关注。《总目》屡屡提及："邵子之诗，其源亦出白居易。而晚年绝意世事，不复以文字为长。意所欲言，自抒胸臆，原脱然于诗法之外"（《击壤集》提要）；陈藻"诸体诗颇涉粗率，而真朴之处实能自抒性情"（《乐轩集》提要）；明代杨爵"所作诗文，大抵直抒胸臆，虽似伤平易，然有本之言，不由雕绘"（《杨忠介集》提要）；陶谐"以风节震一世，诗文直抒胸臆，明白坦易，不甚镕铸剪裁"（《陶庄敏集八卷附兰渚遗稿一卷》提要）。所谓直抒胸臆，还是要体现"诗文皆惟意所如，务尽所欲言乃止"（《林次崖集》提要），是强调人和文的一致性，注重文的功用甚于审美。

由于文体所限，《四库全书总目》对于情文的专论并不多见，多是和才学、经历等其他因素掺杂在一起。乾嘉时期崇尚实学，强调现实功用，体现在文学中就是赞同言之有本、学有根柢，这在《四库全书总目》中也有突出表现。唐李翱"才与学虽皆逊愈，不能镕铸百氏皆如己出，而立言具有根柢，大抵温厚和平，俯仰中度，不似李观、刘蜕诸人有矜心作意之态。苏舜钦谓其词不逮韩，而理过于柳，诚为笃论"（《李文公集》提要）；宋代王之道"韵语虽非所长，而抒写性情，具有真朴之致，盖有体有用之言，固不徒以文章工拙论矣"（《相山集》提要）；楼钥"综贯今古，折衷考校，凡所论辨，悉能洞澈源流，可谓有本之文，不同浮议"（《攻媿集》提要）；范仲淹"人品事业卓绝一时，本不借文章以传，而贯通经术，明达政体，凡所论著，一一皆有本之言，固非虚饰词藻者所能，亦非高谈心性者所及"(《文正集》提要)。

《四库全书总目》是钦定之书，所选所论都具有垂世范、示后学的作用。它关于情文关系的论述带着鲜明的政教色彩和时代烙印，是值得进一步深入探讨的。

第 三 章

乾嘉时期的性灵与学理

如果说，沈德潜和纪昀兼顾诗教和审美特性，代表了乾嘉正统文论的发展，那么各执一端，追求性灵和强调学理则体现了乾嘉诗学另外两种发展趋向。持性灵之说，又不同于明代公安派的是袁枚；强调学问对于诗歌的作用，提出肌理说的是翁方纲。此外，学人和文人二而一之在清代是较为普遍的现象，乾嘉时期章学诚、钱大昕、王鸣盛、崔述等史学家对于文学的阐发也值得关注。

第一节　袁枚的"性灵说"及其发展

"在当时，整个的诗坛上似乎只见他的理论；其他作风；其他主张，都成为他的败鳞残甲。"郭绍虞在《中国文学批评史》中对袁枚给予了这样较为夸张的评价。就清代诗论甚至整个诗歌批评史来说，袁枚[①]都是极为突出的人物，他以一种前所未有的大气魄大自在，独树一帜，质古疑经，在推翻道统、反对考据入诗、抒发性灵等诸多方面都成为当仁不让的领军人物，为当时的创作和理论注入生机与活力，使之变得更加多元和丰富。袁枚所持性灵说和他本人的个性和思想密不可分，因此结合这些方面予以论述。

---

① 袁枚（1716—1798），字子才，号简斋，晚号仓山居士、随园主人、随园老人。钱塘（今杭州）人。乾隆四年进士，授翰林院庶吉士。乾隆七年外任，先后在江苏江宁、江浦等地任县令。乾隆十四年归隐。

一 "一生心性爱疏狂": 袁枚自我的形成和发展

"袁枚面临的诗界景象远较前朝先辈严酷。'神韵'、'格调'、'肌理'以及形形色色羁缚才思、窒息情性的诗观念、诗批评、诗创作现象已捆紧诗文化近百年,而且愈捆愈紧。何况这些景观背后有权力大蠹,科举试帖和文字案狱交织的迷彩和阴影正裹胁着千千万万的士人心。"① 处于这样的环境之下,袁枚却拥有强大的自我,敢于标新立异,"独来独往一枝藤,上下千年力不胜。若问随园诗学某,三唐两宋有谁应?"(《小仓山房诗集》卷三十三《遣兴》二十四首之六)这是袁枚对于诗坛的自白,也是对自我的认知。他就这样以一种傲世独立的姿态,一空依傍,卓然矗立在乾嘉诗坛。

袁枚出生于钱塘一个家道中落的书香世家,"少也贫贱",父亲一直为生计奔波于外地为幕僚,袁枚作为祖孙三代唯一男丁,在家境贫寒而备受骄纵的环境下长大。因为相对宽松自由的成长环境,他的个性发展没有受到多少外界的约束,处世相对自我,同时又因早知生计艰难,有精明干练的一面。这种环境和经历对于袁枚极具想象力和创造力的创作与思想,都有直接影响。② 聪颖而幸运的袁枚在科举考试中脱颖而出,乾隆三年中举,乾隆四年考取进士,24 岁即顺利进入社会主流的行列。如果说,成长过程中贫困家境下的骄纵,使他较为自我的一面得以形成和发展,外界社会的认可则使他更加自信和自我。

如果用一个字概括袁枚的个性,那就是狂。"余少时气盛跳荡,为吾乡名宿所排"(《随园诗话》卷十二);"记得儿时语最狂,立名最小是文章"(《小仓山房诗集·记得》);"尔时意气凌八表,海水未许人窥量"(《小仓山房诗集·子才子歌示庄念农》)。在谈到自己个性时,袁枚也直言不讳,(杨笠湖)"与余为总角交,性情绝不相似。余狂,君狷;余疏俊,君笃诚"(《小仓山房文集·邛州知州杨君笠湖传》);"万里云霄虽早

---

① 严迪昌:《清诗史》(下),浙江古籍出版社 2002 年版,第 737 页。

② 童年经历和生活环境对于一个人性格的影响,当代学术有更科学详细的分析。就乾嘉时期诸多学者的成长和思想关系来说,戴震和袁枚有相近之处。他也是家境贫寒,父亲在家族中地位低下,但是由于父亲对他的关爱,为他求学付出的诸多努力,戴震也在后来形成了坚持自我,将学术和思想建立在自我个人经验的基础之上这样的特点。戴震和袁枚后来都取得了卓越的成就,跟童年的经历以及自我的形成是分不开的。具体可参考拙文《学术与权力交换场中的戴震》,《学术界》2015 年第 3 期。

达，一生心性爱疏狂"（《小仓山房诗集补遗·风前》）。

以袁枚之气盛骄狂，与社会发生冲突几乎是必然之事。进入翰林院学习三年之后，袁枚因散馆考试满文成绩列入下等，外放为知县。这对袁枚是一个巨大打击。"顷刻人天隔两尘，难从宦海问前因"，"三年春梦玉堂空，珂马萧萧落叶中"，"从古倾城好颜色，几枝零落在天涯"，"才子合从三楚谪，美人愁向六朝生"，从这一时期的诗句来看，袁枚将自己的遭遇归因于不可知的命运。在现实强有力的打击下，袁枚收敛了个性，将精力投入知县生涯，敏而能断，判狱如神，在几年的时间中赢得政声。但是这种经历并没有让袁枚改变个性、适应现实，他只是强行压抑住内心的挣扎，试图通过升迁再现昔日的辉煌。所以，在升迁受挫之后，袁枚就再难容忍平庸琐碎的小官僚生涯，乾隆十四年（1749），34 岁正值盛壮之年的袁枚辞官归隐。

如果说此前的外放知县和几年后的辞官，体现的都是袁枚和社会之间的冲突，那么在此之后，由于袁枚身份的改变，不再是官场中人，他和社会逐渐形成了一种新的平衡：继续张扬个性、放纵自我的同时，利用自己的创作和名气，结交权贵，"宁为权门之草木，勿为权门之鹰犬"①，以置业、润笔等多种收入经营自己的生活。这样，袁枚处在社会之中，同时和权贵保持了一定的距离，而这一距离已经足够他来过自己想要的生活，做一个特立独行的人。在这种状态下，处于严密文网和思想控制之下的袁枚，得以保持个性独立和思想自由，以清新活泼的创作、摆脱牢笼的主张异军突起，成为乾嘉诗坛的领袖和富有创造精神的思想家。

二　质疑经典和推翻道统

所谓疏狂即是纵情任性，袁枚自称"一生心性爱疏狂"，对束缚和平庸最难忍受。在所有的束缚之中，又以思想的束缚居首。因此，无论是历来被崇奉为经典的六经，还是孔子之道、程朱理学，袁枚都依据自己的经验和判断提出了质疑。

---

①　这体现了袁枚对于自身和权贵关系的定位。至于为何为权贵之草木而非鹰犬，袁枚的解释是："草木不过供其赏玩，可以免祸，恰无害于人；为其鹰犬，则有害于人，而己亦终难免祸。"（《随园诗话补遗》卷一）袁枚一生多和权贵结交，既希冀得其庇护，又希望能够明哲保身。袁枚还坦承"解好长卿色，亦营陶朱财"（《小仓山房诗集·秋夜杂诗》之五）。从这些可以看出，袁枚是狂放纵情的，同时为人处世亦有精明之处。

"古有史而无经，《尚书》《春秋》，今之经，昔之史也。《诗》《易》者，先王所存之言；《礼》《乐》者，先王所存之法；其策皆史官掌之。"（《小仓山房文集·史学例议序》）在《答定宇第二书》中又说："六经者，文章之祖，犹人家之有高曾也。高曾之言，子孙自宜听受，然未必其言之皆当也。六经之言，学者自宜参究，亦未必其言之皆醇也。"将六经当作史书，作为文章之祖来看待，而不是经典权威，这是袁枚质疑六经的重要前提。以历史的发展的眼光来看待史书，那么其中必然有不可全信之处，"虽六经颇有可议处"（《随园诗话》卷一），"予于经学少信多疑"（《小仓山房文集·虞东先生文集序》），"六经中惟《论语》《周易》可信，其他经多可疑"（《答定宇第二书》），既然如此，自然也就没必要奉六经为神灵。

这些观点是袁枚在阅读和思考的过程中产生的。袁枚一生博览群书，"余于古人之诗，无所不爱，恰无偏嗜者"（《随园诗话》卷四）；"我自挂冠来，著述穷朝昏。于诗兼唐宋，于文极汉秦。六经多创解，百氏有讨论。八十一家中，颇树一帜新"（《小仓山房诗集·送嵇拙修大宗伯入都》）。正因为有知识和思想的支撑，有对于六经的"创解"，袁枚才能够提出质疑，"六经虽读不全信，勘断姬孔追微茫"（《小仓山房诗集·子才子歌示庄念农》），甚至否定六经，认为"六经尽糟粕"（《小仓山房诗集·偶然作》之十三）。对待六经如此，孔子和程朱也不例外。在袁枚看来，"孔子之道，历万世而无弊者乎"（《小仓山房文集·答兰垞第二书》），对于当时作为官方意识形态的程朱理学，更是直言"郑孔门前不掉头，程朱席上懒勾留"（《小仓山房诗集·遣兴》）。

孔子、程朱、六经这些权威的象征，在袁枚面前轰然倒地，随之倒下的还有以此为根基建立的道统。

　　夫所谓正统者，不过曰有天下云尔。其有天下也，天与之；其正与否，则人加之也。所谓道统者，不过曰为圣贤云尔。其为圣贤也，共为之；其统与非统，则又私加之也。夫人心不同，各如其面。或曰正，或曰不正，或曰统，或曰非统，果有定欤？无定欤唐以前作史者，时而三国则《三国》之；时而南、北则《南》、《北》之。某圣人也，从而圣之；某贤人也，从而贤之。其说简，其义公，论者亦无异词。自正统、道统之说生，而人不能无惑。试问：以篡弑得国者为

不正，是开辟以来，惟唐、虞为正统，而其他皆非也。以诛无道者为
正，则三代以下，又惟汉高为正统，而其他皆非也。此说之必穷者
也。然论正统者，犹有山河疆宇之可考；而道者，乃空虚无形之物。
曰某传统，某受统，谁见其荷于肩而担于背欤？尧、舜、禹、皋并时
而生，是一时有四统也，统不太密欤？孔、孟后直接程、朱，是千年
无一统也，统不太疏欤？甚有绘旁行斜上之谱，以序道统之宗支者；
倘有隐居求志之人，遁世不见知而不悔者，何以处之？或曰：以有
所著述者为统也；倘有躬行君子，不肯托诸空言者，又何以处之？
毋亦废正统之说而后作史之义明，废道统之说而后圣人之教大欤！
（《策秀才文五道》）

　　道统二字，是腐儒习气语。古圣无此言，亦从无以此二字公然自
任者。文王小心翼翼，望道而未之见。望且未见矣，肯以统自任乎？
孔子曰："若圣与仁，则吾岂敢？五十学《易》，可以无大过。"过犹
不免矣，肯以道自尊乎？（《答是仲明》）

袁枚在《代潘学士答雷翠庭祭酒书》中指出："夫道无统也，若大路
然……安得一切抹杀，而谓孔孟之道直接程朱也？"提出这样密集、尖刻
的批评，袁枚还意犹未足，又在《续子不语》卷五《麒麟喊冤》中形象
化地以"稻桶"喻"道统"来讽刺宋儒。道统不复存在，文道关系也因
之有所不同：

　　文章始于六经，而范史以说经者入《儒林》，不入《文苑》，似
强为区分。然后世史家俱仍之而不变，则亦有所不得已也。大抵文人
恃其逸气，不喜说经。而其说经者，又曰：吾以明道云尔，文则吾何
屑焉？自是而文与道离矣。不知六经以道传，实以文传。《易》称修
词，《诗》称词辑，《论语》称为命至于讨论修饰，而犹未已，是岂
圣人之溺于词章哉？盖以为无形者道也，形于言谓之文。既已谓之文
矣，必使天下人矜尚悦绎，而道始大明。若言之不工，使人听而思
卧，则文不足以明道，而适足以蔽道。故文人而不说经可也，说经而
不能为文不可也。（《虞东先生文集序》）

这里袁枚提出了两点：一是六经皆文。章学诚称六经皆史，袁枚以为

六经皆文，这一说法也是很有价值的。二是文道之中，无形之道形于言为文，在文以明道中加上了言工这一条件，突出了文学的形式特征。

三　性灵说

袁枚在创作和观念上强调自我情感的自然和真实，对于人云亦云、毫无新意的创作与言论不能忍受，"余平生诸般能耐，而不能耐一'庸'字。所谓庸者，不过人云亦云之意"（《牍外余言》卷一）。就诗歌理论而言，袁枚倡导性灵说，是中国最有特色的诗学之一。

何谓性灵？对于性的论述很多，《易·系辞上》："一阴一阳之谓道。继之者善也，成之者性也。"《孟子·告子》："告子曰：'生之谓性。'"《荀子·正名》："生之所以然者谓之性。"对于灵的阐释没有那么多，《说文解字》以为"灵，巫也，以玉事神。"段玉裁注："谥法曰极知鬼事曰灵，好蔡鬼神曰灵。曾子曰阳之精气曰神，阴之精气曰灵。毛公曰神之精明者称灵。"性灵合用，出现于刘宋何尚之的《答宋文帝赞扬佛教事》：

> 范泰、谢灵运每云："六经典文，本在济俗为治耳，必求性灵真奥，岂得不以佛经为指南邪？"……若当备举夷夏，爰逮汉魏，奇才异德，胡可胜言？宁当空失性灵，坐弃天属，沦惑于幻妄之说，自陷于无征之化哉。

就性灵的发展来说，有学者认为和佛教有关。① 如果不限于字面，而从更宽泛的意义来说，一切认为诗以言情的说法，如"情动于中而形于言"、"缘情而绮靡"等，都可视为性灵说的滥觞，属于从"诗言志"这一根源中生发出来的偏重言情的一条支脉。到了刘勰《文心雕龙》，"性灵"成为重要的文论范畴："惟人参之，性灵所钟，是谓三才"；"故象天

---

① 普慧论文《佛教思想与文学性灵说》（《文学评论》2012年第2期）认为谢灵运等的"性灵说"注重审美对象的自然生命力和生生不息的灵气，刘勰的"性灵说"强调的是审美主体（宇宙本体与审美主体的合一，所谓"三才"）的原动力和创造力；钟嵘和庾信则把"性灵说"应用于社会历史变迁与人生命运遭际的"感慨"，强调了审美主体间性的美学活动。文章结尾认为，"刘勰、钟嵘、庾信所倡导的审美性灵说，内涵富绰，指涉深邃，无论深度和广度，在其后相当长的时期内，都让人难以企及和逾越。即使是明清时期的性灵说，似乎也未能出其右矣"。此文详细考察了性灵说和佛教思想的关系，对于性灵说研究有参考的价值；对其认为明清性灵说无出其右的说法，本书有所保留。

地，效鬼神，参物序，制人纪，洞性灵之奥区，极文章之骨髓者也。……
性灵镕匠，文章奥府。渊哉铄乎，群言之祖"；"若乃综述性灵，敷写器
象，镂心鸟迹之中，织辞鱼网之上，其为彪炳，缛采名矣"；"岁月飘忽，
性灵不居，腾声飞实，制作而已"。五处提到性灵，给予了"性灵"极高
的地位。就《文心雕龙》中的性灵和情相较而言，性灵的地位高于情，内
涵也更丰富。钟嵘对性灵也有所论述：（阮籍）"《咏怀》之作，可以陶性
灵，发幽思。"刘勰论性灵，更强调人的主体性，钟嵘论性灵，则突出了
人性人情。袁枚有著名的诗句："天涯有客号詅痴，误把抄书当作诗。抄
到钟嵘《诗品》日，该他知道性灵时。"（《续元遗山论诗》）清代刘熙载
因此认为，"钟嵘谓阮步兵诗可以陶写性灵，此为以性灵论诗者所本"
（《诗概》）①。此后公安派倡导性灵，成为明代重要诗学主张之一。袁枚和
公安派都持性灵之说，二者有何异同？

公安三袁的性灵说深受焦竑、李贽等人的影响②，是心学在文学领域
的体现。公安性灵说的提出首见于袁宏道《叙小修诗》，称小修诗"大都
独抒性灵，不拘格套，非从自己胸臆流出，不肯下笔"。公安派注重真、
趣，将性灵视为自然性情；在李贽被害后态度有所变化，表示"公直气劲
节，不为人屈，而吾辈胆力怯弱，随人俯仰"（《李温陵传》），看重质、
韵③，将"淡"视为"文之真性灵"④。

袁枚也受到传统说法的影响，在强调真情、个性，反对因袭、摹拟等

---

① 日本学者铃木虎雄认为："性灵之说实由诚斋生发而来"，"杨诚斋对随园的影响，可以
看作是宋诗中的性灵渊源。如果进一步上寻其渊源，则有晚唐诗人温庭筠。"（《中国诗论史》，许
总译，广西人民出版社 1989 年版，第 187、188 页）

② 焦竑《雅娱阁集序》："诗非他，人之性灵之所寄也。苟其感不至，则情不深；情不深，
则无以惊心而动魄，垂世而行远。"李贽持童心说，强调赤子之心："天下之至文，未有不出于童
心焉者也"，"若失却童心，便失却真心；失却真心，便失却真人"。（《童心说》）

③ 袁宏道《行素园存稿引》论质："物之传者必以质，文之不传，非曰不工，质不至也。……古
之为文者，刊华而求质，敝精神而学之，唯恐真之不极也。博学而详说，吾已大其蓄矣，然犹未
能会诸心也。久而胸中涣然，若有所释焉，如醉之忽醒，而涨水之思决也。虽然，试诸手犹若掣
也。一变而去辞，再变而去理，三变而吾为文之意忽尽，如水之极于淡，而芭蕉之极于空。机境
偶触，文忽生焉。风高响作，月动影随，天下翕然而文之而古之，人不自以为文也，曰是质之至
焉者矣。大都人之愈深，则其言愈质，言之愈质，则其传愈远。……夫质者，道之干也，载于言
则为文，表于世则为功，葆于身则为寿……"

④ 袁宏道《叙呙氏家绳集》："苏子瞻酷嗜陶令诗，贵其淡而适也。凡物酿之得甘，炙之
得苦，唯淡也不可造；不可造，是文之真性灵也。浓者不复薄，甘者不复辛，唯淡也无不可
造；无不可造，是文之真变态也。风值水而漪生，日薄山而岚出，虽有顾、吴，不能设色也，
淡之至也。"

方面，和公安派并无差异。"诗者，由情生者也"（《答蕺园论诗书》），"诗难其真也，有性情而后真"（《随园诗话》卷七），"从古风人各性情，不须一例拜先生"（《小仓山房诗集》卷二十七），"惟我诗人，众妙扶智。但见性情，不着文字"（《续诗品》），这些强调真性情的论述，史上并不罕见。和以往相比，袁枚性灵说的特点是始终以"我"为核心：强调个性、自然、真实，倡导"率意言情"，"诗写性情，惟吾所适"；对男女之情和艳情诗作更包容，反对学问和考据入诗①；主张诗论工拙而无古今。

　　公安派的性灵说是在反复古运动中发展起来的，针对的是七子有拟议无变化带来的弊病；袁枚性灵说则主要基于自身的感受和经验，反对正统文论家对于艳情的批评和考据学对诗歌创作的影响。朱彝尊对自己《风怀》诗"虑为配享累"，而称其为"一时戏言"，袁枚不以为然："试思竹垞当时竟删此篇，今日孔庙中果能为渠置一席否"（《答蕺园论诗书》）；前面提到的袁枚一再写信质疑沈德潜不选王次回《疑雨集》，也是出于同样的原因。至于袁枚反对考据学入诗，认为"考据家不可与论诗"（《随园诗话》卷十三），也是乾嘉文坛备受关注的现象。袁枚博览群书，深知学问对于创作的作用，"万卷山积，一篇吟成。诗之与书，有情无情"（《续诗品·博习》），要求"役使万书籍，不汨方寸灵"（《小仓山房诗集·改诗》），而不是堆砌学问湮没性灵。

　　对于儒家传统强调的温柔敦厚，公安派欣赏"情真而语直"（《陶孝若枕中呓引》），认为"大概情至之语，自能感人，是谓真诗可传也。而或者犹以太露病之，曾不知情随境变，字逐情生，但恐不达，何露之有"（《叙小修诗》），所以他们的诗歌和观点不合乎传统诗教的标准。袁枚在此基础上更进一步，"平生行自然，无心学仁义"，指出温柔敦厚不可信，"仆以为孔子论诗可信者，兴观群怨也；不可信者，温柔敦厚也"（《小仓

---

　　①　相关表述主要有："人有满腔书卷，无处张皇，当为考据之学，自成一家。其次，则骈体文尽可铺排，何必借诗为卖弄？自《三百篇》至今日，凡诗之传者，都是性灵，不关堆垛。惟李义山诗稍多典故，然皆用才情驱使，不专砌填也。余续司空表圣《诗品》，第三首便曰'博习'，言诗之必根于学，所谓不从糟粕安得精英是也。近见作诗者，全仗糟粕，琐碎零星，如剃僧发，如拆袜线，句句加注，是将诗当考据作矣。虑吾说之害之也，故续元遗山《论诗》末一首云：'天涯有客号詅痴，误把抄书当作诗。抄到钟嵘《诗品》日，该他知道性灵时。'"（《随园诗话》卷五）"著作如水，自为江海；考据如火，必附柴薪。"（《随园诗话》卷六）"近日有巨公教人作诗，必须穷经读注疏，然后落笔，诗乃可传。"（《随园诗话补遗》卷一）

山房尺牍·再答李少鹤》)①。温柔敦厚，可以说是"发乎情，止乎礼义"的表现和结果，袁枚却认为"人欲当处，即是天理"(《再答彭尺木进士书》)，所以他质疑温柔敦厚，包容和肯定传统中屡受批判的艳情诗："鄙意以为得千百伪濂、洛、关、闽，不如得一二真白傅、樊川。以千金之珠，易鱼之一目，而鱼不乐者，何也？目虽贱而真，珠虽贵而伪故也"(《答蕺园论诗书》)。

袁枚对儒家奉为经典的六经尚提出质疑和否定，对于诗歌更是只论工拙，不论古今。"提笔先须问性情，风裁休划宋元明。八音分列宫商韵，一代都存雅颂声。秋月气清千处好，化工才大百花生。怜予官退诗偏进，虽不能军好论兵。"(《答曾南邨论诗》)诗歌只论工拙的观点并非倡自袁枚，清初叶燮已经涉及，但袁枚并非受谁影响，是他摆脱依傍、去除束缚的思维方式得出的结论，是和他人殊途同归的结果。

既然不论古今，袁枚对当时议论颇多的唐宋诗之争，便颇不以为然："诗分唐宋，至今人犹恪守。不知诗者人之性情，唐宋者帝王之国号，人之性情岂因国号而转移哉？"(《随园诗话》卷六)"诗者，各人之性情耳，与唐宋无与也。若拘拘焉持唐宋以相敌，是子之胸中有已亡之国号，而无自得之性情，于诗之本旨已失矣。"(《答施兰垞论诗书》)在所有关于唐宋之争的论述中，袁枚此说和钱锺书《谈艺录》所说的"唐诗、宋诗，亦非仅朝代之别，乃体格性分之殊"等，都堪称经典论述。

"孤峰卓立久离尘，四面风云自有神。绝地通天一枝笔，请看依傍是何人！"(《卓笔锋》二首之一)这样"绝地通天一枝笔"，袁枚大概也是这样看待自己的。所以对于有人将他和袁宏道相提并论，袁枚不以为然："吾家中郎治行可观，若论其文章，根柢浅薄，庞杂异端。蒙公举以相拟，得毋有'彼哉彼哉'之叹乎"(《答朱石君尚书》)；"前明门户之习，不止朝廷也，于诗亦然。当其盛时，高、杨、张、徐，各自成家，毫无门户。一传而为七子；再传而为钟、谭，为公安；又再传而为虞山：率皆攻排诋呵，自树一帜，殊可笑也。凡人各有得力处，各有乖谬处；总要平心

_____

① 袁枚《答沈大宗伯论诗书》对于沈德潜所说"诗贵温柔，不可说尽，又必关系人伦日用"等说法表示异议，指出：此数语有褒衣大袑气象，仆口不敢非先生，而心不敢是先生。何也？孔子之言，《戴经》不足据也，唯《论语》为足据。子曰"可以兴"、"可以群"，此指含蓄者言之，如《柏舟》、《中谷》是也。曰"可以观"、"可以怨"，此指说尽者言之，如"艳妻煽方处"、"投畀豺虎"之类是也。曰"迩之事父，远之事君"，此诗之有关系者。曰"多识于鸟兽草木之名"，此诗之无关系者也。仆读诗常折衷于孔子，故持论不得不小异于先生，计必不以为僭。

静气，存其是而去其非"（《随园诗话》卷一）。从这段文字看，袁枚是将公安派置于明代诗歌流派之中，认为他们同样"自树一帜，殊可笑也"。

即使对同时代的大家，袁枚也多有尖刻的批评："抱韩、杜以凌人，而粗脚笨手者，谓之权门托足。仿王、孟以矜高，而半吞半吐者，谓之贫贱骄人。开口言盛唐及好用古人韵者，谓之木偶演戏。故意走宋人冷径者，谓之乞儿搬家。好叠韵、次韵、刺刺不休者，谓之村婆絮谈。一字一句，自注来历者，谓之骨董开店。"（《随园诗话》卷五）这段话生动而严苛地批评了王士禛、沈德潜、厉鹗、翁方纲等数位大家。

袁枚其人、其文、其论，在讲究温柔敦厚的传统社会都是比较少见的。所以胡适说："袁枚的为人，自然有许多不满人意之处。但此人在那个时代，勇于疑古，敢道人所不敢道的议论，自是一个富有革命性的男子。他论诗专主性情风趣，立论并不错，但不能中'卫道'先生们的意旨，故时遭他们的攻击……实斋之攻袁氏，实皆不甚中肯。"①

四　洪亮吉、张问陶②对性灵说的发展

袁枚之外，持性灵说的重要人物还有赵翼、洪亮吉、张问陶。张问陶和洪亮吉为同年好友，彼此诗歌唱和，交往甚密。张问陶早年推崇袁枚，后经洪亮吉引见，得以与袁枚结识，被视为性灵派的殿军；洪亮吉自称袁枚和他有师生之谊，对于性情也极为看重。赵翼和袁枚、张问陶被称为乾嘉性灵派三大家，因赵翼同时也是著名的史学家，故而将其置于史学家部分予以专论，这里主要论述洪亮吉和张问陶的相关主张。

洪亮吉交游广泛，不仅和性灵派人物交往密切，和沈德潜、纪昀、翁方纲等学者也多有往来。对于文学的看法和他的为人风格有一致之处，即和而不同，有自己的理论主张。

首先，"论诗以《三百篇》为主"（《重刊北江诗话序》），这是贯穿洪亮吉诗学思想的一条主线。这种情况在清代比较普遍，叶燮《原诗》已经指出："诗始于《三百篇》，而规模体具于汉"。洪亮吉在这方面主要是

---

① 胡适著，姚名达订补：《清章实斋先生学诚年谱》，台湾商务印书馆1980年版，第130页。

② 洪亮吉（1746—1809），初名礼吉，字君直，又字稚存，号北江，晚号更生居士。江苏阳湖人。乾隆五十五年进士，授翰林院编修，嘉庆四年遣戍伊犁，次年赦归。著有《北江诗话》、《卷施阁诗文集》等。张问陶（1764—1814），字仲冶，一字柳门，号船山，四川遂宁人。乾隆五十五年进士。嘉庆十七年辞官归隐。著有《船山诗草》、《船山诗草补遗》。

强调情感的诚挚温和，如评钱起、韦应物的诗，"读之觉温厚和平，去《三百篇》不远"（《北江诗话》卷一）；评陶渊明的诗"南登霸陵岸，回首望长安"，认为"悯时之俦，其情致缠绵若此。即周南诗人'陟彼高冈，我马玄黄'之遗意也。余故谓魏、晋人诗，去《三百篇》未远"（卷四）。

其次，诗主性情，认为"诗文之可传者有五：一曰性，二曰情，三曰气，四曰趣，五曰格"（卷二），这是洪亮吉诗学思想受人关注处。关于性情气，他看重至性、缠绵悱恻之情和真气；趣则分为天趣、生趣、别趣三种；格列末位，"至诗文讲格律，已入下乘"。洪亮吉将性、情加以区别，指出"写景易，写情难；写情犹易，写性最难"（卷二），以性为底，而情由性生。这种说法也并非首倡，杨维桢指出："诗本情性，有性此有情，有情此有诗也"（《剡韶诗序》），王夫之也说过："诗以道性情，道性之情也"（《明诗评选》徐渭《严先生祠》评语），这些说法都是洪亮吉此说的先声。

在洪亮吉的研究中，学者多注意到他对诸多大家的批评。这在《北江诗话》中表现得尤为明显："侍郎诗派出于长洲沈宗伯德潜，故所选诗，一以声调格律为准。其病在于以己律人，而不能各随人之所长以为去取，似尚不如《箧衍集》、《感旧集》之不拘于一格也"；"朱检讨彝尊《曝书亭集》，始学初唐，晚宗北宋，卒不能熔铸自成一家"；"余颇不喜吾乡邵山人长蘅诗，以其作意矜情，描头画脚，而又无真性情与气也。晚年，入宋商邱幕，则复学步邯郸，益不足观。其散体文，亦惟有古人面目，苦无独到处"……类似的批评还有不少。诗话中洪亮吉对一些诗人诗作提出称赞，如杜牧"诗文皆别成一家，可云特立独行之士矣"，"余于近日诗人，独取岭南黎简及云间姚椿，以其能拔戟自成一家耳"（卷一）。两相对比，可以更清楚地看出洪亮吉的诗学主张，就是强调个性化的创作，"另具手眼，自写性情"（卷四），"孰云吟咏不以性情为主哉"（卷六）。

再次，强调学问对于创作的重要性。虽然以有无真性情作为诗歌创作批评的标准，洪亮吉作为乾嘉时期的诗人、学者，同样看重学问对于创作的意义。"诗人之工，未有不自识字读书始者"；"不知渊明所著《圣贤群辅录》等，又考订精详，一字不苟也"（卷三）；李太白的诗歌，"皆非读破万卷者，不能为也"（卷五）。虽然如此，在性情和学问之间，性情为先，"终不以学问掩其性情，故诗人、学人，可以并擅其美"（卷五）。

最后，除了性情、学识，还强调人品。"诗人不可无品，至大节所在，更不可亏"（卷四）；"七律至唐末造，惟罗昭谏最感慨苍凉，沈郁顿挫，实可以远绍浣花，近俪玉溪。盖由其人品之高，见地之卓，迥非他人所及"（卷六）。以品论诗和人的情况在《北江诗话》中比较常见。可以说，性情、学识、人品实际是洪亮吉诗歌批评的三要素。洪亮吉不认同乾隆中叶以来士大夫之诗，对世人共推袁、王、蒋、赵四家不以为然，认为"决其必可不朽者，其为钱、施、钱、任乎"，他的标准就在于"当又求之于性情、学识、品格之间，非可以一篇一句之工拙定论"（卷五）。

同样强调性情，但是在学问和人品等方面，洪亮吉和袁枚明显区别开来，这也是洪亮吉对袁枚屡有批评的原因。"诗固忌拙，然亦不可太巧。近日袁大令枚《随园诗集》，颇犯此病"（卷一），"袁大令枚诗，有失之淫艳者"（卷三），这些批评较之章学诚的言论，更客观地反映了袁枚诗歌的特点与不足。

张问陶也是乾嘉性灵派的代表人物，以性灵为主旨，"传神难得性灵诗"（《船山诗草·梅花》），"笔墨有性灵"（《船山诗草·题李芑洵小照》），"性灵偶向诗中写"（《诗草补遗·正月十八日……作一绝句志之》）。洪亮吉和袁枚的差别较为明显，张问陶和袁枚则更为近似。张问陶没有诗话专著，其观点主要见于《论文八首》、《论诗绝句十二首》等，学者对其评价颇高。[①]

强调个性和自我经验，不屑世俗，反对雕饰和考据入诗，这是张问陶和袁枚论诗的共同之处。"诗中无我不如删，万卷堆床亦等闲"（《论文八首》之七）；"诗特陶情之一物耳，何必断断置论如议礼，如争讼，徒觉辞费，无益于性情"（《双佩斋诗集序》），"我将用我法，独立绝推戴"（《冬夜饮酒偶然作》）。张问陶的这些论述和袁枚近似。张问陶年轻时欣赏袁枚，甚至将自己的文集命名为《推袁集》，对于别人认为他学袁枚的说法，他则予以反驳，"诗成何必问渊源，放笔刚如所欲言。汉魏晋唐犹不学，谁能有意学随园。诸君刻意祖三唐，谱系分明墨数行。愧我性灵终

---

① 黄维甲《读张仲冶船山诗集》其二："不依门户不矜奇，岂独香山老妪知？悟得水流花放意，移人终是性灵诗。"傅世洵《论蜀诗绝句》："弱冠闻君已出群，中年阅历老弥真。旁人漫晒无余味，三百年来见此人。"

是我,不成李杜不张王"(《颇有谓予诗学随园者笑而赋此》)。这种摆脱依傍的态度和追求自由的内在精神,张问陶和袁枚也是一致的。

张问陶和袁枚的不同之处在于强调了灵感、真气、统合诗教和性情等方面,这些是随着他论诗诗的创作逐渐体现出来的。

在作于乾隆五十八年的《论文八首》中,张问陶指出"笺注争奇那得奇,古人只是性情诗",并没有予以阐发。次年写作的《论诗十二绝句》便更为深入细致:

> 《咸英》何必胜《箫韶》,生面重开便不祧。胥吏津津谈律例,可能执法似皋陶?
>
> 胸中成见尽消除,一气如云自卷舒。写出此身真阅历,强于钉饾古人书。
>
> 凭空何处造情文,还仗灵光助几分。奇句忽来魂魄动,真如天上落将军。
>
> 跃跃诗情在眼前,聚如风雨散如烟。敢为常语谈何易,百炼功纯始自然。
>
> 想到空灵笔有神,每从游戏得天真。笑他正色谈风雅,戎服朝冠对美人。
>
> 文章体制本天生,只让通才有性情。模宋规唐徒自苦,古人已死不须争。
>
> 名心退尽道心生,如梦如仙句偶成。天籁自鸣天趣足,好诗不过近人情。(《论诗十二绝句》之一、三、四、五、六、十、十二)

这里具体阐释了诗歌和性情的关系。首先,作者抒写真实的感受和体验,去除成见,这和《论文八首》是一脉相承的。其次,强调了灵感在创作中的作用。张问陶以"灵光"来形容灵感,除了这里的"还仗灵光助几分",还有"笔有灵光诗骤得"(《船山诗草》卷十一《秋夜》),"神龙鳞爪破空来"(《船山诗草》卷十九《题屠琴隖论诗图》)等,指出灵感有突发和易逝的特点,"聚如风雨散如烟"。再次,强调空灵和真气。至于气,张问陶认为"有情那可无真气","前身自拟老头陀,真气填胸信口呵"(《题张蒧塘诗卷时将归吴县即以志别》),"语不分明气不真"(《题朱少仙同年诗题后》),将真情和真气联系起来。空灵则有虚实相生、有无相成的特点，"诗到空灵艺始成"（《孟县客夜寄答陈理堂时客武陟》）①。至于如何达到空灵之境，张问陶指出：一是去除名利之心，达到空灵的心境："名心退尽道心生"，"世缘空处性情真"（《赠沧湄》）；二是创作上反复锤炼，"百炼功纯始自然"。

嘉庆十七年，张问陶又作《题屠琴隖论诗图》十首，坚持了以往的论调，如"妙灵何处说心声，粉碎虚空自浑成。如向先天开一画，教他钦宝不知名"（之一），"下笔先嫌趣不真，诗人原是有情人。生来将肘无风骨，且请搏沙待转轮"（之六），"也能严重也轻清，九转丹金铸始成。一片神光动魂魄，空灵不是小聪明"（之八）。

在第十首诗中，张问陶表达了自己对于诗教的看法："公事公言醉不辞，无邪诗教本无私。一编也自留天壤，那望人知胜我知。"在《蟋蟀吟秋燕飞二首》自序中还认为："非敢附风人之末，而谓诗或可以穷工。"这里体现了张问陶以自己的理解来阐释诗教，将诗教和个人性情的抒发相统一的企图。

张问陶在撰写《题屠琴隖论诗图》一年多后去世。除了《论文八首》、《论诗十二绝句》、《题屠琴隖论诗图》三组论诗诗，题画诗也是张问陶思想的一种表现形式。《题法时帆（式善）前辈诗龛向往图》（《船山诗草》卷十）就是其中有代表性的作品：

> 诗人作事何不可，直使古人来见我。诗龛无佛无杂宾，落落晋唐三五人。画手得诗意，笔墨皆精神。陶公执卷足酒态，数枝残菊存天真。王孟韦柳殊不死，逸趣泠然满一纸。临风拂拂古衣裳，与公同龛称弟子。上下一千五百年，义熙元和如眼前。一人微笑五人喜，此中妙悟能通禅。吁嗟乎不写性灵斗机巧，从此诗人贱于草。君不见吞灰呕血尽有人，画入诗龛应绝倒。

此外，《冬夜饮酒偶然作》、《冬日饮酒六首用亥白兄韵》、《除夜五鼓将入朝独坐口占》、《题朱少仙同年诗题后》等诗歌都包含着诗学思想。在理论上自成一家之言，创作数千诗歌，对上至屈原、下至嘉庆年间的多

---

① 关于空灵，前人已有所论。苏轼："静故了群动，空故纳万境。"（《送参寥师》）明代张岱认为"诗以空灵才为妙诗"，"天下坚实者，空灵之祖"（《琅嬛文集》）。袁枚《随园诗话》引严冬友之说："凡诗文妙处，全在于空。"

位诗人予以批评，张问陶的诗学主张就有了创作和批评的有力支撑，经过时间的考验，越发显现其理论的厚重和独特性。这大概也是当代张问陶研究持续升温的原因。

第二节 翁方纲的肌理说

"唐诗以情韵胜，宋诗以理趣胜，清诗以学问胜，故能鼎峙于诗史上。"① 乾嘉时期学术兴盛，学术和文学的关系较之以前更为密切。王鸣盛在为孙星衍《问字堂集》所作序文中提出了"学者之文"："孙君最后出，精鹜八极，耽思旁讯，所问非一师，而总托始于识字，于是一搦管皆与其胸怀本趣相值，洵乎学者之文，迥非世俗之所谓文矣。"孙星衍在给朱珪的信中则表达了对于考据词章的推崇："星衍以为文学不惟不倍德行、言语、政事之科，而德行、言语、政事既为身通六艺之徒，则皆出于文学，但游、夏有专家之学，传述著于时，故圣人独以文学称之耳。……吾师恐考据词章为非文学之上乘，亦视其考据词章何如。稽古同天，祖述宪章，述而不作，信而好古，亦考据也。观乎人文，以化成天下，夫子之文章可得而闻，亦词章也。能进于学，则四科何不可兼？孟子所以有'有为若是'之言也。"（《呈覆座主朱石君尚书》）王念孙则更加直接地提出："夫文章者，学问之发端也。若草木然，培其根而枝叶茂焉。"（《陈观楼先生文集序》）对比戴震有关言论，可以发现，戴震还强调道、经、文之间的关系，王念孙这里直接就是学和文的关系了，并以学为本，以文为末。这种论断虽然极端，但体现了乾嘉时期学问对于文学的深刻影响。② 翁方纲③的肌理说受到重视，被视为乾嘉三诗论之一，就是这种情势之下的产物。

关于翁方纲的诗学，陆廷枢在为其《复初斋诗集》所作序言中指出，翁方纲的肌理说旨在矫正格调说的空疏和神韵说的寥阒，创作"纯乎以学

---

① 吴孟复：《吴山萝诗文录存》，黄山书社 1991 年版，第 20 页。

② 类似言论还有很多。如焦循《里堂家训》："不学则文无本，不文则学不宣。"厉鹗《绿杉野屋集序》："故有读书而不能诗，未有能诗而不读书。"舒位《与瓯北先生论诗并奉题贻续诗钞后》："天地有生气，终古不能死。人受天地中，同此一气耳。发而为诗歌，亦是气所使。如涂涂附非，活泼泼地是。然非读书多，不能鞭入里。……经以《三百篇》，纬以十七史。纵以五千年，衡以九百里。铸出真性情，凿成大道理。"

③ 翁方纲（1733—1818），字正三，号覃溪，晚号苏斋，直隶大兴人。乾隆十七年进士，官至内阁学士。著有《复初斋诗集》、《石洲诗话》、《苏诗补注》等。

为诗"①，基本上奠定了翁方纲诗学研究的基调，影响至今。在乾嘉时期乃至整个文学批评史，翁方纲"为学必以考证为准，为诗必以肌理为准"（《志言集序》），这种论点都是极具特色的。

一 翁方纲对杜诗的接受与阐发

翁方纲不到二十岁就中了进士，选庶吉士，最后官至内阁学士。和晚年始得声望的沈德潜，命运多舛的戴震，一波三折的袁枚等人相比，翁方纲是真正的少年得志，一生顺遂。这种经历对于他学术的选择是有所影响的。相较而言，戴震受个人经历和志向的驱动，治学的兴趣更多一些，袁枚主要为个性爱好驱使，沈德潜和纪昀则在社会和个人之间取一平衡点而倾向于社会，翁方纲也是执着于自我，但是这一执着点在学习杜诗。对杜诗的接受、理解和阐发，是翁方纲诗学的一大特点。翁方纲对于杜诗极为推崇，"肌理"二字即出自杜诗"肌理细腻骨肉匀"。

杜甫处在盛唐转向中唐之际，其人忠君爱国，其诗有集大成和主变等特点，对宋诗影响极大。后人对杜甫的解读和接受是多层次、多角度的。对翁方纲来说，他对于杜诗的分析可以说是全方位的：从诗教角度，"盛唐之杜甫，诗教之绳矩也"（《神韵论上》），"杜公之学，所见直是峻绝，其自命稷、契，欲因文扶树道教，全见于《偶题》一篇，所谓'法自儒家有'也。此乃羽翼经训，为风骚之本，不但如后人第为绮丽而已"，认为杜诗"可以直接六经矣"（《石洲诗话》卷一）；从诗歌发展角度，"有诗人之诗，有才人之诗，有学人之诗。齐梁以降，才人诗也；初盛诸公，诗人诗也；杜则学人诗②也。然诗至于杜，又未尝不包括诗人、才人矣"

---

① 陆廷枢在序文中指出：覃溪"自诸经传疏，以及史传之考订，金石文字之爬梳，皆贯彻洋溢于其诗"。翁方纲的弟子吴嵩梁《石溪舫诗话》载："覃溪师论诗，以杜、韩、苏、黄及虞道园、元遗山六家为宗。全集多至五六千首，尝命予校定。卒业，予请分编为内外集，性情风格气味音节得诗人之正者曰内集，考据博雅以文为诗者曰外集。吾师亦以为然。第云：吾集现已编年排录，贤友所论须于身后选定，别为锓版。"对于翁方纲诗作，批评者较多。除了大家熟知的袁枚对他"误把抄书当作诗"的批评外，他的好友洪亮吉也曾说"翁阁学方纲诗，如博士解经，苦无心得"（《北江诗话》卷一）。朱庭珍《筱园诗话》对翁方纲诗作评价很低："翁以考据为诗，饾饤书卷，死气满纸，了无性情，最为可厌。"

② 关于杜甫诗歌和学问的关系，晚清王棻《与友人书》所论较详："古今称能诗者，必曰杜甫氏。甫之言曰：'读书破万卷。'又曰：'熟精文选理。'由前之言，则甫之学为甚博，由后之言，则甫之诗学为甚精。是甫所以雄一时而名后世者，非独才高使然，亦其学之博大精深，有以匠其才而成其器也。……后之学诗者，夫人而能宗甫之诗，而皆不能宗甫之学。故虽情真辞富、律细韵超者，代不乏人，而卒鲜能与甫匹也。"（《柔桥文钞》卷十二）

（《七言律诗钞》）。这些论述结合来看：杜甫是诗教的准矩，也是学人诗的代表，融合了诗人之诗和才人之诗，是诗教、性情、学问三者结合的最高典范。

翁方纲之所以极为推崇杜甫，对于和杜甫有很深渊源的苏轼、黄庭坚等也多有赞誉，从根本上讲在于这些诗人的创作合乎他的一些基本理念，如学理在诗文之先、注重源流正变等。

学理在诗文之先，也可以视为对杜甫"读书破万卷，下笔如有神"的一种阐释。在翁方纲看来，"天下未有舍理而言文者"（《杜诗"精熟文选理"字说》）；"文必根本六经，诗必根本三百篇，盖未有不深探经学而能言诗文者。治经以义理为主，固不可以后世诗文例之。然未有不深究三百篇之理而能言诗者，亦未有不深究于诗教源流正变而能读三百篇者。此诗家最上第一义"（《苏斋笔记》卷九）；"为学先务讲求义理，见吾心之无欺，欲吾言之无饰，夫然后藻不妄、抒不苟，为炳炳烺烺乎"（《苏斋笔记》卷十二）。对于严羽"诗有别才非关学也"的说法，翁方纲的理解也与众不同："所谓'诗有别才非关学'之一语，亦是专为骛博滞迹者偶下砭药之词，而非谓诗可废学也。须知此正是为善学者言，非为不学者言也。司空表圣《诗品》亦云'不著一字，尽得风流'，夫谓不著一字，正是函盖万有也，岂以空寂言邪"（《神韵论下》）。

翁方纲注重诗歌的源流正变，对于杜甫，他在《论诗寄筼潭观察二首》其二中说："我于杜法叩元音，上下千秋作者心。只在豪芒悬榖率，相期山海问崇深。苏黄尽处途逾骋，韶武原头事孰任。除却绣丝平熨帖，更将何术度金针。"《杜诗"精熟文选理"字说》中又说："少陵之贯彻上下，无所不该。"翁方纲是以杜甫为典范，在诗歌流变中品评诗人诗作。他对于苏轼、黄庭坚、陆游等人的欣赏，无不与他们对杜甫诗歌的学习及某些方面的相似有关。对于唐宋诗之争，翁方纲自然更认同学习杜甫的宋诗，"盛唐诸公，全在境象超诣，所以司空表圣《二十四品》及严仪卿以禅喻诗之说，诚为后人读唐诗之准的……宋人之学，全在研理日精，观书日富，因而论事日密。如熙宁、元祐一切用人行政，往往有史传所不及载，而于诸公赠答议论之章，略见其概。至如茶马、盐法、河渠、市货，一一皆可推析。南渡而后，如武林之遗事，汴土之旧闻，故老名臣之言行、学术，师承之绪论、渊源，莫不借诗以资考据"（《石洲诗话》卷四）。

"谈理至宋人而精，说部至宋人而富，诗则至宋而益加细密。盖刻抉入里，实非唐人所能囿也。"(《石洲诗话》卷四) 学界普遍称翁方纲诗学是基于宋诗的美学特点，更确切地说，翁方纲和宋诗更像是出于对于杜诗共同的审美追求而产生的契合。

二　肌理说的提出及意义

王士禛在乾嘉时期有巨大影响，而世人不断对其提出批评。这是以王的再传弟子自称的翁方纲要面对的问题。[①] 他对神韵说进行新的诠释，提出肌理说，都与此有关：

> 昔之言格调者，吾谓新城变格调之说而衷以神韵，其实格调即神韵也。今人误执神韵，似涉空言，是以鄙人之见，欲以肌理之说实之。其实肌理亦即神韵也。(《神韵论上》)
>
> 诗以神韵为心得之秘，此义非自渔洋始言之也，是乃自古诗家之要眇处，古人不言而渔洋始明著之也。(《神韵论下》)
>
> 昔李(梦阳)、何(景明)之徒空言格调，至渔洋乃言神韵。格调、神韵，皆无可著手也，予故不得不近而指之曰肌理。少陵曰"肌理细腻骨肉匀"，此盖系于骨与肉之间，而审乎人与天之合，微乎艰哉。(《仿同学一首为乐生别》)

翁方纲指出神韵自古存在，而由王士禛说出，是独到之处。至于说神韵就是七子的格调，世人不解才流于空寂[②]，则是他的一家之言。为了弥补格调和神韵说的缺憾，翁方纲提出了"肌理"，对此他也有所阐释："言者，心之声也。文辞之于言，又其精者。诗之于文辞，又其谐之声律者。然则在心为志，发言为诗，一衷诸理而已。理者，民之秉也，物之则也，事境之归也，声音律度之矩也。是故渊泉时出，察诸文理焉；金玉声

---

① 翁方纲曾从学于黄叔琳，黄叔琳是王士禛的弟子。

② 王士禛提出神韵，但是并无具体阐释，这是后世聚讼所在。徐亮之《渔洋诗与神韵说》指出了这一情况："渔洋创'神韵说'，夫人而知之矣。而其正式标举'神韵'二字，则实始于康熙元年(1662年——时渔洋年二十九)之选辑唐人律绝为《神韵集》，以教授儿子启涑等。唯'神韵'二字，则渔洋本人实殊未作任何正面之诠释。大抵前人论文，类多迷离惝恍之辞，所谓'可意会而不言传'；言之者亦唯求人能'心知其意'，即已餍足。"(《中国古典文学论文精选丛刊·文学批评、散文与赋类》，幼狮文化事业公司1979年版，第297页)

振，集诸条理焉；畅于四肢，发于事业，美诸通理焉；义理之理，即文理之理，即肌理之理也"（《志言集序》）。

肌理之中理为中心。在当时的义理、考据、辞章三者并存的情况下，翁方纲和戴震一样，都是以义理来统合考据和辞章："有义理之学，有考订之学，有词章之学，三者不可强而兼也。况举业文乎？然果以其人之真气贯彻而出之，则三者一原耳"（《吴怀舟诗文序》）；"夫考订之学何为而必欲考订乎？欲以明义理而已矣。其舍义理而泛言考订者，乃近名者耳，嗜异者耳"（《与陈石士论考订书》）；"士生今日经学昌明之际，皆知以通经学古为本务，而考订诂训之事与词章之事未可判为二途"（《蛾术集序》）。

以义理统合考据、辞章，实现学问和性情的合一，"性情、学问、音律，皆至陶公而一归于正矣。彼但摹其迹相以为类于闲适、隐遯者，此所谓以目皮相者也"（评《古诗选》卷六）；"欧阳公虽出自昌黎，特以风度蔚为大雅之作。而昌黎真际必得介甫于中一线穿出，方能发挥尽致。此则性情与学问合为一事矣"（评《古诗选》卷八）。

在对理的具体阐释上，翁方纲不同于戴震。"夫理者，彻上彻下之谓，性道统挈之理即密察条析之理，无二义也；义理之理，即文理、肌理、腠理之理，无二义也。"（《理说驳戴震作》）对于理，翁方纲认为："《易》曰：'君子以言有物。'理之本也。又曰：'言有序。'理之经也。"（《杜诗"精熟文选理"字说》）戴震的重心在阐释理与情欲的合一，翁方纲则意图以理来改变传统对诗歌中情理关系的看法。

自严羽《沧浪诗话》指出"诗有别趣，非关理也"、"不涉理路"，后人竞相阐发。以清代诗坛大家来说，也都各有高见。王士禛认为"《诗三百》主言情，与《易》太极说理判然各别。若说理，何不竟作语录，而必强之为五言七言？且牵缀之以声韵，非蛇足乎？荆川之徒撰白沙、定山及荆川诗为《二妙集》，继《击壤集》后，以为诗家正脉，艺林传为笑柄，讵可踵其陋哉"（《带经堂诗话》卷二十七）；"昔人论诗曰：'不涉理路，不落言诠。'宋人惟程、邵、朱诸子为诗好说理。在诗家谓之旁门"（《带经堂诗话》卷二十九）。王士禛的这种看法在诗学史上很有代表性，是最为常见的态度。袁枚反对考据入诗，其内在逻辑和这是一样的。叶燮代表了清代另一类文论家的态度。他认为宋诗代表了诗歌发展的最高水平，对于理自然是高度重视的，以理、事、情作为诗歌的对象，理居首位。沈德潜作为叶燮的弟子接受了他的观点，同时又有所改变，认为"诗不能离理，然贵有理趣，不贵下理语"（《清诗别裁集·凡例》），"议论须带情韵以行，勿近伧父面目耳"（《说诗晬语》）。也就是说，理要以感性的形态出现在诗歌中。

沈德潜基于创作而阐释诗歌中情和理的关系，翁方纲面对这一问题，解决的思路依据是杜甫的创作和观点。

> 自宋人严仪卿以禅喻诗，近日新城王氏宗之，于是有不涉理路之说，而独无以处夫少陵"熟精文选理"之"理"字，且有以宋诗近于道学者为宋诗病，因而上下古今之诗，以其凡涉于理路者皆为诗之病，仅仅不敢以此为少陵病耳。然则孰是孰非耶？曰：皆是也。客曰：然则白沙、定山之宗《击壤》也，诗之正则耶？曰：非也。少陵所谓理者，非夫《击壤》之流为白沙、定山者也。客曰：理有二欤？曰：理安得有二哉！顾所见何如耳。杜之言理也，盖根柢于六经矣：曰"斯文忧患余，圣哲垂象系"，《易》之理也；曰"舜举十六相，身尊道何高"，《书》之理也；曰"春官验讨论"，《礼》之理也；曰"天王狩太白"，《春秋》之理也。其他推阐事变，究极物则者，盖不可以指屈。则夫大辂椎轮之旨，沿波而讨原者，非杜莫能证明也。（《杜诗"精熟文选理"字说》）

翁方纲反复强调杜甫的理，并认为"理安得有二哉"，那么杜甫的理和涉于理路的理应当也是一个。那么他如何来区别自己所说和《击壤集》代表的理学诗？"理之中通也，而理不外露，故俟读者而后知之云尔。若白沙、定山之为《击壤》派也，则直言理耳，非诗之言理也。……自王新城究论唐贤三昧之所以然，学者渐由是得诗之正脉，而未免歧视理与词为二途者，则不善学者之过也。而矫之者，又或直以理路为诗，遂蹈白沙、定山一派，致启诗人之訾謷，则又不足以发明六义之奥，而徒事于纷争疑惑，皆所谓泥者也。必知此义，然后见少陵之贯彻上下，无所不该。学者稍偏于一隅，则皆不得其正。"（《杜诗"精熟文选理"字说》）从这些文字可以看出，翁方纲虽然一再标榜自己的肌理，实际上暗合沈德潜之说。如果仅此而已，翁方纲的肌理说未免故作玄虚，其能够与格调说和性灵说三足鼎立，自然有它持论的独到之处。概括来说，那就是以理来涵盖和笼括诗歌创作的全过程：

近有疑此篇理字者，故不得不为之说曰：理者，综理也，经理也，条理也。《尚书》之文直陈其事，而《诗》以理之也。直陈其事者，非直言之所能理，故必雅丽而后能理之。雅，正也；丽，葩也。韩子又谓"《诗》正而葩"者是也。凡治国家者谓之理，治乐者谓之理，治玉者谓之理，治丝者谓之理。故曰"国史明乎得失之迹"，得与失皆理也。又曰"以一国之事系一人之本谓之风，言天下之事形四方之风谓之雅，颂者美盛德之形容"，形与系皆理也。又曰"风雅颂为三经，赋比兴为三纬"，经与纬皆理也。理之义备矣哉。然则训诂者，圣王之作也。理则孰理之欤？曰：作是诗者不知也。及其成也，自然有以理之。此下句曰："曾经圣人手，议论安敢到。"此即理字自注也。理者，圣人理之而已矣。凡物不得其理，则借议论以发之，得其理则和矣。岂议论所能到哉？至于不涉议论，而理字之浑然天成，不待言矣。非圣人孰能与于斯！（《韩诗"雅丽理训诂"理字说》）

这里对韩愈所说的"曾经圣人手，议论安敢到"显然进行了扭曲。对比此前袁枚将所有化为情的过程，纪昀概括为"发乎情，止乎礼义"的过程，翁方纲则是将诗歌创作的各个阶段都化为"理"的过程，学问就取代了以往性情的地位，这在乾嘉诗坛乃至文论史都是很独特的。张健先生对此有很经典的评价："翁方纲将其诗学的立足点由以情感为中心转到以知识、义理为中心上来，并以此来接纳宋诗传统。这种立足点的变化是传统诗学系统的重大的调整。这种调整意义重大，它使得本来蕴涵在抒情诗学中的一种倾向真正独立出来，有了一种理论系统，成为与抒情诗学相抗衡的诗学系统。"①

三　理味、事境

翁方纲提出肌理是要弥补格调和神韵说之虚，那么如何才能实？翁方纲给出的解答是理味和事境：

若以诗论，则诗教温柔敦厚之旨，自必以理味、事境为节制，即使以神兴空旷为至，亦必于实际出之也。风人最初为送别之祖，其曰

---

① 张健：《清代诗学研究》，北京大学出版社 1999 年版，第 725 页。

"瞻望弗及，泣涕如雨"，必衷之以"秉心塞渊，淑慎其身"也。《雅》
什至《东山》，曰"零雨其濛"，"我心西悲"，亦必实之以"鹳鸣于
垤"，"有敦瓜苦"也。况至唐右丞、少陵，事境益实，理味益至。
后有作者，岂得复空举弦外之音，以为高把群言者乎？（《石洲诗话》
卷八）

在翁方纲看来，诗歌是由虚向实发展的，到了王维和杜甫，"事境益
实，理味益至"。理味和事境相较来说，事境为实而理味为虚，所以事境
在翁方纲诗学中更为重要。"所谓事境，是指诗人在所处的特定的时空，
所处的人事的背景，它是诗境在客观界的基础。"① 具体来说，就是创作
中要求"文词与事境合而一之"（《延晖阁集序》），"诗必能切己切时切
事，一一具有实地，而后渐能几于化也"（《神韵论》中），"予尝论古淡
之作必于事境寄之，放翁亦言绝尘迈往之气于舟车道路间得之为多"
（《朱草诗林集序）》）。

事境理论的提出是很有价值的。中国古代文论中说得最多的是意境，
相较而言，意境强调了主客两方的交融，事境则突出了诗歌景物客观真实
的一面。真实存在主观真实和客观真实两种，翁方纲的肌理说显然是追求
客观真实的，而王士禛倡导的神韵说则是突出主观真实。从这个角度，肌
理说和神韵说的差别还是很明显的。这一点还可以从翁方纲对王维诗歌的
评价体现出来。

王维诗歌兴象高妙，为王士禛所赞赏。翁方纲则认为："昔渔洋先生
每谓开元、天宝诸作全在兴象超诣，然如王右丞之作，则句句皆真实出之
者也。即王少伯《斋心》一诗，空洞极矣，而按之具有实地。"（《复初斋
文集·重刻吴莲洋诗集序》）

无论是事境还是实地，翁方纲都体现出了和宋诗相契合的特点。相较
唐诗，宋诗更加质实，对于文字、形式、诗法之类更为看重。黄庭坚有夺
胎换骨、点铁成金之法，方回强调响字，都根源于此。翁方纲对于创作形
式也明显比其他文论家重视。纪昀也曾专门著述论试帖诗的写作，主要是
为了应对科举考试和现实功用。翁方纲不同，他是将表现事境和实地的创
作手法视为诗歌的重要内容："诗家之难，转不难于妙悟，而实难于铺陈

---

① 张健：《清代诗学研究》，北京大学出版社 1999 年版，第 696 页。

终始，排比声律，此非有兼人之力，万夫之勇者，弗能当也。"（《石洲诗话》卷一）诗法上，翁方纲还依据杜诗提出有"法之正本探原"和"法之穷形尽变"两种："文成而法立。法之立也，有立乎其先、立乎其中者，此法之正本探原也；有立乎其节目、立乎其肌理界缝者，此法之穷形尽变也。杜云'法自儒家有'，此法之立本者也；又曰'佳句法如何'，此法之尽变者也"（《诗法论》）。

　　唐诗重兴象，宋诗重理致。评判的标准改变，对具体作家作品的批评也会有所不同。对翁方纲来说，既然铺陈终始和排比声律比妙悟还要难为，那么具有以文为诗特点的诗人如白居易、黄庭坚，在翁方纲这里得到的评价就会更高："即如白之《和梦游春》五言长篇，以及《游悟真寺》等作，皆尺土寸木，经营缔构而为之，初不学开、宝诸公之妙悟也。看之似平易，而为之实艰难。元、白之铺陈排比，尚不可跻攀若此，而况杜之铺陈排比乎"（《石洲诗话》卷一）；"山谷诗境质实，渔洋则空中之味也"（《复初斋王渔洋诗评》）。

　　翁方纲将杜诗的方法和精神运用到诗学中，形成了自己的一套理论体系。理是唯一的，彻上彻下的，和肌理相对较远的神韵，在他看来也是没有界限的，"神韵乃诗中自具之本然"（《坳堂诗集序》）。这样一来，本来特色极为鲜明的偏重质实的理论，因将不同的格调、神韵、肌理全都混杂在一起，反而影响了世人的接受和评价。严迪昌《清诗史》认为：翁方纲"先以自己的理解，给'神韵'作出多层面的辨认，最后的归结是'神韵'无所不在，无所不包括"，"神韵经翁方纲一说，更增添了神秘色彩。无所不是神韵，岂非等于没有神韵"[1]，就是这种后果的一种体现。

第三节　王鸣盛、赵翼等史学家的情文论

　　郭绍虞先生说："经学家虽不重在词章，然也未尝不有论文的见解。"[2]这观点也适用于史学家。乾嘉时期的学者大多知识广博而"学不废文"，多有诗文创作，关于情文关系的论述也有不少。其中，崔述、钱大昕、王鸣盛、赵翼、章学诚等学者的相关论述尤其值得关注。钱大昕、王鸣盛、

---

① 严迪昌：《清诗史》（下），浙江古籍出版社 2002 年版，第 718—719 页。

② 郭绍虞：《中国文学批评史》，百花文艺出版社 1999 年版，第 394 页。

赵翼被誉为"考史三大家",章学诚则有"浙东史学殿军"之誉,崔述被视为古代史学上疑古派的代表,他们的成就虽然并不主要体现在文学领域,但是论述中都不同程度地涉及文学。钱大昕、王鸣盛早年还以诗歌出名,为沈德潜的弟子,吴中七子的代表人物。他们和当时的文坛大家纪昀、袁枚等多有往来,诗酒唱和,为诗集写作序跋,在书信中表达自己的观点等,关于文学的论述也有不少值得关注之处。考察这些学者对于情文理论的论述,有助于整体把握乾嘉时期诗学的状况,对于衡量和评价其他文论家、诗人的观点也是重要的参照。

一　王鸣盛①的情文论

王鸣盛为乾嘉时期学术大家,以四部著作名世,"于经有《尚书后案》,于史有《十七史商榷》,于子有《蛾术编》,于集有诗文,以敌弇州四部,其庶几乎"(《蛾术编》沈楙德跋载王鸣盛语)。王鸣盛虽以史学著称,但他少年工诗,诗文创作甚富,"学可以贯穿经史,识可以论断古今,才可以包孕余子,意不在诗而发而为诗,宜其无意求工而不能不工也"(沈德潜《王凤喈诗序》)。王鸣盛自己也称:"三十余年以来,闭户一室,苦吟独赏,不与人相酬和。人以为予用意在穷经考史,而不知所深好者惟诗。……盖予于唐人最赏会者,前则少陵也,中间则昌黎、长吉也,后则义山、飞卿也。"(《听雨斋诗集序》)王鸣盛精于创作,又富有史识,对于诗文创作也能独抒己见。

> 自汉唐以下,如杜甫之为诗,深得为承、为持之义者,夫子复生,正不必取以附益《三百》也。《三百篇》之诗人所志者,政也;今之人所当志者,道而已矣。是故拈花惹草,批风抹月,模山范水,以寓其志。不知者以为闲适之辞,而后之人诵其诗,论其世,则曰,彼盖幸生太平极盛时,故其言如此,于政非不欲言也,无可言也,非所谓"治世之音安以乐,其政和"者乎?则其诗之为效,虽未必经夫妇,成孝敬,厚人伦,美教化,移风俗,然而亦可以观政矣。……盖无所见于道,故其胸中本无所谓志,而强欲为诗,宜其徘徊于为承、

---

① 王鸣盛(1722—1797),字凤喈,号礼堂,别号西庄、西沚,江苏嘉定人。乾隆十九年进士,授翰林院编修。乾隆二十八年母丧告归,此后专心著述。

为持之间，而不自觉其无聊如此也。(《听雨斋诗集序》)①

在这段文字中，王鸣盛以杜甫为例，论述了诗歌的创作、继承与新变、社会功用等问题。王鸣盛还称赞杜甫："尽得古人体势，其实乃尽变古人体势者；既已尽得，又复尽变，所以独步千古"，(前人)"句法调法尽行扫却，变化烹炼，别自成一种体格，所谓灭灶更炊，不因人热，苦心千载如见也，若蹈常袭故，安能出人头地邪"(《蛾术编》卷七十六"杜子美"条)。将这些材料结合起来可以看出，王鸣盛首先重视诗歌的政治功用，认为"《三百篇》之诗人所志者，政也"；其次批评当代的创作，今人无所见于道，胸中也就无志，勉强作诗，就只能徘徊在为承和为持之间，即继承和发展之间。

在才、学、情、品格等关系问题上，王鸣盛认为它们相辅相成，诗以性情为主，但是仅有情是不够的，才、学、品格都是极为重要的因素。"是则能达其情者，非才不为用，有深于情而绌于才者矣。未有才之至而无情者也。才之用也，广之为沧溟，细之为沟窦，高之为山岳，碎之为珰珮，壮之为武贲，弱之为处女，华之为雕绮，素之为布菽，自非悬解超览之士，孰以与于斯乎"(《西庄始存稿》卷二十六《张少华诗集序》)；"是则能达其情者，非才不为用，有深于情而绌于才者矣。未有才之至而无情者也。才之用也，广之为沧溟，细之为沟窦，高之为山岳，碎之为珰珮，壮之为武贲，弱之为处女，华之为雕绮，素之为布菽，自非悬解超览之士，孰以与于斯乎"(《西庄始存稿》卷二十六《张少华诗集序》)；"惟能持之以风格，而昌之以才情，斯足为中流一壶矣。……风格究不可以不正，才情究不可以不发"(《树萱诗草序》)。

对于严羽"诗有别材，非关书也"之说，王鸣盛根据历史上的创作情况予以了反驳，"所谓诗不关学者，正非无学人之所能为也。少陵千古诗

---

① 类似的表达还有："予惟在心为志，发言为诗。诗必本乎志，而志复随其所遇，遇触乎外，志动乎中，不得已而有言，于是假诸咏歌唱叹，以摅泄其欢愉悲愤之致。近人之称诗者，或漫无所得已于其中，而只用之逐光景，慕颜色，嘲弄风月，刻画花草，与夫舟嬉巷饮、喑死问疾之间，四始六义之旨，鲜一当焉。而犹欲标置坛坫，分茅设蕝，以为风雅在是，多见其惑尔。学诗而以子美为宗，近人则訾为老生常谈，然而弗可易也。子美之为诗，崎岖戎旅，不忘君父，悲瘦马之凋残，感啼鹃之哀苦，故论者目为诗史。盖遇为之，志亦为之；假令外无所触，中无所动，则其诗虽不作可也。"(《石民诗集序》)此处部分和下面《饴山文集序》、《月满楼诗集序》引文出自陈鸿森《王鸣盛西庄遗文辑存剩稿》，《古籍整理研究学刊》2014年第1期。

圣，而其言下笔有神，必以读破万卷为根本；若以空疏浅陋之腹，而漫欲描头画角以自诡于妙悟，岂足当有识者之一笑乎！"（《唐贤三昧集笺注序》）"古今来论文者多矣，大要读书为入门第一事，乃严仪卿之论诗曰：'诗有别才，非关学问'，而空疏之子乐其说之便于己也，并移而之文。夫诗歌一道，固不专以隶事为能，然惟读书愈多，则酝酿愈深、格力愈进，凡真诗人未有不学者也，而况于文乎！自夫不学者之欲掩其陋也，簸弄小慧，驰骋笔锋，辄诡讬于妙悟。予不谓文无妙悟也，顾入门第一事已失之矣，遑问其他！粗浅者尚弗克涉猎，而直造精微，有是理哉？高其心，空其腹，开口便误，摇笔便漏，典故即取类书也，文字则据《字汇》也。无论奇篇秘籍，即九经之传注义疏、廿一史之志表纪传，都未窥寻，安得号于人曰'文家'、'文家'欤？""文贵胸中有书，笔下无书，有识者于其空运之文，而知其从读书中来矣。"（《饴山文集序》）

虽然注重学问对于创作的作用，但是王鸣盛并没有忽视诗歌的审美特性，还强调性灵和风骨。王鸣盛："昔唐人选诗，惟殷璠氏《英灵》一集高于诸选，其品骘盛唐诸家，多以风骨为言。盖诗之为道，主于发挥志节，藻畅襟灵，类多出于孤立行意者之所为，假令龌龊小夫，其中未必有而强效昔人之章句，纵复葳蕤可观，有识者或从而薄之。无他，风骨不存焉尔。"（《西庄始存稿》卷二十六《凌祖锡诗序》）"夫诗至今日，言人人殊，然予窃谓性灵总其关键，才华导其委输，二者相辅以行，不可偏废。乃或且各执其一，以互相訾謷，则何也？或谓宜翻空而经奇，或谓宜征实而持正，画为鸿沟，而二者遂交病焉，彼奚为者耶？是盖鸡睨鱼瞰，循条失枝，而无以通彼我之怀者也。"（《月满楼诗集序》）①

王鸣盛对当时文坛关注较多的一些问题也发表了自己的见解。对于当时热议的《诗序》存废和作者问题，王鸣盛肯定《诗序》的作用，（三百篇）"虽或即事直陈，而皆有悠扬委曲之趣、言外不尽之旨，未有径情直发者，故《序》之于诗，为功甚大"。对于作者，王鸣盛认为"断非卫宏所作"，"康成既为《序》作《笺》，则《序》必非卫宏作明矣"（《蛾术编》卷五）。他的逻辑是郑玄为一代大儒，名声远甚卫宏，两人年代相差不远，若是卫宏作序，郑玄必不会为之作笺。他推测是毛公将《诗序》置

---

① 《月满楼诗集》，顾宗泰著。顾宗泰，乾隆四十年进士，工诗文，撰有《月满楼文集》、《月满楼诗集》。曾和王鸣盛同从沈德潜学习，王鸣盛乾隆三十一年为其诗集作序。

于篇首。

对于重要诗人的评价，王鸣盛称赞杜甫之"变"，对于温庭筠和李商隐则能知人论世，评价其诗情深，而感叹史书对二人评价不公，"徒负不羁之才，罕有适时之用。中书堂内将军，惯以此等言语胁伏文人"（《蛾术编》卷七十七"温飞卿"条）。对于受到诸多批评的明七子，王鸣盛能够从诗风的转变来考察其缘由，分析其得失。① 他人批评多从继承和创新角度，王鸣盛则强调了其不读书、不识字，缺乏经史知识的因素。②

对于唐宋诗之争，王鸣盛也比较通达，较为客观地分析唐宋之别。"余惟称诗于今日，言人人殊，唐音宋调，各有门庭，而不能相下。余意则欲通彼我之怀，息异同之论"（《兰绮堂诗钞序》）；"夫诗则何唐、宋之有哉？唐人集其成，宋人极其变，异流而同源，其精神标格各有千古者存焉"；（《嫭雅堂诗集序》）"宋承唐后，其诗始沿五季之余习，至太平兴国以后，风格日超，气势日廓，迨苏、黄辈出而极盛焉。乃其所以盛者，师法李、杜而不袭李、杜之面貌，宗仰汉、魏而不取汉、魏之形模，此其卓然成一朝之诗，而不悖于正风者矣"；"惟宋人早见于此，而气势所到，力量所及，又足以别异于唐，卓然能自树立，成一代之风雅，而为一世之元音也。若宋之诗，则沈雄博大者其气，镂肝刻髓者其思，新异巧妙者其才"（《宋诗略序》）。王鸣盛关于唐宋诗的论述，和纪昀等表面调和实际扬唐抑宋的做法不同，从新变的角度予以了充分的肯定。

由这些论述可知，王鸣盛虽然不以文论著称，但是对于当时文坛关注的问题也多给予了解答。他是将诗文作为自己学术的一部分来看待的。从其富有个性和卓识的论述来看，称他为文论家也是不为过的。

二　赵翼③的情文论

赵翼和王鸣盛一样，兼有史学家和诗人的身份，不同的是他还著有清

---

① "明初诗，青田、青邱、海叟三家而止。永宣以下，诗教顿衰。沿至化治，风、雅不振。李何勃兴，始进于古，专以诗论，固属一代眉目。即兼以文论，若果能从通经学古、读书识字入手，则谓汉后无文，唐后无诗，以复古自命，持论稍偏，未为不可，惜乎其未能也。"（《蛾术编》卷七十九"李空同"条）

② "七子诗各名家，而于经史尽属茫如。甚矣，华实并茂之难也！""何、李、李、王一辈，不读书，不识字，虽有好诗，无救于妄。"（《蛾术编》卷七十九"何大复诗误"、"李沧溟"条）

③ 赵翼（1727—1814），字云崧，一字耘崧，号瓯北，江苏阳湖人。乾隆二十六年进士，授翰林院编修。著有《廿二史札记》。

代诗学史上占有一席之地的《瓯北诗话》，被认为是性灵派的副将。蔡镇楚这样评价赵翼和《瓯北诗话》："以袁枚和赵翼为代表的'性灵派'崛起，主'情'派终于以《随园诗话》、《瓯北诗话》为旗帜，宣告'情'是诗歌王国的主宰者。"①

嘉庆六年（1801），赵翼将部分《瓯北诗话》拿给朋友洪亮吉，洪亮吉写作了三首诗予以评价：

> 一事皆须持论平，古人非重我非轻。编成七辈三朝集，好到千秋万世名。未免尊唐挑魏晋，欲将自郐例元明。尘羹土饭真抛却，独向毫端抉性情。
>
> 诗家别集已成林，一一披沙与拣金。作者众怜传者少，前无古更后无今。法家例可平心断，大府文非刺骨深。卷卷漫从空处想，就中多有指南针。
>
> 名流少壮气难驯，老去应知识力真。七十五年才定论，一千余载几传人。杀青自可缘陈例，初白差难踵后尘。只我更饶怀古癖，溯源先欲到周秦。（《甦斋诗》卷四）

在诗中洪亮吉指出了自己认为的《瓯北诗话》的长处和不足，其中一个不足就是不合体例。在三首诗后还自注："余时亦作《北江诗话》，第一卷泛论，自屈、宋起。"现在看来，专章论述唐至清历朝有代表性的诗人，反而是《瓯北诗话》一大特色，体现了作者的史家眼光。② 查慎行在清代诗歌史上地位的提升，可能就与赵翼反对荣古虐今，将其诗作收入诗话有关。

赵翼对于历史的发展持近似于进化论的观点，"盖事之出于人为者，大概日趋于新，精益求精，密益加密，本风会依然。故虽出于人为，其实即天运也"（《瓯北诗话》卷十二）。对于诗歌创作，主张创新，"必创前所未有，然后可以传世"（卷四）。赵翼还专门论述了何谓新，"新岂易言，意未经人说过，则新；书未经人用过，则新。诗家之能新，正以此

① 蔡镇楚：《诗话学》，湖南教育出版社1990年版，第179页。
② 目前流行的《瓯北诗话》共十二卷，前十卷对李白、杜甫、韩愈、白居易、苏轼、陆游、元好问、高启、吴伟业、查慎行等诗人专章论述，第十一卷则合论韦应物、杜牧、皮日休、苏舜钦、梅尧臣、欧阳修、王安石、黄庭坚等诗人，第十二卷则论述部分诗体、诗病等。

耳"（卷五）。他辩证地指出："满眼生机转化钧，天工人巧日争新。预支五百年新意，到了千年又觉陈。""李杜诗篇万口传，至今已觉不新鲜。江山代有才人出，各领风骚数百年。"（《论诗》）

以此辩证的发展观来评价诗歌和诗人，赵翼就突破了传统的一些束缚，认为"三百篇以来，篇无定章，章无定句，句无定字……盖有才者以三百篇旧格不足以尽其才，故溢而为此，其实皆诗也"（《瓯北诗话》卷十二）。对于大胆求变的李杜予以了高度评价，"顾李、杜之前，未有李、杜；故二公才气横恣，各开生面，遂独有千古"（《瓯北诗话》卷三）。对于举步不前者也提出了很形象的批评，"能胜大敌始称勇，岂就矮人乃见长？君自不登楼百尺，空妒他人在上床"（《瓯北集·连日翻阅前人诗戏作效子才体》）。唐宋诗之争在赵翼看来没有必要，"词客争新角短长，迭开风气递登场。自身已有初中晚，安得千秋尚汉唐"（《论诗》）。

赵翼强调创新，在评价和分析诗人时也是独具慧眼，新见叠出。如评韩愈，"纵极力变化，终不能再辟一径，惟少陵奇险处，尚有可推扩，故一眼觑定，欲从此辟山开道，自成一家。此昌黎注意所在也"（《瓯北诗话》卷三）；评苏轼，"以文为诗，自昌黎始；至东坡益大放厥词，别开生面，成一代之大观"（《瓯北诗话》卷五）。语言生动形象，态度也更为客观，对于备受争议的"以文为诗"能够从诗歌发展的角度予以理解和分析。

对于性情、才学、气理等问题，赵翼也有自己的看法。对于气、理，赵翼认为气在理先，"是非方是理，而气已生之。岂非气在先，早为理之基"（《静观》二十四首之三）；性和气关系密切，"物从此气生，即以此气养。迁地弗能良，受性固各爽"（《静观》二十四首之八），"谓性有可移，橘过淮则枳。谓性有不变，鹰缚绦亦喜。圣言性相近，其说浑浑尔。……后儒强为诠，分别气与理。既名之曰性，理早落气里。舍气而言理，又一重障矣"（《瓯北集·古诗》）。对于乾嘉时期普遍看重的才和学，赵翼更重视才，"读者但觉杜可学而李不敢学，则天才不可及也"（《瓯北诗话》卷二），"到老始知非力取，三分人事七分天"（《诗论》）。对于才，赵翼论述较多，有天才和才气两类。对于李白和苏轼，赵翼以天才称之，此论并不新鲜。值得关注的是赵翼常以才气评价诗人诗作，如称陆游"才气豪健，议论开辟，引用书卷，皆驱使出之，而非徒以数典为能事"（《瓯北诗话》卷六）。赵翼还注意到了才与气的不同：才强调先天禀赋，气则不仅有先天所得，还和阅历境遇直接相关。"元遗山才不甚大，书卷亦不甚多，较之苏、陆，自有大小之别。然正惟才不大、书不多，而专以精思锐笔，清炼而出，故其廉悍沉挚处，较胜于苏、陆。盖生长云、朔，其天禀本多豪健英杰之气；又值金源亡国，以宗社丘墟之感，发为慷慨悲歌，有不求而自工者，此固地为之也，时为之也。"（《瓯北诗话》卷八）对于元好问的评述比较清楚地展现了赵翼对于才、气、学关系的看法。相较而言，才、气比学更为重要。

以气为本，注重自身经验，摆脱正统观念的束缚，这是赵翼强调创新、要求诗歌抒发性灵的前提和基础。对于性灵理论，除了常见的"力欲争上游，性灵乃其要"（《书怀》），"作诗必此诗，乃是真诗人"（《论诗》），赵翼对于性情、风格、意味之间关系的论述也值得注意。"试平心论之，诗本性情，当以性情为主。奇警者，犹第在词句间争难斗险，使人荡心骇目，不敢逼视，而意味或少焉。坦易者，多触景生情，因事起意，眼前景，口头语，自能沁人心脾，耐人咀嚼。此元、白较胜于韩、孟"（《瓯北诗话》卷四）。在《论诗》中还指出："只应触景生情处，或有空中天籁音"。这些材料明确表达了赵翼对于情和意味的看法，即情多则意味多，情少则意味少，这也是元白胜于韩孟处。此类言论深化了情文理论，令人耳目一新。

赵翼强调诗法，但更重自然。赵翼强调才思和工夫并重，"诗之工拙，全在才气、心思、工夫上见"（《瓯北诗话》卷十）。诗法和自然相比，赵翼则更重自然，"枉为耽佳句，劳心费剪裁。生平得意处，却自自然来"（《瓯北集·佳句》）；"坡诗实不以锻炼为工；其妙处在乎心地空明，自然流出，一似全不著力，而自然沁人心脾"（《瓯北诗话》卷五）。"少陵才思所到，偶然得之；而昌黎则专以此求胜，故时见斧凿痕迹。有心与无心异也。"（《瓯北诗话》卷三）韩愈诗用力，杜甫诗自然，两人高下立判。所谓自然，就是情动于中而发于言，"风行水上自生波"（《无诗》），和兴会密不可分。"吟咏出兴会，万物供驱驰。兴会偶不属，目固不见眉。岂比雕绘家，掇拾靡有遗。"（《古诗》二十首之一）兴会和工夫之间的关系，赵翼也进行了论述：

诗非苦心作不成，佳处又非苦心造。纵穷阃两搜元珠，不过寒郊瘦贾岛。粉蝶双飞桃李春，雄鸡一唱天地晓。偶于无意为诗处，得一两句自然好。乃知兹事有化工，琢玉镂金漫施巧。如何一管秋兔毫，立课分程日起草。腕脱抄胥不停笔，口授堂吏各成稿。此是供役官文书，就中赏心固自少。言情篇什贵隽永，岂比宿逋可催讨。假啼哪得有急泪，强笑安能便绝倒？君不见，倩人搔背不着痒，枉费麻姑好指爪。（《连日笔墨应酬书此一笑》）

这首诗很形象地分析了工夫和自然之间的矛盾，肯定了苦心在创作中的作用，但指出仅有苦心是创作不出佳句的。诗里还对比了自然和强为两种创作，和刘勰所说的"为情造文"和"为文造情"有近似之处，仔细比较则还不完全一样，"为情造文"还是要去"造"，不免有人为努力的痕迹，赵翼更倾向于苏轼创作那样"如万斛泉源，不择地而出"，兴会所到而自然而然地创作。如果再结合其《论诗》中所说的"是知兴会超，亦贵肌理亲"等，则赵翼在理论上有将神韵、性灵和肌理说相综合的倾向。

对比王鸣盛，赵翼论诗的特点更明显：王鸣盛相对正统，赵翼个性更鲜明，论述更辩证，更强调创新，也更为细密通达。这大概也是为何王鸣盛一般不见载于批评史，而赵翼被誉为性灵派殿军、常列在袁枚之后的原因吧。

三　钱大昕①的情文论

钱大昕"学究天人，博综群籍，自开国以来，蔚然一代儒宗也"②，"于儒者应有之艺，无弗习，无弗精。其学固一轨于正，不参以老、佛、功利之言"③。在乾嘉学者中，他虽然也曾经为官多年，但是在传统儒家所谓的立德、立功、立言三不朽中，他的选择是立言。因此，他赞同赵翼"书有一卷传，亦抵公卿贵"之说，认为"知名位之有尽，不若文章之无穷"，"人皆可忠义，不皆可儒林，慷慨一时事，著述千秋心"（《潜研堂文集》）。

---

①　钱大昕（1728—1804），字晓征，号辛楣，又号竹汀，江苏嘉定人。乾隆十九年进士，选庶吉士。乾隆四十年因丧父告归，不复出仕。先后任南京钟山书院、松江娄东书院、苏州紫阳书院院长。晚年曾有自题像赞来总结自己一生：官登四品，不为不达；岁开七秩，不为不年；插架图籍，不为不富；研思经史，不为不勤；因病得闲，因拙得安；亦仕亦隐，天之幸民。

②　江藩：《国朝汉学师承记》，中华书局 1983 年版，第 51 页。

③　段玉裁：《潜研堂文集序》，《潜研堂集》，上海古籍出版社 1989 年版。

钱大昕的文学思想主要见于《文笺》及文集、诗集之中。《文笺》："文以贯道，言以匡时。雕虫绣帨，虽多奚为！博而屡守，默而湛思。非法不服，先哲是师。窃人之言，以为己词。欺世噭名，为识者嗤。文依于行，若木有枝。本实先拨，枝其萎而。"从这段文字看，钱大昕是非常正统的立场，要求文以贯道，强调文以致用，反对形式上的虚丽。"求道于经，以经为文"，多读书，善读书，达到理想的状态，"夫唯有绝人之才，有过人之趣，有兼人之学，乃能奄有古人之长，而不袭古人之貌，然后可以卓然自成为一大家"（《瓯北集序》）。钱大昕还强调诗歌要温柔敦厚，欣赏中和之音，反对不平则鸣、穷而后工，也是继承其师沈德潜的诗学主张。洪亮吉《北江诗话》因此称"钱少詹大昕诗如汉儒传经，酷守师法"。

具体到情文关系，钱大昕在《春星草堂诗集序》中将情视为诗之长："昔人言史有三长，愚谓诗亦有四长，曰才、曰学、曰识、曰情。"诗歌注重才、学、识，此论并不罕见，叶燮已经有了详细的论述。钱大昕除了强调"真性情"外，还特别指出："境往神留，语近意深，诗之情也。"很显然，这个情更近似于情韵。结合钱大昕自己的诗文创作来说，除了温厚和平之外，整体还体现出对于清雅境界的追求。这种追求可能会影响到他对诗中之"情"的认知。此外，强调才情和学识相济，"有才情而无学识不可谓之大才"；才和情之中，情为主宰，"胸罗万卷，采色富赡，而外强中干，读未终篇，索然意尽者，无情以宰之也。有才而无情，不可谓之真才"。

对于小说，钱大昕也有所论述，除传统的强调实录，反对虚构外，他还特别激烈地反对淫词艳说："唐士大夫多浮薄轻佻，所作小说，无非奇诡妖艳之事，任意编造，诳惑后辈。……宋、元以后，士之能自立者，皆耻而不为矣。而市井无赖，别有说书一家，演义盲词，日增月益，诲淫劝杀，为风俗人心之害，较之唐人小说，殆有甚焉"（《十驾斋养新录》卷十八《文人浮薄》）。这种观点在当时具有普遍性，并无新意可言。

四　章学诚[①]的情文论

在乾嘉时期的史学家中，章学诚大概是较为潦倒的一位，既无声名，

亦无资产，为养家糊口而东奔西走，就食四方。然而就是这样一位学者，不仅在史学方面独树一帜，诗学方面也多有精辟之见，其成就并不在沈德潜、翁方纲之下。可惜的是因为编次问题，章学诚的文论思想相对散碎，这也在一定程度上影响了其思想的接受和传播。

章学诚关于文学的论述度集中在文与道、文与学、文与质方面，涉及情文关系的论述不是很多。大致有这样几点突出之处。

第一，就义理、考据、辞章三者关系而言，反对各立门户，强调三者统合，"义理不可空言也，博学以实之，文章以达之，三者合于一，庶几哉"（《文史通义·原道下》）①；"成者为道，未成者为功力，学问之事，则由功力以至于道之梯航也。文章者，随时表其学问所见之具也"（《文史通义·与林秀才》）。义理、考据和辞章三者统一的内在逻辑之一便是文为公言而非私有，"古人之言，所以为公也，未尝矜于文辞，而私据为己有也。志期于道，言以明志，文以足言。其道果明于天下，而所志无不申，不必其言之果为我有也"（《文史通义·言公上》）。

第二，就"情"来说，"气合于理，天也；气能违理以自用，人也。情本于性，天也；情能汩性以自恣，人也"（《史德》）。情之于文，一是注重温柔敦厚，"诵诗专对之义，则曰诗本性情，长于讽谕。盖陈情述悃，贵乎温厚和平，故曰不学《诗》无以言"；二是强调性灵为诗之质，"性灵，诗之质也。魂梦于虚无飘渺，岂有质乎？音节，诗之文也。桎梏于平仄双单，岂成文乎？三百之旨，五种之流，三家之学，虚实侈约，平奇雅俗，何者非从六义中出？但问胸怀志趣，有得否耳。而世人论诗，纷纷攘攘，昧原逐流，离跂攘臂于醢缶之间，以谓诗人别有怀抱。呜呼，诗千万，一言以蔽之曰：惑而已矣"（《韩诗编年笺注书后》）。虽然章学诚也认识到情性对于文学的重要性，但是更看重的还是学问。

第三，从文的根源上论，不同于一般常见的文生于情之说，认为"是文者，因学而不得已焉者也"（《遗书》卷二十一），"学有所得而为之辞"，"至于文字，古人未尝不欲其工。孟子曰。'持其志，无暴其

---

① 章学诚还有更为详细的论述可作参照："盖学问之事，非以为名，经经史纬，出入百家途辙不同，同期于明道也。道非必袭天人性命，诚正治平，如宋人之别以道学为名，始为之道。文章学问，毋论偏全平奇，为所当然，而又知其所以然者，皆道也。……由此观之，学术无有大小，皆期于道。若区学术于道外，而别以道学为名，始谓之道，则是有道而无器矣。学术当然，皆下学之器也，中有所以然者，皆上达之道也。器拘于迹，而不能相通，惟道无所不通，是故君子即器以明道，将以立乎其大也。"（《遗书·与朱沧湄中翰论学书》）

气。'学问为立言之主，犹之志也；文章为明道之具，犹之气也。求自得于学问，固为文之根本；求无病于文章，亦为学之发挥"（《文史通义·文理》）。在学、情与文的关系上，章学诚认为"故待学问充足，而自以有得于中者，发而为文，乃不入于恍惚也"（《论课蒙学文法》）。章学诚的这个论断是有新意的，也是符合创作实际的。一般论述文生于情，但是假如作者并不具备创作的条件，没有学识的支持，仅有情感是无法进行创作的。也正因为此，章学诚还将"学有所得"和言之有物联系起来，"夫言之有物，即心所独得是也"（《遗书·清漳书院留别条训》）。

第四，就文的创作而言，章学诚区分了有意为文和无意为文两种态度。无意为文，是"志期于道，言以明志，文以足言"（《言公上》）；有意为文则是"求工于文字之末，而欲据为一己之私者"（《言公中》）。二者"名实之势殊，公私之情异"，导致的结果也不同，"无意于文而文存，有意于文而文亡"。章学诚还区别了"有意为奇"和"真奇"。有意为奇是浮艳的伪体，是章学诚所贬低的；真奇、真艳则是不得不然的创作及其体现。①"奇"与虚构相关，章学诚还提出了"人心营构之象"："有天地自然之象，有人心营构之象。天地自然之象，《说卦》为天为圜诸条，约略足以尽之。人心营构之象，暌车之载鬼，翰音之登天，意之所至，无不可也。然而心虚用灵，人累于天地之间，不能不受阴阳之消息；心之营构，则情之变易为之也。情之变易，感于人世之接构，而乘于阴阳倚伏为之也。是则人心营构之象，亦出天地自然之象也。"（《易教下》）这和孔颖达《周易正义》中所说实象和假象有相似之处，不过论说更为详细，也更深刻。对于文学中的虚构，章学诚是有所认知的，从文体角度要求"实

---

① 关于真奇和真艳，章学诚做了很形象的解说："松柏贞其本性，故拔出于群木。惟其不为浮艳与有意之奇，故能凌霜雪而不凋。其郁青不改者，所以为真艳也。不畏岁寒者，所以为真奇也。……真艳真奇，绝非凡葩众卉所敢比拟也。"（《皇甫持正文集书后》）至于真奇的创作，章学诚这样解释："包恢《敝帚稿》，有与曾子华论诗，言古人诗不苟作，不多作，豫顺以动，发自中节……其次则未尝为诗，而不能不为诗。或遇感触，或遇扣击，如诗之变风变雅，与后世之高者，如草木本声，因有所触而后鸣，金石本无声，因有所击而后鸣。草本无所触，金石无所击，而自鸣，则草木金石之妖，闻者疑为鬼物，而掩耳奔走之不暇矣。此说极切理而好为奇怪之病。"（《遗书》外编卷二《乙卯劄记》）这段说法和韩愈"不平则鸣"之说相通。大概也正因为此，乾嘉学者对于"不平则鸣"、"穷而后工"多有批评，章学诚则对"发愤著书"说提出了异议。

则概从其实，虚则明著寓言，不可虚实错杂"①。

章学诚将文分为著述之文和文人之文两种。"文人之文，与著述之文，不可同日语也。著述必有立于文辞之先者，假文辞以达之而已。譬如庙堂行礼，必用锦绅玉佩，彼行礼者，不问绅佩之所成。著述之文是也。锦工玉工，未尝习礼，惟藉制锦攻玉以称功，而冒他工所成为己制，则人皆以为窃矣。文人之文是也。故以文人之见解，而议著述之文辞，如以锦工玉工，议庙堂之礼典也。"（《文史通义·答问》）章学诚的态度是很明确的，尊著述之文而贬文人之文。著述之文和文人之文相比，前者是和义理、考据和辞章为一体的②，后者则仅徒有其表而无其实。章学诚的这种态度和他对文的观点是一致的，"夫立言之要，在于有物。古人著为文章，皆本于中之所见，初非好为炳炳烺烺，如锦工绣女之矜夸采色已也"（《文史通义·文理》），"即为高论者以谓文贵明道，何取声情色采以为愉悦，亦非知道之言也。夫无为之治而奏薰风，灵台之功而乐钟鼓，以及弹琴遇文，风雩言志，则帝王致治，贤圣功修，未尝无悦目娱心之适，而谓文章之用，必无咏叹抑扬之致哉"（《文史通义·原道下》）。章学诚之所以如此看重学对于文的作用，则和当时"以学为文"的风气直接有关。

章学诚对于文论多所阐发，郭绍虞甚至认为"实斋文论之能一以贯之者，即清真二字而已"③。但是总体来说，章学诚对于情是不太重视的，他反复强调的是学问和社会功用。由此也可以看出，章学诚虽然卓有史识，但也不可避免地带有自己的局限性。他以卫道的态度对袁枚的批评和攻击，也从侧面体现了这一点。④

---

① 同一文中还指出："演义之最不可训者，桃园结义，甚至忘其君臣而直称兄弟。……诸葛丞相生平以谨慎自命，却因有祭风及制造木牛流马等事，遂撰出无数神奇诡怪。……盖编演义者，本无知识，不脱传奇习气，固亦无足深责，却为其意欲尊正统，故于昭烈、忠武颇极推崇，而无如其识之陋尔。"（《遗书》外编卷三《丙辰劄记》）

② "比如人身，学问其神智也，文辞其肌肤也，考据其骸骨也，三者备而后谓之著述。"（《文史通义·诗话》）

③ 所谓清真，用章学诚自己的话来说，就是"清之为言不杂也；真之为言实有所得而著于言也。清则就文而论，真则未论文而先言学问也"（《遗书·信摭》）。

④ 章学诚在《诗话》、《书坊刻诗话后》、《丙辰劄记》等文中对袁枚提出批评，称袁枚为"倾邪小人"、"无知妄人"、"人伦之蟊贼，名教所必诛"等，言辞激烈，近于谩骂。学界对于章学诚批袁，多持批评态度。钱锺书《谈艺录》和郭绍虞《袁简斋与章实斋之思想与其文论》对此有非常中肯的评价。

五 崔述①的情文论

崔述是一位非常有特点的学者，"考据详明如汉儒，而未尝墨守旧说而不求夫心之安；辨析精微如宋儒，而未尝空谈虚理而不核乎事之实"（汪文端《考信录序》）。崔述生前地位不高，和当时的显达少有往来，立场亦非汉非宋，最终声名不显，学问少有人知。② 后世日本学者那珂通世读到其著作，"深悦著者议论之高明精确，更求此书之完备，逐熟读而校订之"，才引起国内学者的重视。经胡适、钱玄同、顾颉刚等学者的宣扬，崔述逐渐成为研究的热点。学界对他的评价褒贬不一。相较而言，晚清唐鉴之说更为客观："先生学主见闻，勇于自信。虽有考证，而从横轩轾任意而为者亦复不少，况其间得者又强半为昔贤所已言乎。"③

崔述关于《诗经》的研究最为突出，内容涉及较多。就情文关系而言，概括来说有这样的特点：将诗歌和政治紧密联系在一起，追求"人心风俗之美"；坚持孔子诗教观，强调诗歌的现实功用，重视温柔敦厚。"国家之所以久，不在声名之赫耀，而在人心风俗之美。"（《丰镐考信别录》卷一）乾嘉时期很少有学者像崔述这样将诗歌和政治如此紧密关联，在诗歌中寄托着政治理想，"嗟夫，十五国风，人读之皆诗也，余读之皆政也。虽然此难为世之专事举业者言之"（《读风偶识》卷四）。他看重人心风俗，对于社会来说就是要求各阶层各尽其责，对于诗歌则强调经世致用。《读风偶识》数次引用"《诗》可以观"，"诵《诗三百》，授之以政，不达；使于四方，不能专对，虽多，亦奚以为"，以及"不学《诗》，无以言"。以《伯兮》一诗为例，崔述认为"诵此诗有三益焉：一则为人上者，知夫妇离别之苦，而兵非不得已而不用；一则为丈夫者，念闺中有甘心首疾之人，而路柳墙花不以介意；一则为妇人者，知膏沐本为夫容，而不可学时世梳妆以悦观者之目，则庶乎其为不徒诵此诗也已"。这样的情况并不少见，如"读《樛木》、《螽斯》者，当知为上者无论男子、女子，皆当惠爱其下，而后能得其下之爱戴欢悦；读《小星》、

---

① 崔述（1740—1816），字武承，号东壁，直隶大名府人。乾隆二十八年举人，乾嘉著名的辨伪学者。他和姚际恒、方玉润也被视为清代《诗经》研究的独立思考派。

② 郑振铎："只有最可注意的姚际恒、崔述和方玉润三人未被卷入漩涡。但在这个潮流中，他们的见解，却是没有人肯注意的。"（《中国文学研究》，作家出版社1957年版，第38页）

③ 唐鉴：《国朝学案小识》，中华书局1936年版，第192页。

《江有汜》者，当知为下者亦无论男子、女子，虽上之惠不逮于下，而皆当恪共其事，不可有怨尤其上之心，其庶乎不愧于读《诗》矣"。从这些论述来看，崔述对于诗歌，看重现实作用，同时强调其协调社会关系的功能。所以对于诗歌，要求"委婉措词，怨而不怒"，对于小序中直斥某人的说法表示反感，认为这样起不到"上以风化下"的作用。①

对于《诗经》中是否存在"淫诗"，崔述持肯定的态度，反对删除此类诗歌。如何看待"郑风淫"，是《诗经》研究中争议比较大的问题。在这个问题上，崔述认为，"孔子曰'郑声淫'，是郑多淫诗也"，"《诗序》之谬，郑风为甚。《遵路》以后十有余篇，《序》多以为刺时事者，即有以男女之事为言者，亦必纡曲宛转以为刺乱。至朱子《集传》始驳其失。自《鸡鸣》、《东门》外概以为淫奔之诗，《诗序辨说》言之详矣。顾朱子以后说者，犹多从《序》而非朱子……朱子目为淫奔之诗，未可谓之过也"（《读风偶识》卷三）。对于删去此类"淫诗"的说法，崔述并不赞同，"信乎，诗之可以观也！近世说者动谓诗不当存淫诗，不知政事得失，风俗盛衰，皆于诗中验之。岂容删而不存？若如所言，诗何由得通于政，季札亦何由辨其得失及国祚之短长乎？其亦迂腐之至也已"（《读风偶识》卷四）。

《清史稿》称崔述"其著书大旨，谓不以传注杂于经，不以诸子百家杂于传注。以经为主，传注之合于经者著之，不合者辨之，异说不经之言，则辟其谬而削之"。崔述大胆疑古，在诗序的作者等问题上有所创见，但是在情文关系上则表现出相对保守的一面。

这些学者术业有专攻，成就各有不同，在情文关系上的论述也有诸多差别。对于历史的深入把握和治史理念，必然会对他们的诗歌观念产生影响，在有关问题的论述上他们会和沈德潜、袁枚等诗人学者有所不同。总的来说，这些史学家都表现出了强烈的关注现实、改善社会的意图，强调学术和文学的现实功用，将乾嘉学术实事求是的精神灌注其中，他们的论述也成为乾嘉情文理论的一个重要的组成部分。

---

① 以《扬之水》小序"刺平王也；不抚其民而远屯戍于母家，周人怨思焉"为例，崔述予以论证，认为"平王之戍三国非私也"，"以此为平王罪，吾恐古人之受诬也。细玩诗词，但为伤王室之微弱，初无刺王之意，故以'扬水'喻王室，以'束薪'之'不流'喻诸侯之不肯敌王所忾"。（《读风偶识》卷三）

第 四 章

情感与虚构：乾嘉小说理论的发展

韦勒克和沃伦合著的《文学理论》认为："文学艺术的中心显然是在抒情诗、史诗和戏剧等传统的文学类型上。它们处理的都是一个虚构的世界、想象的世界"；"作家和诗人的真正职能在于使我们觉察（perceive）我们所看到的事实，想象我们在概念上或实际上已经知道的东西"。对于中国文学来说，虚构和想象更多地存在于小说类创作中。

随着明清小说创作的勃兴，乾嘉时期的情文关系也出现了新的发展：表现之一是传统的发愤说在蒲松龄处发展为孤愤，曹雪芹又进而提出意淫说，这些观点直到当代都还发挥着巨大的作用；表现之二是刘勰批评的"为文造情"，在明清时期不再简单地被视为不良创作风气，学者们认识到这一观点的复杂性，在理论上有所阐发，在小说创作上则有充分体现；表现之三是小说创作中的实象和假象，和以往其他时期的小说相比，成为重要的创作手段。

第一节　孤愤与意淫：论"发愤"说在清代的发展

在中国情文关系的演变部分已经指出，"诗言志"是诗学开山的纲领，"缘情"说则是"诗言志"偏重于情一端的延续和发展。"发愤"说也是如此，和"缘情"说都是"为情造文"的特殊形态。在清代，"发愤"说发展为"孤愤"，再发展为"意淫"；同时，乾嘉时期的一批学者不约而同地对"穷而后工"说进行了反驳和批判。

一　从"发愤"到"孤愤"

蒲松龄在《聊斋自志》中说："集腋为裘，妄续幽冥之录；浮白载笔，仅成孤愤之书。"蒲松龄"孤愤"说，代表了清代对于"孤愤"的新阐释，对于传统的"发愤"说是突破性地发展，对于后世小说理论和创作也有深远的影响。

关于"发愤"说的历史演变，概括来说，"心之忧矣，我歌且谣"（《魏风·园有桃》），"君子作歌，维以告哀"（《小雅·四月》），是最早将忧愤与创作联系起来的一些诗歌作品。孔子诗"可以怨"（《论语·阳货》），屈原《楚辞·九章》："惜诵以致愍兮，发愤以抒情"，则是对这类文学现象最早的理论归纳。汉代司马迁正式为之定名，"大抵圣贤发愤之所为作"，"意有所郁结，不得通其道"，明确了此说与创作动机之间的关系。其后，无论是刘勰的"蚌病成珠"，还是钟嵘的"托诗以怨"，基本上都是对"发愤"说的形象化或具体化的表述。刘勰对愤和创作的关系有深入论述："幽厉昏而《板》《荡》怒，平王微而《黍离》哀"（《文心雕龙·时序》），并形象地用"蚌病成珠"来描述作者际遇和创作之间的关系。① 对于建安风骨的形成，刘勰指出："良由世积乱离，风衰俗怨，并志深而笔长，故梗概而多气也。"在论述"为情造文"时，刘勰还特别强调了"志思蓄愤"和"郁陶"的特点。刘勰的这些观点被视为司马迁"发愤著书"说的发展，以情文关系来看，则"发愤著书"整体都是"为情造文"的一种特殊形态。此后到了唐代韩愈提出"不平则鸣"，则强调了客观现实的因素。明代李贽提出"不愤则不作"，要做"泄愤"之书，是这一时期对于"发愤"说的发展。

对于"发愤"说，相关研究和论述已经很多。② 对于历史上不绝如缕的"孤愤"现象，则没有将其视为"发愤"说的一部分予以重视。蒲松龄提出"孤愤"说，首先代表和体现的是清代对于"孤愤"的新阐释。

"孤愤"，最早见于《韩非子·孤愤》，为文章名。司马迁指出：韩非"悲廉直不容于邪枉之臣，观往者得失之变，故作《孤愤》"（《史记·老

---

① 刘勰《文心雕龙·才略》："敬通雅好辞说，而坎壈盛世，显志自序，亦蚌病成珠矣。"

② 杜桂萍《孤愤：〈聊斋志异〉的精魂》（《蒲松龄研究》1994 年第 2 期）认为"孤愤"的内涵包括沉重的世俗苦闷、深刻的孤独意识、对"知我者"的殷殷期待；吴九成《聊斋美学》（广东高等教育出版社 1998 年版）认为孤愤心态的情感内涵是封建知识分子的悲愤、对封建黑暗政治的义愤、人民苦难遭遇的忧愤、青年男女的怨愤；周晓琳《"浮白载笔，仅成孤愤之书"——蒲松龄"孤愤"心态新探》（《蒲松龄研究》2004 年第 3、4 期）认为蒲松龄"孤愤"心态的内涵包括创作价值得不到承认的苦闷与怨愤，人生价值无法实现的痛苦与悲愤，个人欲望不能满足的压抑与不安。

庄申韩列传》),将"发愤"和"孤愤"二者联系起来,"韩非囚秦,《说难》、《孤愤》,《诗》三百篇,大抵圣贤发愤之所为作也"(《报任安书》)。晋时"孤愤"开始现于诗文中,常璩所撰《华阳县志》载杨终"坐太守徙边,作《孤愤诗》";陆机《辨亡论》有"虽忠臣孤愤,烈士死节,将奚救哉"之句。

"孤愤"在诗文中频繁出现始于唐,阐发亦始于唐。"白云在天,清江极目,可以散孤愤,可以游太清"(陈子昂《别冀侍御崔司议序》),"巧言易信,孤愤难伸"(刘禹锡《苏州谢恩赐加章服》),"郁快孤愤,无以寄怀"(刘知几《史通·自叙》),"天地不仁,造化无力,授仆以幽忧孤愤之性,禀仆以耿介不平之气"(王勃《夏日诸公见寻访诗序》)。从这些例子看,"孤愤"在唐时开始表现出狂傲的一面。《隋书·文学》指出:"王胄、虞绰之辈,崔儦、孝逸之伦,或矜气负才,遗落世事,或学优命薄,调高位下,心郁抑而孤愤,志盘桓而不定,啸傲当世,脱略公卿,是知跅弛见遗,嫉邪忤物,不独汉阳赵壹、平原祢衡而已。"这一时期最值得关注的是司马贞《史记索隐》对"孤愤"进行的阐释:"非所著书篇名也,孤愤,愤孤直不容于时也。"此后到清代之前长期而广泛的运用中,"孤愤"基本都是此种含义,多和政治不清明、个人志气难伸联系在一起。

宋代不仅继续"狂客写孤愤"(高斯得《耻堂存稿·次韵王秉纯投赠三十韵》),还在"发愤"这一传统中将"孤愤"和"不平则鸣"联系起来。文谠《详注昌黎先生文集·送孟东野序》指出:"《王子思诗话》:……英雄而不得尽其才,贤智而不得发其蕴,或负儳抱矕,或流寓羁穷,览事惊心,抚时寄意,于是发为声诗,或歌咏前人之作,酒后乌乌,乃至潸然流涕,无足怪也。李频曰:志气不宜轻感慨,文章尤忌数悲哀。然而幽忧孤愤、蟠结抑郁,如韩退之所谓不得其平而鸣者,其词岂能尽和乐平易哉?"此外,高斯得创作多首《孤愤吟》,其中一首写道:"国家元气是人材,稍露光芒尽力摧。今日举朝皆妇女,邦衡此语亦诚哉",陆游《剑南诗稿·感愤秋夜作》"太阿匣藏不见用,孤愤书成空自哀",张元幹《芦川归来集·上张丞相十首之六》"国士多孤愤"等,在历代抒写孤愤的诗文中比较有代表性。

宋代还出现了反对"孤愤"、"不平则鸣"的情况。周紫芝《太仓稊米集·感士不遇后赋》:"士固有抱负伟器而陆沉于厄穷无聊者,十常八九。……大抵皆贤智之不遇例,颠沛于覆车之辙也,士不自悟,怃然而惊，作为斯文以鸣不平。故扬雄嫉世而解嘲，屈原见斥而作经，韩非《孤愤》而卒死，梁鸿《五噫》以示情，是犹在可笑之域而未足以均昭氏之亏成也。彼殊不知皇天之平分，较锱铢于反覆，似赋予之殊偏，究所用而皆足。鹤长不足断，凫短不可续，乌黑不日黔，鹄白不日浴，鹪鹩巢林不过一枝，偃鼠饮河期在满腹。盖窘于寿者余于仁，薄于利者富于德，贵不在其身者其裔必昌，志不施于时者其名必馥，安蓬枢者不应有愧于华厦，穿败裘者不必多羡于苍玉。……付浮生于梦境，修万化之扫空，亮无往而不遇，靡有困而不通。倘领会于斯意，听造化之攸终。"这种观点明显带有宋代儒释道思想混杂的特点，以此来阐释"不遇"现象，因而得出了和传统有所不同的观点。

金元时期，元好问有不少关于"孤愤"的诗句，如"穷愁诗满篚，孤愤气填胸"（《中州集》），"万古幽人在涧阿，百年孤愤竟如何"（《遗山集》），而在阐发上有新意的是贡师泰。他在《玩斋集·送刘中守金事还京师序》中指出："予闻大于瑰伟卓荦峻特之士，必有所抑遏摧沮顿挫，而后志专学力，奋焉有为，以大其业而张其名，不然其志不专，其学不力。虽有瑰伟卓荦峻特之士，业不大名不张也。……夫克敌之将每胜于几危，徇国之忠恒信于孤愤，故善学之士亦往往得于困心衡虑焉，然非确然有以见天下之理即其所遇而无不安者能尔乎？"这种说法是用孟子"天将降大任于斯人也，必先苦其心志，劳其筋骨"之说来阐释"孤愤"，有一定道理，和其他说法相比还带有一些鼓励和安慰之意。

明清时期对于"孤愤"和社会现实的联系以及与创作风格等诸多问题的关系在认识上更为深入。宋濂有《孤愤辞》："中州人士有无罪而被废斥者，识与不识咸冤之。濂因本其志为署孤愤之辞，使世之用法不慎者读焉，其或知所惧也夫。"（《明文衡》卷三）葛麟《葛中翰遗集·至诚与天地同久论》指出："他如潜夫逸士、逐臣怨女，皆以其不得意之时，孤愤发衷，血忱注世，或闭门著书，或登高作赋，而百世之下诵读歌咏，穆然如见其人。"董其昌还以"孤愤"论司马迁，"司马子长孤愤士也，又好任侠，故其为传，善写畸世不平之感"（《读卫霍李广传》）。可见在明代，"孤愤"已不再聚焦于个人际遇之"不平"，而是有了追求社会公平、反对执法失当之意；"孤愤"和作家创作的关系上强调作品含有至诚，因而能够人以文存。

清代延续和深化了明代以来关于"孤愤"的认识。"孤愤"仍大量存在于诗文之中,如"枉说相思,真成孤愤,细想毫无味"(沈谦《春情用李易安韵》),"孤愤最难平消得,几回潮落又潮生"(王国维《虞美人》);同时用"孤愤"来归纳诗人诗作,如"李才情俊,杜才情郁;李情旷达,杜情孤愤"(王穉登《李翰林分体全集序》);储方庆还从诗歌正变角度分析了"孤愤"、"穷而后工"等的发展(《储遯庵文集·桐斋近草序》)。就历史发展而言,蒲松龄提出的"孤愤"说,体现了清代对于"孤愤"的新阐释和发展。

明代追求自我和个性的思潮,对于清初的蒲松龄可能有直接的影响。无论是对于历史上的"发愤"说,还是以往对"孤愤"的理解,蒲松龄"孤愤"说的价值在于利用小说这种文体,以个体在关系、环境和遭遇上的"孤",来表现个体和社会的对立关系,表达对社会黑暗和不公最强烈的愤怒与决绝。

蒲松龄的"孤愤"说对于后世的影响也是深远的。二知道人蔡家琬就用"孤愤"来概括几部优秀的小说:"蒲聊斋之孤愤,假鬼狐以发之;施耐庵之孤愤,假盗贼以发之;曹雪芹之孤愤,假儿女以发之:同是一把酸辛泪也。"(《红楼梦说梦》)

更为重要的是,蒲松龄"孤愤"说,内含有两种不同的价值追求和创作趋向:一种是强调"孤",注重自我,但是容易流于孤而不愤,偏重于追求个人世俗欲望的满足;另一种是突出"愤",追求正常的社会关系和相对的公平正义,同时也容易愤而不孤,突出群体性的愿望而泯灭了小我和个性。

对后者来说,中国现代文学的发展已经充分体现了这一点。还有比民族存亡和阶级压迫更大的愤吗?但是愤而不孤,忽视或淡化个体,也是20世纪末以来对部分现代小说评价降低的主要原因。至于孤而不愤,仅关注和表现自我,罔顾现实,忽视社会,甚至白日做梦,趋于荒诞虚无,这在当代文学尤其是网络文学的创作中有着数量惊人的存在。

就《聊斋志异》来说,虽然在"孤"和"愤"中有很好的平衡,但也确实多方面体现了对于个人世俗欲望的满足。所以有学者称"由《聊斋志异》里的狐妖故事所组成的'妖精交响曲'事实上是'欲望交响曲',它们要满足的主要是人们的色欲与财欲"[①]。强调自我和世俗欲望的满足,

---

① 王溢嘉:《欲望交响曲——〈聊斋〉狐妖故事的心理学探索》,《国际聊斋论文集》,北京师范学院出版社1992年版,第216页。

这一过程中充溢着自娱、娱人的因素，在读者接受和故事传播中发挥了很大作用，这也是直到今天影视界仍然不停翻拍各类聊斋故事来娱乐大众的原因。

尽管如此，如果不是以"孤愤"作为它的灵魂，从普通民众角度出发，坚持与追求社会公平和正义，无情揭示与批判社会丑恶和黑暗，《聊斋志异》是无论如何都不可能获得如此高的评价与巨大的社会影响的。

二 论"意淫"

关于"意淫"，古已有之，主要出现在医学书中：

> 本病曰：大经空虚，发为肌痹，传为脉痿，思想无穷，所愿不得，意淫于外，入房太甚，宗筋驰纵，发为筋痿，及为白淫……（《明古今医统正脉全书本》卷十"热在五脏发痿第四"）
>
> 更有少壮之人，情动于中，所愿不得，意淫于外，而有是证者施治之法不宜秘固，秘固则愈甚，惟当以后方猪苓丸主之。（宋严和用编《济生方》卷四）

"意淫"出现于文学中则始于《红楼梦》。第五回贾宝玉梦游警幻情天，警幻仙姑对宝玉说：

> "尘世中多少富贵之家，那些绿窗风月，绣阁烟霞，皆被淫污纨绔与那些流荡女子悉皆玷辱。更可恨者，自古来多少轻薄浪子，皆以'好色不淫'为饰，又以'情而不淫'作案，此皆饰非掩丑之语也。好色即淫，知情更淫。是以巫山之会，云雨之欢，皆由既悦其色、复恋其情所致也。吾所爱汝者，乃天下古今第一淫人也。"
>
> 宝玉听了，唬的忙答道："仙姑差了。我因懒于读书，家父母尚每垂训伤，岂敢再冒'淫'字，况且年纪尚小，不知'淫'字为何物。"警幻道："非也。淫虽一理，意则有别。如世之好淫者，不过悦容貌，喜歌舞，调笑无厌，云雨无时，恨不能尽天下之美女供我片时之趣兴，此皆皮肤淫滥之蠢物耳。如尔则天分中生成一段痴情，吾辈推之为'意淫'。'意淫'二字，惟心会而不可口传，可神通而不可语达。汝今独得此二字，在闺阁中，固可为良友，然于世道中未免迂

阔怪诡，百口嘲谤，万目睚眦。今既遇令祖宁荣二公剖腹深嘱，吾不忍君独为我闺阁增光，见弃于世道，是以特引前来，醉以灵酒，沁以仙茗，警以妙曲，再将吾妹一人，乳名兼美字可卿者，许配于汝。今夕良时，即可成姻。不过令汝领略此仙闺幻境之风光尚如此，何况尘境之情景哉？而今后万万解释，改悟前情，留意于孔孟之间，委身于经济之道。"

对《红楼梦》知之甚深的脂砚斋称赞"意淫"二字"新雅"，认为"说得恳切恰当之至"，"色而不淫，今翻案，奇甚"，"多大胆量，敢作如此之文"。在夹批中又指出："按宝玉一生心性，只不过是'体贴'二字，故曰'意淫'。"此外，相关的阐释还有：

清人洪秋蕃："意淫二字，创千古经传稗史未有之奇。……此二字包罗一切，统括全篇。"①

清人平步青："嘉庆初年，《后梦》、《续梦》、《补梦》、《重梦》、《复梦》五种接踵而出。《后》、《续》还魂之妄，说鬼谰谀，已觉无谓。《重梦》则现身说法，并忘原书'意淫'二字本旨矣。"（《霞外屑》卷九《小楼霞说稗》）

这表明，清人对《红楼梦》中"意淫"已有认知，并且给予非常重要的地位。

对于《红楼梦》中出现的"意淫"，当代学者也有所关注。陈万益《脂评探微之一：说贾宝玉的"意淫"和"情不情"》（《中外文学》第12卷第9期），柳田《"双性同体"及"意淫等"》（《红楼梦学刊》1991年第1辑），陈维昭《"钗黛合一"与"意淫"：主体性的消解》（《红楼梦学刊》1995年第2辑），王三庆《也谈贾宝玉的"意淫"及〈红楼梦〉的情感书写》（《红楼梦学刊》2006年第5辑），孙爱玲《意淫——人类本真情感之精魂》（《红楼梦学刊》2008年第1辑）等，先后对这一问题予以阐发，众说纷纭，迄今并无定论。

端木蕻良在《曹雪芹的情欲观》中指出："如果说老子发现第一自然，用五千言《道德经》来解释他的'天道观'。孔子发现第二自然，用《论语》（子张学派所记录）来说明孔子的'人世观'。那么，第三个自

---

① 《红楼梦抉隐》，《红楼梦资料汇编》，中华书局1964年版，第236—237页。

然，也就是'情欲观'，应该推由曹雪芹发现得最为全面，他用《红楼梦》来表现它。"① 这一论断是很有启示意义的。意淫可以说就是曹雪芹"情欲观"的核心内容。

就本质而言，意淫是指情感以想象的方式超越各种界限来获得现实中不可能得到的满足。《红楼梦》中具有意淫特点的人物是贾宝玉，脂砚斋称他"情不情"，即使是无生命之物，他也饱含感情，极其体贴。这是意淫的具体化，也可以将之视为意淫的内容。

虽然意淫在文学中出现始于《红楼梦》，但在现实中大量出现则是在 21 世纪。作为释放情感、满足欲望的一种重要的替代方式，意淫是古今中外普遍存在的现象，在制度僵化、民众的情感和欲望受到压制的社会时期表现得尤为突出。《红楼梦》中提出的"意淫"说，作为对人类情感精神一种重要现象的理论总结，在人性、情感和文学研究等方面都具有很高的价值。

三　乾嘉学者对于"不平则鸣"、"穷而后工"的批判

在"发愤"说的发展过程中，"不平则鸣"、"穷而后工"可以说是其中最重要的理论发展，二者也常被相提并论。论述清人对"不平则鸣"和"穷而后工"的批评，首先要辨析二者的异同。

"不平则鸣"出自唐代韩愈。② 韩愈在论述"不平则鸣"的时候，是不平且善鸣才能创作出好的作品。在《荆潭唱和诗序》中韩愈又指出："夫和平之音淡薄，而愁思之声要妙；欢愉之辞难工，而穷苦之言易好。是故文章之作，恒发于羁旅草野；至若王公贵人气满志得，非性能而好之，则不暇以为。"从这些看出，韩愈对于"不平则鸣"的论述也是有所发展，除了强调创作的动机和作者的才能，又从创作角度强调了"穷苦之言易好"这一事实。也就是说，韩愈的"不平则鸣"说中实际包括了三个方面的要素：善鸣；不平；穷苦之言易好。

宋人承继韩愈之说继续展开，在展开的过程中是有所选择的。王禹偁《还杨遂蜀中集》诗中说："圣人忧患方演《易》，贤者穷愁始著书。"很显然，韩愈的三个要素他只突出了其中的"不平"，这里以忧患、穷愁来

---

① 端木蕻良：《曹雪芹的情欲观》，《红楼梦学刊》1993 年第 1 辑。

② 韩愈在《送孟东野序》、《荆潭唱和诗序》、《柳子厚墓志铭》中对"不平则鸣"进行了阐发。《资治通鉴》卷二百零八有"物不得其鸣者，激之则鸣"文字，已经含有"不平则鸣"之意。

表达。宋代最为突出的是欧阳修的论述。《与王几道》："自古善吟者，益精益穷"，注意了作者善鸣和作品之精、处境之穷三者之间的关系；《梅圣俞诗集序》："予闻世谓诗人少达而多穷。夫岂然哉？盖世所传诗者，多出于古穷人之辞也。凡士之蕴其所有，而不得施于世者，多喜自放于山巅水涯之外。见虫鱼草木风云鸟兽之状类，往往探其奇怪，内有忧思感愤之郁积，其兴于怨刺，以道羁臣寡妇之所叹，而写人情之难言，盖愈穷则愈工。然则非诗之能穷人，殆穷者而后工也。……若使其幸得用于朝廷，作为雅颂，以歌咏大宋之功德，荐之清庙，而追商、周、鲁《颂》之作者，岂不伟欤！奈何使其老不得志，而为穷者之诗，乃徒发于虫鱼物类，羁愁感叹之言！世徒喜其工，不知其穷之久而将老也，可不惜哉"。此说突出的就是个人境遇和诗歌创作的关系，是对韩愈"穷苦之言易好"的发展。

韩愈提出"不平则鸣"是泛论文学创作中的现象和规律，欧阳修指出"穷而后工"则更有针对性，主要是对因党争而落入困境的梅尧臣而发[①]，出发点和目的不同，观点自然有所差异。

欧阳修之后，苏轼、陈师道对"穷而后工"又有所发展。苏轼指出："秀语出寒饿，身穷诗乃亨。"（《次韵仲殊雪中游西湖二首》其一）[②]陈师道则从另一角度予以阐发："惟其穷愈甚，故其得愈多。信所谓人穷而后工也。……诗之穷人，又可信矣！方平甫之时，其志抑而不伸，其才积而不发，其号位势力不足动人，而人闻其声，家有其书，旁行于一时，而下达于千世，虽其怨敌不敢议也。则诗能达人矣，未见其穷也。"（《王平甫文集后序》）

对于"不平则鸣"和"穷而后工"，后人都有所批评。对于"不平则鸣"，因"不平"存在两种解释——一是自鸣不幸，因内心愤懑而表达；二是亦可以鸣国家之盛，表达快乐，即钱锺书所说的："韩愈的'不平'和'牢骚不平'并不相等，它不但指愤郁，也包括欢乐在内"（《诗可以怨》）——而批评主要针对前者，认为它不合诗教注重的温柔敦厚。

北宋黄彻认为："山谷云：'诗者，人之性情也，非强谏争于庭，怨詈

---

①　王安石《哭梅圣俞》："圣贤与命相盾矛，势欲强达诚无由。诗人况又多穷愁，李杜亦不为公侯。公窥穷厄以身投，坎坷坐老当谁尤？"表达的意思和欧阳修《梅圣俞诗集序》有相同之处，可作参考。

②　苏轼相关论述还有："诗能穷人，所从来尚矣，而于轼特盛"（《答陈师仲书》）；"非诗能穷人，穷者诗乃工"（《僧惠勤初罢僧职》）；"至于文人，其穷也固宜。劳心以耗神，盛气以忤物，未老而衰病，无恶而得罪，鲜不以文者"（《邵茂诚诗集叙》）。

于道，怒邻骂坐之所为也。'余谓怒邻骂坐固非诗本指，若小弁亲亲，未尝无怨，何人斯'取彼谮人，投畀豺虎'，未尝不愤。谓不可谏争，则又甚矣，箴规刺诲，何为而作！古者帝王尚许百工各执艺事以谏，诗独不得与工技等哉！故谲谏而不斥者，惟风为然。……忠臣义士，欲正君定国，惟恐所陈不激切，岂尽优柔婉晦乎？故乐天《寄唐生》诗云：'篇篇无空文，句句必尽规。'"（《碧溪诗话》卷十）

对于"穷而后工"，南宋周必大一方面认同"穷而后工"，"昔人谓诗能穷人，或谓：非止穷人，有时而杀人。盖雕琢肝肠，已乖卫生之术；嘲弄万象，亦岂造物之所乐哉？唐李贺、本朝邢居实之不寿，殆以此也"（《题罗炜诗稿》）；另一方面又认为诗歌不可以穷达论，"柳子厚作司马、刺史，词章始极其妙，后世益信穷人诗乃工之说；常山景文公出藩入从，终身荣显，而述怀感事之作，径逼子厚……殆未可以穷达论也"（《跋宋景文公墨迹》）。和周必大差不多同时期的张表臣则明确表示了质疑：

> 夫"诗非能穷人，待穷者而后工耳"，此欧阳文忠公之语也。以不肖观之，犹为未当。《诗》三百六篇，其精深醇粹，博大宏远者，莫如雅、颂。然《鸱鸮》之诗，周公所作也；《泂酌》之诗，召公所作也。《诗》云："吉甫作诵，穆如清风。其诗孔硕，其风肆好。"顾不美乎？数君子者，顾不达而在上、功名富贵人乎？何诗能穷人？又何必待穷者而后工邪？汉、唐以来，不暇多举。近时欧阳公、王荆公、苏东坡号能诗，三人者，亦不贫贱，又岂碌碌者所可追及？然则谓诗能穷人者，固非矣；谓待穷者而后工，亦未是也。夫穷通者，时也。达则行于天下，穷则独善其身，政不在能诗与不能诗也。（《珊瑚钩诗话》卷三）

此后，明代的袁宏道也对"穷而后工"提出了异议，认为此说过于绝对："古云：'诗能穷人。'又云：'诗非能穷，穷者而后工也。'夫使穷而后工，曹氏父子当为伧夫，而谢客无芙蓉之什，昭明兄弟要以纨绮终也。"（《谢于楚〈历由草〉引》）

如果说之前批评还较为稀少，但到了清代，批评和反驳的声音就多了起来，成为一种值得关注的现象。

清初魏裔介《张素存内翰诗草序》指出："乃说者谓：'诗必穷而后

工。'彼《东山》、《豳风》诸什，'行行'十九首之作，岂尽骚人逸士之
所为耶？大约国家值昌大之运，光岳气辟，贞元会合，则必有英伟魁硕之
彦起而申畅之。"他的说法和袁宏道近似，都认为此说过于绝对，不同之
处在于袁宏道是以文学史现象为反驳，魏裔介则是联系国家世运来论述。
强调文学和国家世运之间的关系，以此来批评"穷而后工"，这是清代一
个特点。稍后蓝鼎元的论述体现得更为明显："昔人谓：'诗必穷而后
工。'盖亦有为而云，殊非通论。穷者劳筋饿肤，幽忧拂郁，矻矻无所成
就，发之于诗，镂心呕血、悲凄激楚之韵，或足以动天地、泣鬼神；而和
风庆云、清庙明堂之气有所不足，则亦非邦家太平之瑞也。文章与国运相
关，盛世元音，晚季变徵，低昂正自有辨。士君子不幸而穷，当藉为他山
攻错、进德修业之资，而往往狂跳叫号、堕造物之坎窞束缚，颠倒颓废百
端，何工之云？鹿皋诗温厚和平，在六朝盛唐间，韩子所谓'和其声以鸣
国家之盛'者。"（《鹿皋诗序》）何焯："但吾终疑'不平则鸣'四字与
圣贤之善鸣及鸣国家之盛处，终不能包含。"（《义门读书记》）①

　　和清初学者相比，在这个问题上乾嘉学者表现得更为通达，也更注重
从文学创作的角度予以批评，论述也更为深入。

　　沈大成较早对此提出了质疑，"吾观今世之论诗者，辄引韩子欢愉难
工、穷苦易好，欧阳子必穷愁而益工以为说，若是乎松滋之诗之工，其有
类于是乎？然吾以为不尽由于是也。夫古之人，通显者众矣。建安之七
子，南朝之王谢，未尝不工诗也。其穷而在下，愁而至于胥靡役夫，未必
皆能诗也。吾以为诗之工不工，系于学而不系于境。其境之困，而学益以
进者，系于己而不系于人。……夫惟君子处困之境，知险而能讲习于学，
反覆不已，求归于丽则，则有文章之光明焉。学以养之，忘其困矣。"
（《学福斋集》卷四《易松滋抱山堂诗选序》）沈大成的论述可谓一语中
的，击中了"穷而后工"之说的要害。诗歌创作，关键在人而不在环境。
这和他认为"诗之有所资者三，一曰性，二曰学，三曰游"（《观香堂诗
钞序》）的观点都是一致的。

　　富有新意的还有纪昀的相关论述。他在《月山诗集序》中指出："昌
黎《送孟东野序》称：'不得其平则鸣'，乃一时有激之言，非笃论也。"

---

　　① 唐代司空图指出："诗中有虑犹须戒，莫向诗中著不平"（《白菊》），反对在诗歌中表达
不平，和"不平则鸣"不是一个意思。

具体包括三个方面的内容：一是承认"穷而后工者，亦自有说"，但"文章如面，各肖其人"，并非所有的名作都是"穷而后工"的结果，"诗必穷而后工，殆不然乎。上下二千年间，宏篇巨制，岂皆出山泽之癯耶？"二是作品因人而异，在于胸襟。即便同样的经历在不同的人那里也会有不同的结果，"同一坎坷不偶，其心狭隘而刺促，则其词亦幽郁而愤激。'东野穷愁死不休，高天厚地一诗囚'。遗山所论，未尝不中其失也。其心淡泊而宁静，则其词脱洒轶俗，自成山水之清音"。"夫欢愉之辞难工，愁苦之音易好，论诗家成习语矣。然以龌龊之胸，贮穷愁之气，上者不过寒瘦之词；下而至于琐屑寒乞，无所不至，其为好也亦仅。甚至激忿牢骚，怼及君父，裂名教之防者有矣。"三是不累于穷，不失雅正。"不以酸恻激烈为工"，"要当以不涉怨尤之怀，不伤忠孝之旨，为诗之正轨"，"困顿偃蹇，感激豪宕，而不乖乎温柔敦厚之正。"①

纪昀所说，其第一点乃是客观事实，无可争议。第三点则体现了纪昀作为正统文论家一贯的论调，亦无须展开。值得深究的乃是第二点。它包含了两层意思：一是强调因人而异，作者若"心狭隘而刺促"，作品则会相应地呈现"幽郁而愤激"的特点。此处纪昀没明确表示，但意在胸襟。叶燮在《原诗·内篇》中对此有更详细的阐发："我谓作诗者，亦必先有诗之基焉。诗之基，其人之胸襟是也。有胸襟，然后能载其性情、智慧、聪明、才辨以出，随遇发生，随生即盛。千古诗人推杜甫，其诗随所遇之人之境之事之物，无处不发其思君王、忧祸乱、悲时日、念友朋、吊古人、怀远道。凡欢愉、幽愁、离合、今昔之感，一一触类而起，因遇得题，因题达情，因情敷句，皆因甫有其胸襟以为基。……由是言之，是有胸襟以为基，而后可以为诗文。"二是对比了山水清音一类作品，指出即便同处于困厄窘迫的境遇，也有一类人是其心淡泊而宁静，自成山水清音。这亦属客观事实。田园诗的奠基者陶渊明、山水诗的奠基者谢灵运，其后的王维、孟浩然、柳宗元等人，多有贬迁的经历，但是他们却创作了大量优秀的景物诗。

翁方纲的观点也较为突出。在《悔存诗钞序》中，翁方纲直抒己见："予最不服欧阳子穷而益工之语，若少陵之写乱离，眉山之托仙佛，其偶

然耳。使彼二子者生于周、召之际,有不能为雅颂者哉？世徒见才士多困踬不遇,因益以其诗坚之,而彼才士之自坚也益甚,于是怨尤之习生,而荡僻之志作矣。"在《石洲诗话》卷三中又称:"诗人虽云'穷而益工',然未有穷工而达转不工者。若青莲、浣花,使其立于庙朝,制为雅颂,当复如何正大典雅,开辟万古！而使孟东野当之,其可以为训乎！"

此外,这一时期的其他学者诗人也多有批评。赵翼有"国家不幸诗家幸,赋到沧桑句便工"(《题元遗山集》)的诗句,同时指出:"或谓诗必穷而后工,此亦不然。观集中《重经昭陵》……诸杰作,皆在不甚饥窘时。气壮力厚,有此巨观,则又未必真以穷而后工也。"(《瓯北诗话》卷二)

钱大昕为一代大儒,对此他认为:"吾谓鸣者出于天性之自然,金石丝竹,匏土革木,鸣之善者,非有所不平也。鸟何不平于春,虫何不平于秋,世之悻悻然怒、戚戚然忧者,未必其能鸣也。欧阳子之言曰:'诗非能穷人,殆穷者而后工。'吾谓诗之最工者,周文公、召康公、尹吉甫、卫武公,皆未尝穷;晋之陶渊明穷矣,而诗不常自言其穷,乃其所以愈工也。若乃前导八驺而称放废,家累巨万而叹婆贫,舍己之富贵不言,翻托于穷者之词,无论不工,虽工奚益！"[1]钱大昕所说和此前司空图等人所论有近似处,反对在诗歌中表达不平,要求诗歌出自天性之自然。

章学诚从文学应当是"公言",而不能"私据以为有"的角度,对司马迁的发愤著书说进行分析。"司马迁曰:'《诗》三百篇,大抵贤圣发愤所为作也。'是则男女慕悦之辞,思君怀友之所托也。征夫离妇之怨,忠国忧时之所寄也。必泥其辞,而为其人之质言,则《鸱鸮》实鸟之哀音,何怪鲋鱼忿诮于庄周,《长楚》乐草之无家,何怪雌风慨叹于宋玉哉？夫诗人之旨,温柔而敦厚,主文而谲谏,言之者无罪,闻之者足戒,舒其所愤懑,而有裨于风教之万一焉,是其所志也。因是以为名,则是争于艺术之工巧,古人无是也。故曰:古人之言,所以为公也,未尝矜于文辞,而私据为已有也。"(《文史通义·言公上》)章学诚也看重诗教,却更多从文学应当表现更为广阔的社会生活、具有更广泛的社会作用这一角度来分析的。

袁枚在《续诗品》中专列"戒偏"一则:"抱杜尊韩,托足权门;苦

---

[1]　《李南涧诗集序》,《潜研堂文集》卷二十六。

守陶、韦，贫贱骄人。偏则成魔，分唐界宋。霹雳一声，邹、鲁不闻。江海虽大，岂无潇湘！突夏自幽，亦须庙堂"，其实也是对于"穷而后工"说的一种见解。这些观点都可以视为对"发愤"说、"穷而后工"说的丰富和发展。

对于"穷而后工"说的批评在乾嘉时期有一定普遍性，主要与两点有关。一是这一时期对鸣国家之盛的重视和强调，反对局限于小我的一己一时之情；二是认识和态度上的通达和对自我地位、价值的肯定。乾嘉社会虽然存在诸多严重问题，但是从表面看国力强盛，文治武功均有突出表现，诗人学者有以诗来鸣国家之盛的愿望；从另一角度来说，清代严格控制思想文化，屡兴文字狱，诗人较之以往强化了对国家统治的顺从，也是不可忽视的方面。从诗人学者自身来看，他们处于传统文化集大成的阶段，见识更为广博，态度也相对通达；同时，他们往往具有较高的社会地位和较大的影响力，在穷达中更接近于达而非穷者，这可能也会对他们的观点有所影响。

乾嘉学者对于"穷而后工"的批评，有正统观念的影响，但是合理的因素更多，这是值得注意的。

第二节　小说创作中的"为情造文"和"为文造情"

魏晋时期被认为是人的自觉的时代，创作热情被激发，涌现出许多"以情纬文，以文被质"的优秀作品，同时也出现了大量庸俗之作并形成不良文风。钟嵘在《诗品序》中对此有所概括："今之士俗，斯风炽矣。才能胜衣，甫就小学，必甘心而驰骛焉。于是庸音杂体，人各为容。至使膏腴子弟，耻文不逮，终朝点缀，分夜呻吟。独观谓为警策，众睹终沦平钝。次有轻薄之徒，笑曹、刘为古拙，谓鲍照羲皇上人，谢朓今古独步。"陆机、陆云两兄弟所评更为细致。陆机在《文赋》中称："言寡情而鲜爱，辞浮漂而不归。犹弦幺而徽急，故虽和而不悲。"陆云《与兄平原书》则提出"先辞后情"："往日论文，先辞而后情，尚絜而不取悦泽。"刘勰在此基础上进行了深化，提出了"为情造文"和"为文造情"之说：

昔诗人篇什，为情而造文；辞人赋颂，为文而造情。何以明其然？盖风雅之兴，志思蓄愤，而吟咏情性以讽其上，此为情而造文也；诸子之徒，心非郁陶，苟驰夸饰，鬻声钓世，此为文而造情也。故为情者要约而写真，为文者淫丽而烦滥。而后之作者，采滥忽真，远弃风雅，近师辞赋，故体情之制日疏，逐文之篇愈盛。(《情采》)①

刘勰此说，虽因诗与赋颂两种文体的创作而发②，但寓有明显的褒贬，认同"为情造文"，反对"为文造情"。刘勰此说符合创作规律，有助于建立和发扬良好的文风，在后世被广为接受。从此，"为文造情"和"为情造文"作为两种创作方式与风气的代表和体现，长期处于对立的状态。后人在接受和传播的过程中，也忽略二者的文体区别，更强调前者志思蓄愤、吟咏情性，后者心非郁陶、苟驰夸饰的差异。

刘勰的说法直到今天都还深有影响。20世纪90年代以来，陆续有学者就"为文造情"和"为情造文"发表意见，不过基本上还是持传统的态度，有的学者认为"为情造文"体现了中国古代诗论现实主义传统，要求诗歌反映现实；有的用"为文造情"来解释1958年的民歌运动，对此提出批评。③ 从《"为情而造文"，不"为文而造情"》、《"为文而造情"——论析余秋雨历史文化散文的"滥情"倾向》、《作文切忌"为文而造情"》等文章的题目就可以看到作者的鲜明态度。《"为文而情"辨》是其中的另类，它分析了刘勰提出此说的历史背景，认为"为文造情"是文学创作过程中的必然产物，也是中国传统文学"为情造文"观念的重要补充。④ 这一说法是符合实际的，对于客观对待和研究"为文造情"有正面作用。

---

①　关于刘勰《文心雕龙·情采》篇中的"为情而造文"，周振甫解释为"为了抒情而创作"，"为文而造情"解释为"为了创作而虚构感情"。有学者提出不同意见。刘志中《"为情造文"新解》(《广播电视大学学报》1999年第1期)认为，这里的"文"不应该解释为文章，而应该解释作文采；情文关系应当是情与采即感情和辞采的关系。

②　此处可参考他人说法：扬雄《法言·吾子》："诗人之赋丽以则，辞人之赋丽以淫"；陆机《文赋》："诗缘情而绮靡，赋体物而浏亮……。"

③　张觉：《为情造文——我国古代诗论的现实主义传统论略》，《宁夏社会科学》1991年第1期。

④　赵树功：《"为文造情"辨》，《山东师范大学学报》2006年第1期。

一 "为文造情"的复杂性

"为情造文"之所以长期受到推崇，在于它符合创作的一般规律：情感受到外界激发而产生创作冲动，顺其自然地进行构思和表达，这样创作出来的作品多饱满真实，富有艺术感染力，对于社会有积极的意义。正如《周易·系辞》所说："一阴一阳之谓道"，就中国古代文学创作来说，"为情造文"和"为文造情"就是显与隐两个不可或缺的方面。"为情造文"有内在规律可循，"为文造情"情况要复杂很多。

《世说新语·文学》对此已经有所关注：

> 孙子荆除妇服，作诗以示王武子。王曰："未知文生于情，情生于文？览之凄然，增伉俪之重。"
>
> 庾子嵩作《意赋》成。从子文康见，问曰："若有意邪，非赋所尽；若无意邪，复何所赋？"答曰："正在有意无意之间。"

明代王世贞在《艺苑卮言》中这样总结："文生于情，世所恒晓；情生于文，则未易论。"这一论断可以广泛运用于全世界的情文研究中。

"为文造情"的复杂性，在于它虽然有"为赋新词强说愁"、"繁采寡情"，甚至无病呻吟等弊病，容易导致不良文风，但是就文学创作而言，它是必然出现的一种现象，在现实生活中大量存在；而且，无论是哪种文体，都存在"为文造情"和"为情造文"混杂在一起而难以区分的情况。这些尤其是后者，是很难将"为文造情"一概予以批评甚至否定的原因。

就理论批评来说，刘勰所说"心非郁陶，苟驰夸饰，鬻声钓世"，对于"为文造情"的弊病已经概括得比较全面：从创作角度，作者并非心有触思并且沉淀累积，是有意为之而非自然流露；从作品角度，形式大于内容，文胜于质；从影响和传播角度，沽名钓誉，过于功利。刘勰在《序志》篇所说的"辞人爱奇，言贵浮诡，饰羽尚画，文绣鞶帨，离本弥甚，将遂讹滥"，可以与此互看。后世关于"为文造情"的批评，基本上是对刘勰观点的继承和展开。这种批评导向自然是正确的，但是因此也长期忽视了"为文造情"的复杂性和合理性，这是当代学界值得关注的。

二 "为文造情"存在的合理性

就"为文造情"的合理性来说，主要涉及两个重要问题：文学的功能与价值,创作中虚构和情感的关系。

对于文学的功能和价值,中国长期存在两种看法:一是突出文学的社会教化功能,认为这才是文学存在的价值;二是强调文学的审美特性,反对将文学视为政治的附庸。① 在现实生活中,文学的功能要更加多样,不仅具有大家熟知的讽喻、教化、抒愤等功能,在科举考试、社会交往、娱乐自适等方面也都有它存在的空间。甚至可以说,在这些方面,"为文造情"是普遍存在的现象。

就诗文创作的主要方式而言,一是科举应试,二是朋友交往、诗文唱和,三是个人抒愤娱情,无论是哪种情况,都少不了"为文造情"。就科考来说,诗文是古代科举考试的重要内容。在唐代,进士科的考试最为重要,诗赋写作则是基本内容,"以科目取士,而所试者词章而已"(《选举总叙》),而且"主司褒贬,实在诗赋,务求巧丽,以此为贤"(《通典》卷十七)。此后除宋神宗时期、明代以经学取士外,基本上都将诗赋作为科考的内容。当代关于中国科考诗赋的研究很少,但是明清小说对此的描述较多,像潇湘迷津渡者《都是幻》、吴敬梓《儒林外史》中都有精彩描述。科考高压下命题作文,"为文造情"的比例大概要高于"为情造文"。恭和诗在中国古代大量存在,这里面的"为文造情"可能就更多了。

不仅科考和官场应对,诗人骚客私人交往的主要形式——结成诗社文会,诗词唱和,"为文造情"也是极为普遍的现象。以大家熟悉的《红楼梦》来看,如果说诗社中以菊为题作诗,因是挑选了自己感兴趣的题目还可以归结为借文抒情,那么元春省亲时命众人作诗,宝玉在那里苦思冥想、穷于应对的情况,就是典型的命题作文和"为文造情"了。此外,文人墨客应对权贵的命题作文或赋诗而获得时誉的情况,历史上也屡见不鲜,像唐代王维、清代袁枚都有如此经历,其中也不乏"为文造情"的事例。

_____

① 中国注重文学教化功能的说法极多。清人顾炎武《日知录·文须有益于天下》指出:"文之不可绝于天地间者,曰明道也,纪政事也,察民隐也,乐道人之善也。若此者,有益于天下,有益于将来。多一篇,多一篇之益矣! 若夫怪力乱神之事、无稽之言、剿袭之说、谀佞之文,若此者,有损于己,无益于人。多一篇,多一篇之损矣!"梁启超更加突出,强调小说为政治服务,声称"欲新一国之民,不可不先新一国之小说"(《论小说与群治之关系》)。中国一味推崇文学审美性的也有不少,像王国维主张文学的超功利和唯美性;20世纪初出现于文坛的"新月"派,追求"纯诗",认为文学能够超越现实功利。情况比较复杂,不同时期问题也不尽相同,简单地肯定与否定没有太大意义。但就文学发展的历史来说,二者并非截然对立。审美中有所教化,文学才真正具有社会价值,反之教化借助审美才能真正发挥作用。

即使是个人抒情达志的创作，也不免有"为文造情"之作。这里面的情况又比较多样：以写作来炫耀自己的才能；和他人同题作品一较高下；通过创作来进行娱乐消遣……这样的情况历史上可谓不胜枚举。

史实表明，"为文造情"也不是那么容易的。除了纯粹个人的消遣类外，不同情况下的"为文造情"也常有着具体的要求和规定。从水平来看，也并不是"为情造文"的作品就一定高于"为文造情"的，这归根到底取决于作者的水平和境界。

从创作中虚构和情感的关系来说，以虚构为特征的文体可能都不可避免地会出现"为文造情"的情况。刘勰最初指出"为文造情"就是针对赋颂两种文体而言的。扬雄所谓："诗人之赋丽以则，辞人之赋丽以淫"，陆机《文赋》所谓："诗缘情而绮靡，赋体物而浏亮"，都是对不同文体特征的概括。司马相如作为名赋家，他对赋的特征和创作特点概括得更加详细："合綦组以成文，列锦绣而为质。一经一纬，一宫一商，此作赋之迹也。赋家之心，苞括宇宙，总览人物，斯乃得之于内，不可得其传也。"（《太平御览》）从文体角度来说，诗歌主要表达主体的情志，赋颂则表现无限的外在世界，辞藻华美铺张，有错彩镂金之美。因为赋颂多为奉命之作，常常缺乏真情实感作为支撑，所以刘勰批评它"为文造情"，虽然一语中的，同时也是对带有虚构、铺张等特点的创作类型的客观概括。超出赋颂，从整体的文学创作来说，可以发现：作者一己之情和作品表达之情并不是一回事，创作意图和作品艺术性之间也没有必然的等同关系。韦勒克和沃伦合著的《文学理论》指出："在一部'客观的小说'（objective novel）中，作者的态度可能已经伪装起来或者几乎隐藏不见了，因此表现情意的因素将远比在'表现自我的抒情诗'中为少"；"一件艺术作品的意义，绝不仅仅止于，也不等同于其创作意图；作为体现种种价值的系统，一件艺术品有它独特的生命。一件艺术品的全部意义，是不能仅仅以其作者和作者的同时代人的看法来界定的。它是一个累积过程的结果，亦即历代的无数读者对此作品批评过程的结果。"[1] 美国学者苏珊·朗格对于作者之情和作品之情也有着非常细致的阐述："在各种艺术文献中都能找到这样一种广为流传的观点：任何艺术作品都从激动着艺术家的某种情

---

[1] ［美］雷·韦勒克、奥·沃伦：《文学理论》，生活·读书·新知三联书店 1984 年版，第11、35 页。

感中产生,而它又被直接地表现在作品中,这就是学者们总愿意探究著名艺术家生活经历的原因。……但是,往往有些具有哲学头脑的批评家——有时恰恰是艺术家自己——认为艺术作品的情感,是艺术家在为了表现情感而创造符号形式时所想象的情感,而不是他在创作过程中真实感受的或者无意流露出来的情感。"① 这段经典文字论述的就是"为情造文"和"为文造情"。之所以会出现这种情况,是因为中外作家学者都认识到,文学是作者的创作,却并非只为表达一己之情,只有摆脱和超越了狭小的自我,代群体甚至人类发言,作品才会真正激发共鸣,获得长久的生命力。古往今来优秀的作品无不如此。也正因为此,李贽说:"《水浒传》文字原是假的,只为他描写得真情出,所以便可与天地相终始!"(《水浒传》第十回评)

文学创作离不开虚构和想象,而虚构和想象中无不蕴含着情感。因此作家在具体构思和创作中,无论是布局谋篇,还是描写人物,设置细节,都离不开为文造情、因情运文。创作就是一个文情互生、水乳交融的过程。所以产生于南朝宋时期的《世说新语·文学》很早就指出:"未知文生于情,情生于文",甚至可以再推深一步,那就是创作达到一定程度和水平,未知是为文造情还是为情造文。

仍以《水浒传》为例。它有"发愤著书"的特点,作者"实愤宋事",以形象的人物和故事来抒"愤",因此对于第十四回阮小五说官吏对百姓的盘剥,金圣叹夹批说:"千古同悼之言,《水浒》之所以作也";但是它又是一部非常优秀的小说,在创作上具有巧妙布局、善于造势等诸多特点,如"此篇节节生奇,层层追险。节节生奇,奇不尽不止;层层追险,险不绝必追"(第三十六回金圣叹评)。因此,对于《水浒传》,金圣叹一方面认为:"发愤作书之故,其号耐庵不虚也"(第六回批),"作者胸中悲愤之极"(第十四回批),"然怨毒著书,史迁不免,于稗官又奚责焉"(第十八回总评),将《水浒》视为发愤所著之书②;另一方面又指出:"施耐庵本无一肚皮宿怨要发挥出来,只是饱暖无事,又值心闲,不免伸纸弄笔,寻个题目,写出自家许多锦心绣口,故其是非皆不谬于圣

---

① 〔美〕苏珊·朗格:《情感与形式》,中国社会科学出版社 1986 年版,第 201 页。
② 明代李贽先已提出此说:"太史公曰:'《说难》《孤愤》,贤圣发愤之所作也'。由此观之,古之贤圣,不愤则不作矣。不愤而作,譬如不寒而颤,不病而呻吟也,虽作何观乎?《水浒传》者,发愤之所作也。"(《忠义水浒传序》)

人"(《读第五才子书法》),"岂有稗官之家,无事可纪,不过欲成绝世奇文以自娱乐"(第二十八回总评),是作者文以自娱,出于消遣而进行的写作。对于金圣叹评价的矛盾性,学界多从他自身的性格和思想角度予以分析,实际上《水浒传》自身情文关系才是关键。"为情造文"、发愤著书,可能是《水浒传》创作的动机,但是在此后的发展直到施耐庵成书,为文造情、因文运事都是具体创作中不可或缺的手段。所以金圣叹说:"某尝道《水浒》胜似《史记》,人都不肯信,殊不知某却不是乱说。其实《史记》是以文运事,《水浒》是因文生事。以文运事,是先有事生成如此如此,却要算计出一篇文字来,虽是史公高手,也毕竟是吃苦事。因文生事即不然,只是顺着笔性去,削高补低都由我。"(金圣叹《读第五才子书法》)"自古淫妇无印板偷汉法,偷儿无印板做贼法,才子亦无印板做文字法也。因缘生法,一切俱足。"(第五十五回总评)"忠恕,量万物之斗斛也。因缘生法,裁世界之刀尺也。施耐庵左手握如是斗斛,右手持如是刀尺,而仅乃叙一百八人之性情、气质、形状、声口者,是犹小试其端也。"(《水浒传序三》)不仅《水浒传》如此,小说创作中常见的因文运事、因缘生法、欲擒故纵、制造悬念等,无不可以和"为文造情"联系起来。

三　"为文造情"的理论总结

从前面的论述可以看出,"为文造情"存在于文学活动这一过程的不同环节:一是创作动机,刘勰所说的"为文造情",有时表现为"设情造文",即徐渭所说的"本无是情,而设情以为之"(《徐文长集·肖甫诗序》),有时则表现为"出于情寡而工于词多"(李梦阳《诗集自序》),二者都容易出现采滥忽真、无病呻吟的弊病。即使在这一层面,"为文造情"也有它存在的合理性和价值,前面从娱乐、消遣、集会、应试等几个方面予以了分析。二是创作过程,"为文造情"就是为形式和表达找到适合的情感支撑。前文从虚构和想象角度展开的分析,则主要与此有关。三是在阅读过程中,作者的创作被读者从不同层面感知和接受,原来的"为情造文"和"为文造情",最终体现为读者的"因文生情",理解和把握到作品传递出来的思想内容,甚至感知作者的创作意图,不仅看得懂"满纸荒唐言",而且能够理解作者的"一把辛酸泪"。

《红楼梦》是中国古代水平最高的文学作品,这里以它为例来看小说是如何"为情造文",又是如何"为文造情"的。

首先,就创作而言,《红楼梦》是曹雪芹"为情造文"之作。这是毋庸置疑的。二知道人对《红楼梦》的评论时常为人所引用,"蒲聊斋之孤愤,假鬼狐以发之;施耐庵之孤愤,假盗贼以发之;曹雪芹之孤愤,假儿女以发之:同是一把辛酸泪也"。无论是蒲松龄、施耐庵还是曹雪芹,虽然发以孤愤,但是他们的孤愤都代表和体现了时代"大我"之情,超越了个人的小情小爱,这是作品引起众多读者共鸣的重要原因。

其次,就作品而言,《红楼梦》是一部言"情"之作。"《红楼》以前无情书,《红楼》以后无情书,旷观古今,《红楼》其矫矫独立矣。……夫天下人之情一也,《红楼》之言情,至矣尽矣。"① 对此,古今学者已有极多论述。

再次,就创作和接受而言,作者创作过程中的"为文造情"是读者通过阅读"因文生情"来倒推的。作者如何"为文造情"一般是不可知的,除非他将自己创作的过程和细节展现出来。就《红楼梦》来说,作者的辛酸泪表达为荒唐言,读者的感知则不相同,"单是命意,就因读者的眼光而有种种:经学家看见《易》,道学家看见淫,才子看见缠绵,革命家看见排满,流言家看见宫闱秘事……"(鲁迅《〈绛洞花主〉小引》)。因此,在不同的读者那里,文本的呈现也是千差万别的。虽然如此,小说还是有它相对固定的结构层次,比较明确的情感意旨,为阅读和评判提供了相对客观的依据。就《红楼梦》来说,可以归纳出几个和"为文造情"有关的创作特点。

其一,设置象征性的人与物。《红楼梦》中以秦可卿为"情可情",以贾宝玉为"情不情",以林黛玉为"情情";金、玉、花、水、梦等意象都有着丰富的内涵,蕴含着不同的情感和价值观念。小说中众多物品对于人物塑造、情感表达发挥了巨大作用。

其二,正话反说、反话正说。对于贾政、王夫人、宝玉等都有不少正反两说的评价,造成故事的张力。小说的叙述一般采用正统的论调,同时因为小说中存在众多不同价值观念的人,以他们各自的眼光来评价,就会在文中出现正反不同的论述。以不同的论述来正反对应,就能比较立体地刻画人物,表达情感。

其三,虚实相生。《红楼梦》存在大荒山青埂峰、太虚幻境、大观园

---

① 汪大可:《泪珠缘书后》,《红楼梦资料汇编》,中华书局1964年版,第63页。

等不同场所，大体为虚，而局部写实，营造出虚实相生相衬的艺术效果。俗人局限于现世，而跛足道人之类则随意穿越虚幻和尘世。

其四，故事时间和真实时间的错合。曹雪芹创作的前八十回共讲述了十五年之事，但是就人物年龄来合，则出现诸多矛盾。这也是典型的为文造情的情况。宝玉、黛玉年少时为故事展开夸大了年龄；过上几年为故事延续则又下压了他们的年龄。虽然存在此种矛盾，但是就小说阅读和人物塑造而言，却是有好处的。

其五，不完整叙述。小说叙事的不完整，会造成空白点与不定点的存在，让读者根据上下文来自行补充。这在秦可卿处体现得比较明显。比如秦可卿死，彼时合家皆知，无不纳罕，都有些疑心，但是就此打住，并无解说。叙述者以适当的形式表达一定的情感，说到几分、落到何处，都是需要根据具体情况来把握分寸，营造最佳效果。这是作者仔细斟酌之处，也是能体现作者水平的地方。

其六，环环相扣中间杂横枝旁逸，以此来改变情绪氛围和节奏。像秦钟死时，突然插入阴间的鬼神来凑趣，淡化了秦钟将死的悲伤，情感的强度随着故事节奏变缓而有所弱化。

以上所列只是《红楼梦》创作中体现出来的一些特点。《红楼梦》是一座艺术大厦，其创作不限于此。中国文学的创作更是一座高峰，"为文造情"处更不知凡几。大致来说，"为情造文"强调的是作者和作品的关系，"为文造情"突出的则是创作中形式和情感的关系。从这个意义上讲，"为情造文"和"为文造情"是不同层次的问题，二者并没有矛盾关系。就创作而言，"为文造情"是普遍存在的现象，有它存在的价值，值得进一步探讨。

第三节　实象与假象：以乾嘉小说中的斋为例

孔颖达《周易正义》指出："先儒所云此等象辞，或有实象，或有假象。实象者，若'地上有水，比'也，'地中生木，升'也，皆非虚，故言实也。假象者，若'天在山中'，'风自火出'，如此之类，实无此象，假而为义，故谓之假也。虽有实象、假象，皆以义示人，总谓之'象'也。"正如钱锺书《管锥编》所说："《正义》'实象'、'假象'之辨，殊适谈艺之用。"将实象和假象概念运用到文学创作中，有助于阐发情感与虚构、想象的关系问题，值得做深入探讨。就乾嘉小说来说，普遍出现在各小说中的"斋"就兼具实象和假象，以此为例，可以论证作者如何在创作中将现实和理想、情感融入文字和想象。

一　《聊斋志异》之斋

书名为书籍之眼，甚至是书籍之魂。作为中国文言小说的巅峰之作，《聊斋志异》的书名也值得探究。"志异"明示作品记录奇异的内容，并无深意，《阅微草堂笔记·槐西杂志四》也提到"志异诸书";"聊斋"的含义相对而言更值得关注。蒲松龄之孙蒲立德说:"聊斋，其斋名也"，因此世人一般都以"聊斋"为蒲松龄的书斋名。今人研究中，仅两位学者对此有所关注:马瑞芳认为，"'聊斋'含有作者'鹏飞无望，聊以著书，聊以名志'的意思"，"'聊斋'最早仅是蒲松龄写《聊斋志异》时虚拟的一个书斋，现实生活中他的书斋先是叫'面壁斋'，后又叫'绿屏斋'，最后才定为'聊斋'"。刘洪强则认为:"'聊斋'是不是蒲松龄的斋名还有待于考察，或者说，还没有足够的材料来证明是他的斋名。笔者认为，考证'聊斋'何时何地成为蒲松龄的斋名还要进一步研究。"①

关于"聊斋"，目前大概就是这三种解释。以实象和假象说来看待，可知蒲立德以"聊斋"为实象，马瑞芳指出了"聊斋"由假象到实象的转变，刘洪强则以为是假象。如果将"聊斋"和《聊斋志异》故事中频频出现的书斋联系起来，再结合蒲松龄的生平经历，可以发现，"聊斋"兼有实象和假象:实象就是蒲松龄在内的塾师设馆之斋，最后才为蒲松龄家中的书斋;假象则是蒲松龄在此基础上虚构和想象出来的书斋，是对实象之斋的补充和完形。

聊，本义为耳鸣，常用义有姑且、依赖、闲谈等。在"聊斋"中，对于聊的一般的理解是闲谈，马瑞芳则解释为聊以、姑且。无论做何种解，

---

① 《马瑞芳揭秘聊斋志异》，东方出版中心 2006 年版。刘洪强:《"聊斋"名义考》，《蒲松龄研究》2008 年第 4 期。根据《聊斋诗集》、路大荒《蒲松龄年谱》等资料看，蒲松龄《聊斋自志》写于康熙乙未春日，为康熙十八年（1679），蒲松龄 40 岁之时。康熙二十七年（1688），蒲松龄园中小筑落成，有丛柏当门，颜曰绿屏斋，作七律十首纪之。康熙三十三年（1694），张历友七律中有"谈空误入夷坚志，说鬼时参猛虎行。咫尺聊斋人不见，蹉跎老大负平生"。康熙三十六年（1697），斗室落成，曰面壁居，蒲松龄赋七律四首纪之，"斗室颜作面壁居"。由此可见，马瑞芳先生关于斋名先后顺序的说法可进一步商榷。刘洪强认为"聊斋"当为"心斋"，即"心灵寄托之斋"的说法，取消聊斋的实际存在，可能也不符现实情况。

都说得通，对于作者和作品研究也都没有太大的价值。就"聊斋"来说，重心在斋而不在聊。

斋的本义是斋戒，祭祀前整洁身心以示虔诚，由此引申为斋舍，即斋戒时的居所，后世多指书房、学舍。佛教传入后，又以过午不食为斋，供奉神佛的食物为斋，素食为斋。斋很早就出现在笔记小说中，《搜神记》、《神仙传》、《世说新语》等作品中，斋的几种用意都已经有所体现。① 以斋为书名在中国也早已有之，而在笔记小说中，以斋为名流传最广的就是《聊斋志异》。在书中，斋基本是指书斋，许多聊斋故事都和书斋有关。

世人熟悉的《画皮》故事就发生在书斋中。恶鬼借助女性姣好的皮囊来诱惑男性，书生藏娇在书斋中，恶鬼被发现后将其残害。如果将恶鬼换作外星人，将书生换作都市男性，将裂腹攫心换作获取血肉，那么这就是当代荷兰作家米歇尔·法柏的小说《皮囊之下》（*Under the Skin*）讲述的故事，它因此也被视为科幻版的《画皮》。这说明，此类故事情节超越国界，具有普遍性。它们的发生都需要一个相对独立的场所，在《画皮》中就是具有中国特色的书斋。它设于家宅之外，因而为书生隐匿外女、归斋觑破真相提供了条件。

同样多次被翻拍成影视剧而广为人知的《聂小倩》，故事也和书斋有关。故事讲述的是书生宁采臣的一系列奇遇：居住于兰若寺，结识剑仙燕赤霞，不受女鬼金钱与美色的诱惑，将女鬼聂小倩的尸骨带回家乡；"宁斋临野，因营坟葬诸斋外"，聂小倩恢复人气，并两次借助剑仙除掉了夜叉，宁、聂结为夫妻。《聊斋志异》经典故事最常见的要素基本都聚集在此。就人物而言，是书生、女鬼（女狐）、侠客；就环境而言，有寺庙、荒墓、旷野、书斋、家室。这些经典人物在典型场所发生的奇妙故事，是《聊斋志异》给人印象最深刻的部分。

《聊斋志异》中和书斋有关的故事还有不少，比较突出的如：《娇娜》中孔雪笠寓菩陀寺，后入荒宅为塾师，天气炎热时移斋园亭，胸口生疮，得到娇娜的救治；《黄九郎》中何师参，斋于茗溪之东，门临旷野，因而得见由此经过的黄九郎，由此衍生出一段同性相恋、人狐相恋的故事；

---

① 东晋干宝辑录的《搜神记》中有七处出现"斋"，卷一琴高条"洁斋"，卷四张宽条、卷八孔子条有"斋戒"，卷十一王业条"沐浴斋素以祈于天地"，卷十二怀瑶条有"斋内"，卷十六王昭平条有"斋室"，卷十八陈臣条"在斋中坐"。葛洪《神仙传》中除了斋戒外，还有上清斋二法、"实心之斋也"（卷八《葛玄》）。《世说新语》中几处出现"斋"，一为斋室，二为斋头。

《连琐》"杨于畏移居泗水之滨,斋临旷野,墙外多古墓,夜闻白杨萧萧,声如涛涌",和女鬼连琐相爱,最终喜结良缘①;《莲香》中桑生馆于红花埠,斋中夜遇女狐莲香和女鬼李氏,发展出一段人与鬼、狐之恋;《小谢》中陶望三借居废第,斋中遇女鬼秋容、小谢;《葛巾》常大用居曹州缙绅牡丹园之斋,与牡丹花精定情,并与其弟共娶花精为妻;《房文淑》邓成德寓败寺中,遇艳女,伪为妻,寓于斋中数年,妇生子归其妻后离去;《荷花三娘子》士人宗相若和狐女密会斋中,女狐报恩为其牵线荷花三娘子;《董生》讲述两书生分别在斋中遇狐,因态度不同而结果迥异的故事;《鸽异》张公子酷爱养鸽,夜坐斋中,遇白鸽化人赠鸽后又收回……

聊斋故事中,每种人物类型和场所发挥的作用有所不同。就斋来说,它主要是作为书生(塾师)居住的相对独立的处所,为遭遇异类、满足私欲、进入异域等提供方便或可能。它是读书之地,有的安在宅院之中,有的设在家宅之外,甚至在寺庙之中(如《山魈》、《小猎犬》、《褚生》等),因此家人妻妾一般不会来打扰,是一个相对独立而清净的空间。可以说,斋是唯一处于社会之中却又可以保有自我的所在,是主人可以尽情尽性的个人小天地。就书斋有关的故事而言,主角多半是秀才、书生、塾师之类,他们奇遇的对象有女鬼、女狐以及女仙、女侠,这些异样的女性往往具有超凡的能力,在她们能力所不及之处,则多半会出现水平更高的奇人异士,如道人、僧人、剑仙之类来改变状况,保障故事顺利发展,最终遂人所愿,如有情人终成眷属、善恶得报等。

书斋相对独立,但有时也需要有目击者或他人出现,来推动故事发展。于是《董公子》、《彭海秋》中就出现了斋僮,《邵士梅》中有斋夫,《狐惩淫》有居住斋中的客人等,他们的功能没有剑仙、奇人那么突出,但也可以发挥推动或改变故事情节的作用。

有的书斋设置在家院之外,和家宅有一定距离,因此有时也成为躲避家庭矛盾的场所。像《江城》高蕃娶悍妇江城,父母分居。高不耐寂寞,纳妓斋中,久之为江城发觉,到斋中谩骂。《孙生》中夫妻失和,孙生为躲避妻子,"寄宿斋中,经岁不归"。

在《聊斋志异》中,书斋常作为书生结识异类和短暂艳遇的场所,如

---

① 正因为"斋"的突出作用,1991 年谢铁骊导演改编自《连锁》等故事的聊斋电影就取名为《古墓荒斋》。

果打算长期厮守，书斋就不太适合了。《阿霞》就讲述了这样一则故事。景生遇到阿霞，将之隐匿在斋中，"斋中多友人来往，女恒隐闭深房"；"景思斋居不可常，移诸内又虑妻妒，计不如出妻"，于是绝情将结发妻子遗弃；阿霞也因此毁约嫁给他人。

也有的书斋对于故事没有太大意义。如《雷曹》乐云鹤、夏平子"少同里，长同斋，相交莫逆"，《棋鬼》中父亲禁闭儿子的书斋，《陆押官》中显现珍贵兰花的书斋等。《粉蝶》和《湘裙》中的"斋"也无甚意味，但是前者安置在神仙岛中，后者是阴间鬼兄为其弟安排的住处。由此可见，斋也跨越了三界，处处皆有。

正因为斋频频出现，故事有时也用斋来淡化或者含混某些不好处理的问题。以比较经典的故事《青凤》看，耿去病居住于荒宅，并因此结识狐狸青凤一家；耿狂放不羁，狐狸一家避去；耿郊野扫墓救下青凤，将她安置在别的处所，此时耿已经连同妻小搬入原来的荒宅；耿又救下青凤的叔父，让其叔父一家搬来。最后，"生斋居，孝儿时共谈宴。生嫡出子渐长，遂使傅之，盖循循善教，有师范焉"。孝儿是青凤的堂兄，现在则成了耿家的塾师。以耿"斋居"，就将现实中的诸多问题，比如青凤的外室身份就含混过去了。

斋作为读书的场所，斋内多布置有棋、琴、书、画等相对风雅的事物。有的故事就以此展开，如《宦娘》中的琴和书斋中的词直接影响了故事的进展。还有些故事没有提到"斋"，但以塾师和以此类物事为主角和媒介，与上述故事近似。像《五通又》、《元少先生》、《浙东生》等讲述的都是塾师设馆时的奇遇。比较突出的，是《爱奴》中徐生设馆到了坟墓之中，教授鬼子；《叶生》则是反过来，书生鬼做塾师，教授弟子。这些故事尤其是《叶生》，是《聊斋志异》中受到关注较多的作品。

二 《阅微草堂笔记》和《新齐谐》中的斋

米克·巴尔说："如果空间想象确实是人类的特性，那么，在素材中空间因素起着重要作用也就不足为奇了。比方说，注意到每个素材的场所，然后考察在事件种类、行为者本身与场所之间是否存在着联系就完全有可能。"① 《聊斋志异》中的场所就体现出类型化的特点。书斋之外，常

---

① ［荷］米克·巴尔：《叙事学：叙事理论导论》，中国社会科学出版社 1995 年版，第 49 页。

见的还有宅院、庙观、坟墓、山野、江海、岛屿、梦境、阴间等。不同场所的功能不同,而同一场所发生的故事则有一定的相似性。

梦境和阴间,本来就属于不可知之地,往往以变形的方式呈现出来。《续黄粱》、《凤阳士人》、《席方平》等都是大家耳熟能详的故事。市井,则多和民间卖艺、魔术以及奇人异事有关,如《偷桃》、《种梨》等。至于官署,多和鬼狐与刑狱有关,如《遵化署狐》、《狐妾》。这些都是传统笔记小说用力较多之处,《聊斋志异》中诸多故事也有其历史渊源。

至于庙观、坟墓、山野、江海,这些地方接近自然。山野、江海不必说,庙观则多为荒庙废观,和坟墓一样,处在人世与自然之间。对这些自然或半自然之地进行幻化,将原本的坟墓、荒庙幻化为巨宅、仙境,是《聊斋志异》创作的一个特点。"北向一家,门前皆丝柳,墙内桃杏尤繁,间以修竹,野鸟格磔其中",此段文字为世人称道,是《婴宁》中对坟墓的幻化;"殿阁重重,非复人世",是《画壁》中朱生观赏的寺庙壁画的幻化;大叶芭蕉为衣、以白云为棉,则是《连城》中洞府中出现的幻化。

还有一类场所介于二者之间,那就是宅院家室。这也是传统笔记小说诸多故事的发生地,《聊斋志异》也是如此。发生在此种场所的故事多简略,多为遇到鬼怪之类的离奇现象,如《咬鬼》、《捉狐》、《宅妖》之类,没有什么细节,人物形象也比较模糊。《聊斋志异》中也出现了个别家室被幻化的情形,如《褚遂良》中的赵家,原本灶冷无烟,瓮底空空,转眼便"满室皆银光纸裱贴如镜,诸物已悉变易,几案精洁,肴酒并陈矣"。

将斋和上面所列场所类型加以对比,即可发现,斋基本没有被幻化的情况。可以说,庙观等都是故事中的变量,斋则是常量。以《雨钱》为例,滨州一秀才读书斋中,有款门者,启视则一老翁,形貌甚古,两人谈古论今,非常默契;秀才求老翁为其谋财,老翁就与秀才进入密室,念咒下了一场钱雨;最后秀才竹篮打水一场空,老翁拂袖而去。在这则故事中,作者有意无意地维护了斋所应有的斯文与体面——虽然斋中经常出现男女密会等情形,但是这种密会有"情之所钟正在我辈"的理论支持[1],

---

[1] "礼缘情制,情之所在,异族何殊焉?"(《聊斋志异·素秋》)

俗气、低下的金钱往来还是要进入密室的。

在《聊斋志异》中，斋和坟墓、庙观等相比有其特殊性。那么和其后出现的《阅微草堂笔记》和《新齐谐》相比，《聊斋志异》之斋是否还如此独特呢？

《阅微草堂笔记》和《新齐谐》中的斋都有两种意思：一是和佛教有关的斋戒、斋饭、斋沐；二是书斋。

《阅微草堂笔记》发生于斋中的故事大概有十几则，多讲述在斋中所见的怪异之事，乏善可陈。其中有数则较为别致，简述如下：

沧州潘班尝宿友人斋中，闻壁间小语曰：君今夕毋留人共寝，当出就君。班大骇移出。越十余年，忽夜闻斋中啜泣声。次日，大风折一老杏树，其怪乃绝。（《滦阳消夏录一》）

李生乘月散步空圃，见一翁携童子立树下，心知是狐。童子曰：寒甚且归斋。翁摇首曰：董公同室固不碍，此君俗气逼人，那可共处。宁且坐凄风冷月间耳。（《滦阳消夏录四》）

纪生路遇女子独行，约其夜会于书斋。女夜半果至。书生觉渐为所惑，因拒使勿来。狐女怨詈不肯去。书生义正词严，狐女词穷而去。（《槐西杂志二》）

这三则故事都带有鲜明的《阅微草堂笔记》特点：第一则故事中书生闻壁间小语，不像聊斋书生那样欣然接纳，而是大骇移出；第二则故事中狐叟宁可忍受寒冷，也不愿入斋忍受伧俗之气；第三则故事和《聊斋志异》更为接近，但是结局迥异，书生仅凭言辞就说走了女狐。无论是男女老少还是鬼狐，其言行都以理为准则，这是《阅微草堂笔记》的特点。所以笔记中姚安公说："树下之鬼可谕之以理，书斋之魅能以理谕人。"

在袁枚《新齐谐》中，发生于斋中的故事大概有十则。《七盗索命》中塾师汤秀才夜在书斋见七断头鬼索命，赴阴间说理，苏醒告别妻子死亡（卷五《文信王》与此故事相似）。《咔雄》和聊斋故事非常近似，务子宿于斋中，女狐冒名周女来密会，继而私奔；为平息物议，周家不得不将女儿嫁给务子。《王将军妾》则是慕崇士设馆京师，于斋中为王将军妾病；三年后再次见到王将军妾的棺木，书童因此自缢而死；守令怒而焚烧僵尸。《新齐谐》也是很有特点的，不同于《聊斋志异》的柔情蜜意，也不同于《阅微草堂笔记》的服从于理，《新齐谐》的人物与故事，不少都像

《王将军妾》,有一种粗横荒诞、无情无理之气。

相比之下,虽然都出现了幻化,《聊斋志异》之斋荒幻的特点最为突出,或许后出的两部笔记小说就是部分受到了《聊斋志异》的影响。仕途顺遂的纪昀和潇洒自在的袁枚,大概是不能理解和体会蒲松龄之于斋的感情和寄托的。蒲松龄青年外出坐馆,七十老翁始返家,中间最为熟悉的场所就是坐馆所居之书斋。创作对于现实有补偿的作用,这已经是公认的事实。蒲松龄在创作中大概还是会突出自己最为熟悉的环境和场所。由三位作者的表述来看,蒲松龄对创作与虚构的认识也最为清晰。在《画壁》最后,蒲松龄感叹道:"'幻由人生',此言类有道者。人有淫心,是生亵境;人有亵心,是生怖境。菩萨点化愚蒙,千幻并作,皆人心所自动耳。"在《巩仙》结尾,蒲松龄又明确指出:"袖里乾坤,古人之寓言耳,岂真有之耶?抑何其奇也!中有天地、有日月,可以娶妻生子,而又无催科之苦,人事之烦,则袖中蚍蜉,何殊桃源鸡犬哉!设容人常住,老于是乡可耳。"所谓幻由人生,所谓袖里乾坤,是作者虚构的种种假象,也是《聊斋志异》创作的主要特点。

三　斋的实象和假象

《聊斋志异》故事中的书斋,大概可以算得上聊斋的假象,那么作为实象的聊斋又是怎样的呢?就蒲松龄而言,他最初分家时仅得农场老屋三间,破旧不堪,甚至连外门都没有。为养家糊口,蒲松龄不得不外出设馆,"家计萧条,五十年以舌耕度日","七十岁始不趁食于四方"(《蒲箬等祭父文》)。家中子女陆续出生长大,为他们婚嫁,"自是一子娶一妇,必授一室"(《柳泉公行述》),致使"一亩之院,遂无隙地"(《述刘氏行实》)。

蒲松龄外出设馆几十年,按照当时的一般规矩,是正月十五之后离家,腊月二十三始归。所以就《聊斋志异》的创作来说,他基本上是在设馆其间写作的。那么他在家中所设的斋,无论斋名为何,真正创作其中的时机可能并不多。所以蒲松龄七十一岁时写作的《斗室》中就有此感叹:"聊斋有屋仅容膝,积土编茅面旧壁。……怜我趁食三十年,辜负此君殊可惜!垂老倦飞恋茅衡,心境闲暇梦亦适。癯儒相习能相安,与以广堂我不易。"《中华名人书斋大观》认为:"聊斋意为谈天说地的闲聊之斋。聊斋既是蒲松龄邀人聊天、谈仙说鬼之地,也是他挑灯命笔,整理成书之所。"① 这种说法可能是不太符合实际情况的。蒲松龄长期设馆于毕家绰然堂,以此为背景,蒲松龄写作了《绛妃》故事等。这也可以作为蒲松龄有相当多的作品创作于设馆之书斋的佐证。

蒲松龄个人居住的书斋外,当时普遍存在的塾师设馆之斋大概也是聊斋的一种实象。《聊斋志异》对此也有所展现:

> 长山某,每延师,必以一年束金,合终岁之虚盈,计每日得如干数;又以师离斋、归斋之日,详记为籍,岁终,则公同按日而乘除之。马生馆其家,初见操珠盘来,得故甚骇;既而暗生一术,反嗔为喜,听其复算不少校。翁大悦,坚订来岁之约。马辞以故。遂荐一生乖谬者自代。及就馆,动辄诟骂,翁无奈,悉含忍之。岁杪,携珠盘至,生勃然忿极,姑听其算。翁又以途中日尽归于西,生不受,拨珠归东。两争不决,操戈相向,两人破头烂额而赴公庭焉。(《爱奴附》)

类似的故事还有《司训附》等。此故事讲一位明经俭鄙自奉,积金百余两,自埋斋房,妻子亦不使知。明经担心别人知道,嘴里念念不停,结果被一守门人听到偷偷挖去,叹恨欲死。蒲松龄感叹道:"教职中可云千态百状矣。"

对比前面所举故事中书斋的假象,再来看作者和当时塾师书斋的实象,可以发现,斋之假象虽有时夹杂恶丑,但是总体上善、美要更多一些,生活在假象之斋中的书生和塾师,无论是物质还是情感,都要幸福很多。在这个意义上,斋之假象,基于斋之实象,同时又对它构成了有效的补充和完形。同理,在《聊斋志异》中,人物复生的假象是死亡这一实象的补充和完形,富裕的假象是贫穷这一实象的补充与完形,幸福长寿的假象是潦倒短命这一实象的补充与完形,女鬼、狐妖、花魅的假象是现实女子这一实象的补充与完形。

可以说,"聊斋"就是蒲松龄所处的现实社会和他创造的艺术世界的交会之处。当现实生活中的书斋成为聊斋,最初的"鬼狐传"成为"聊斋志异",现实中满怀孤愤的落魄书生蒲松龄,也在创作中获得了替代性

---

① 杜产明、朱亚夫主编:《中华名人书斋大观》,汉语大词典出版社 1997 年版,第 110 页。

满足,实现了个人的价值,成为名留青史的杰出小说家,和他的作品一起长久地存活在读者的心中。

第四节　情与幻:以秦可卿形象为例

在《红楼梦》第一回楔子中,空空道人检阅巨石上的《石头记》,认为"大旨谈情"①。谈情即是小说的主旨。② 这个情不仅有备受关注的宝玉、黛玉、宝钗等人的爱情,更有深刻展现整个社会的世态人情。秦可卿之所以重要,就在于她是展现世态人情过程中一位不可或缺的人物。秦可卿意"情可情",兼有实象、假象③,并存于小说的现实和梦幻之境。作为宁国府的长媳,秦可卿心性高强,思虑深重,善于交际,她的出人意料的死让整个故事打开了局面,"合族俱到,男女姻亲,亦皆齐集",重要人物如贾珍、凤姐的个性得以充分展露;不仅情节得以推展,还奠定了全书基调、提领了故事总纲——连同此前贾瑞死于欲望,之后秦钟情尽而死,金钏投井死,晴雯负屈死,尤二姐吞金死……小说以秦可卿这一形象以及一系列与情欲相关的非正常死亡,反复咏叹情欲之不容于世。"情为理之维"(冯梦龙),社会能够维持正常运转,礼法制度是显性的方面,人情世欲则是隐性的方面。不容人之正常情欲的社会也必然走向病态和灭亡——"眼看他起朱楼,眼看他宴宾客,眼看他楼塌了"(孔尚任《桃花扇》),最终食尽鸟投林,白茫茫大地真干净。

一　作为实象的秦可卿

《红楼梦》第一回点明主角是女娲补天所剩的一块顽石。既然是石

---

① 本书主要依据人民文学出版社 1982 年版《红楼梦》,部分重要文字会注明与其他版本的差异。

② 关于《红楼梦》的主旨,主要有情幻论、盛衰论,以及余英时后来提出的两个世界论。

③ 和假象有关的是"隐"的思想。《周易·系辞》"探赜索隐,钩深致远",《文心雕龙》发展而设立《隐秀》篇,强调"辞生互体","深文隐蔚,余味曲包,辞生互体,有似变爻","隐也者,文外之重旨者也","隐以复意为工";在《文心雕龙·征圣》:"或简言以达旨,或博文以该情,或明理以立体,或隐义以藏用……繁略殊形,隐显异术,抑引随时,变通会适。"将实象和假象运用于《红楼梦》的研究不多,林方直《论〈红楼梦〉的"实象"与"假(借)象"——对中国古代文学艺术形象构成的一点探讨》(《文艺研究》1982 年第 3 期)相对宽泛地进行了论述,富有新意,但并未引发学界关注,亦无后续研究。

头，自然是天生地长，纯属自然界中一物，但它经过了女娲锻炼，"灵性已通"，虽来自自然，却不再是原来无知无觉、自生自灭的原始状态，拥有了心智和情欲；女娲炼石多达三万六千五百零一块，它却偏偏"无材不堪入选"，未能像其他石头一样成为天界的一分子。所以这处在这自然和天界之间的顽石，分明就是人在宇宙中的写照：从自然中来，带有自然性，却又已经离开自然，成为社会中人，具有社会性，"为五行之秀，实天地之心"，永远处于由原始自然向完满神界的追求过程之中。所以，《红楼梦》的主角顽石，某种程度上可以视为人的代名词。

人是各种社会关系的总和，处在诸多具体的关系与境遇之中。顽石也不例外。开篇此顽石独处在大荒山无稽崖青埂峰下，"自怨自叹，日夜悲号惭愧"，俨然是一身处困境的失意人形象。以困顿落魄之境地为起端，必以脱离困境之途径为发展，这是一般小说的套路。于是，顽石"正当嗟悼之际，俄见一僧一道远远而来"，僧道"坐于石边高谈快论"："先是说些云山雾海神仙玄幻之事，后便说到红尘中荣华富贵。"僧道所言有两个指向，一为仙界，一为俗世，两者大不相同。顽石因不能补天而怨叹，它当对于前者动心，借此弥补遗憾，然而顽石却是"不觉打动凡心，也想要到人间去享一享这荣华富贵"；于是顽石开口请求僧道，"那僧便念咒书符，大展幻术，将一块大石登时变成一块鲜明莹洁的美玉，且又缩成扇坠大小的可佩可拿"。就这样顽石由粗蠢之物摇身一变，成为"使人一见便知是奇物"的"宝物"。借助外力来顽石变宝玉，即是当代流行的穿越的本质，其背后隐藏的是普通人在异域"幻形入世"转变为成功者的白日梦想。

同样写世态人情，和《红楼梦》最为接近的是《金瓶梅》和《聊斋志异》。《金瓶梅》细密平实地讲述人之际遇悲欢，《聊斋志异》以虚构和想象来祛孤泄愤，《红楼梦》则融合个人小我与族群大我，展现一个精美宏大的世界决绝而不可挽回地倾覆，"悲凉之雾，遍被华林"（鲁迅《中国小说史略》），较之前两部作品更清雅、宏大，也更悲凉。这种清雅、宏大、悲凉的审美效果，体现于创作的各个方面。其中秦可卿的塑造尤为受到关注。有关她身份、个性、死亡等方面的研究层出不穷，众说纷纭，秦可卿也因此被视为《红楼梦》中最有争议的人物之一。

秦可卿位列金陵十二钗之末，去世最早，却是曹雪芹笔下唯一有始有

终的金钗正册中人;她出现于第五回至第十三回中,言少行稀,形象相对
单薄,存有不少模糊难解之处。学界对秦可卿从文学角度对人物形象展开
的研究①,概括起来有四类:一是认为秦可卿意"情可轻",为宁府淫乱
之魁,予以贬斥②;二是持同情的态度,认为秦可卿并非淫妇,而是封建
社会的受害者③;三是认为人物在小说创作中经历了"淫丧"到"病死"
的改变,形象也由封建社会的淫荡女性转变为清醒少妇④;四是将秦可卿
视为意象化了的人物,寄寓了作者的主观意念和生活感悟。⑤ 本书认为秦
可卿意"情可情",兼具实象与假象,为情欲之象征,在整个故事中具有
至关重要的作用。

秦可卿的实象是宁国府长媳,故事开始不久即逝去。从仅存的七回文
字看,虽只有寥寥数语,相关的事情也极为有限,仍体现了秦可卿和情欲
之间的联系。

秦可卿出现于第五回。宝玉在秦可卿极为香艳的卧室入梦,秦氏在
前相引;宝玉梦中与警幻仙子之妹可卿亲近;金陵十二钗正册秦可卿部
分,"画着高楼大厦,有一美人悬梁自缢",其判云:"情天情海幻情

---

① 关于秦可卿的研究围绕三个方面:出身;形象;死因。研究也大致可归结为索隐探秘和
文本分析两类。索隐探秘类的关注点在联系史料分析身份和死因,文本分析类则重在形象的功
能、特点与美学价值。

② 持这种观点的有:清代护花主人(王希廉)认为"宝玉男、女二色,皆由秦而起。此
秦氏所以为宁府之首罪也"(第九回评);太愚《秦可卿和李纨》(《红楼梦人物论》)认为秦可
卿是一个低级的人物,其名意"情可轻",曹雪芹"很不客气地送给这位'情'、'淫'、'兼
美'早致夭亡的少妇一个笔名,叫作'情可轻'";陈树璟《锦绣荣华顷刻尽:论秦可卿的象
征意义》(《红楼梦学刊》1987 年第 2 辑)认为秦可卿"是一个道德沦丧的罪人,淫乱无耻的
魁首"。

③ 当代持这种观点的学者较多,相关研究如:张锦池《论秦可卿》认为秦可卿"是死于以
聚庵之诮为耻而又无法摆脱厄运的重重忧虑和深沉苦闷,她是死于贾珍对她精神上的无休无止的
蹂躏";邸瑞平《论十二钗的悲剧》(《红楼梦学刊》1984 年第 2 辑)认为秦可卿"她那短短的一
生,是从肉体到精神被虐杀的过程";李自立《秦可卿管窥》(《河南师范大学学报》1984 年第 2
辑)从秦可卿所处家庭地位和关系角度分析她的悲惨结局。

④ 此类研究可参考:胡文斌《论秦可卿之死及其在〈红楼梦〉中的典型意义》(《江淮论
坛》1980 年第 6 期);丁广惠《秦可卿是什么人》(《红楼梦研究集刊》第 6 辑);刘秉义《论
曹雪芹对于秦可卿的创作》(《红楼梦学刊》1991 年第 1 辑);严安政《"兼美"审美理想的失
败——论曹雪芹对秦可卿的塑造及其他》(《红楼梦学刊》1995 年第 4 辑)。

⑤ 吕启祥:《秦可卿形象的诗意空间——兼说守护〈红楼梦〉的文学家园》,《红楼梦学
刊》2006 年第 4 辑。

身①，情既相逢必主淫。漫言不肖皆荣出，造衅开端始在宁。"第七回回前诗："十二花容色最新，不知谁是惜花人。相逢若问名何氏，家住江南本姓秦。"跟秦可卿有关的曲子《好事终》也指出："画梁春尽落香尘。擅风情，秉月貌，便是败家的根本。箕裘颓堕皆从敬，家事消亡首罪宁。宿孽总因情"……这些论述反复暗示秦可卿与情的关系，书评家和研究者基本上按照这种思路展开批评。大某山民（姚燮）在总评中称："秦，情也。情可轻而不可倾，此为全书纲领。"第五回首次出现"贾蓉之妻秦氏"，太平闲人（张新之）就指出："秦、禽同音，转声为情，《红楼》首叙此人，则《红楼》自云'谈情'正面反面一齐在内。"对于警幻仙子之妹可卿，又指出："卿，情也。可污可洁，可人可禽，一可无不可，可字何等悚然！"在宝玉梦境中和可卿难解难分处夹批："从此放笔谈情，一部书实始于此。"护花主人王希廉也在回末点评中指出："宁府赏梅，为入梦之由。梅者，媒也。蓉者，容也。秦者，情也。命名取氏，俱有深意"，"全部情事俱已笼罩在内，而宝玉之情窦亦从此而开。"②

秦可卿抱养而来的出身，以及对她的父亲秦业、弟弟秦钟的研究，批评家也基本上从"情"的角度展开。第八回提到秦可卿父亲为秦业③，"现任工部营缮郎"，脂砚斋甲戌本双行夹批："妙名。业者，孽也，盖云情因孽而生也"；"官职更妙。设云因情孽而缮此一书之意"。其后提到秦可卿乃自养生堂抱来，"小名唤可儿"，脂砚斋甲戌本夹批："出名秦氏，究竟不知系出何氏，所谓'寓褒贬，别善恶'是也。秉刀斧之笔，具菩萨之心，亦甚难矣。如此写出，可见来历亦甚苦矣。又知作者是欲天下人共来哭此情字。"太平闲人（张新之）评："为淫恶，为首祸，本非生所固有，故为抱养。子死女存，所以为业。"其弟秦钟字鲸卿，被解为情种和尽情：护花主人（王希廉）第九回评："秦者情也；秦钟者，情种也"；太平闲人（张新之）认为："情种乃风月情浓之'情种'，即坏明德之物欲，《大学》立教以此也。设一秦钟，生出第九至十二回一大段'风月宝

---

① 关于"幻情身"，甲戌本为"身"，旁改为"深"；乙卯本、庚辰本均为"身"。程乙本为"幻情深"。

② 《红楼梦》（三家评本），曹雪芹著，护花主人、大某山民、太平闲人评，上海古籍出版社1988年版，第23、72、85、87、89页。

③ 脂评诸本均为"秦业"，程乙本为"秦邦业"。

鉴'文字";脂砚斋也指出:"古诗云:'未嫁先名玉,来时本姓秦。'二语便是此书大纲目、大比托、大讽刺处。"

正因为将秦可卿和情联系起来,对比其后贾蓉续娶,整个过程及贾蓉后妻姓名一概没有介绍,只以贾蓉之妻代替的情况①,贾府众人的态度越发值得深究:

> 贾母素知秦氏是个极妥当的人,生得袅娜纤巧,行事又温柔和平,乃重孙媳中第一个得意之人。(第五回)
>
> 众人因素爱秦氏,今见了秦钟是这般人品,也都欢喜,临去时都有表礼。(第八回)
>
> 尤氏说道:"……我说他:'你且不必拘礼,早晚不必照例上来,你就好生养养罢。就是有亲戚一家儿来,有我呢。就有长辈们怪你,等我替你告诉。'连蓉哥我都嘱咐了,我说:'你不许累搅他,不许招他生气,叫他静静的养养就好。他要想什么吃,只管到我这里取来。倘或我这里没有,只管望你琏二婶子那里要去。倘或他有个好和歹,你再要娶这么一个媳妇,这么个模样儿,这么个性情的人儿,打着灯笼也没地方找去。'他这为人行事,那个亲戚,那个一家的长辈不喜欢他?……"(第十回)
>
> 张先生:"……大奶奶是个心性高强聪明不过的人;聪明忒过,则不如意事常有;不如意事常有,则思虑太过。……"(第十回)

秦可卿本人善于交际,对王熙凤这样描述周围人的态度:"这样人家,公公婆婆当自己的女孩儿似的待。婶娘的侄儿虽说年轻,却也是他敬我,我敬他,从来没有红过脸儿。就是一家子的长辈同辈之中,除了婶子倒不用说了,别人也从无不疼我的,也无不和我好的。"虽然如此,她死后贾珍及众人态度还是有些异乎寻常。贾珍"哭得泪人一般",称"合家大小,远近亲友,谁不知我这媳妇比儿子还强十倍。如今伸腿去了,可见这长房内绝灭无人了",表示要为秦可卿的丧事"尽我所有罢了"。贾珍的异常表现,联系创作过程中曾出现的"更衣"、"遗簪"、"淫丧天香楼",

---

① 秦可卿死后,小说再出现贾蓉之妻是在第二十九回,此后第五十三回、第五十四回、第六十四回、第七十五回、第七十六回中多次出现,均未展开。

后出版本中在天香楼另设祭坛、丫头瑞珠触柱而亡、宝珠自愿为义女、焦大酒醉诟骂之语等相关内容，不难想象和理解。比较费解的是贾府众人的态度，"彼时合家皆知，无不纳罕，都有些疑心。那长一辈的想他素日孝顺，平一辈的想他素日和睦亲密，下一辈的想他素日慈爱，以及家中仆从老小想他素日怜贫惜贱、慈老爱幼之恩，莫不悲嚎痛哭"。对于这段文字，研究者多聚焦于"无不纳罕，都有些疑心"，认为影射"淫丧"之事，这种分析是合理的，但却将更重要的文字轻轻放过了——从家中所有人为秦可卿之死"莫不悲嚎痛哭"来看，众人眼中的秦可卿可谓是完人了，这种异乎寻常的反应和小说中宁国府长媳秦可卿的表现，二者是不匹配、不相称的。这种现象，大概只能从秦可卿这一形象中的寓意来解释。脂砚斋在回评中说："借可卿之死，又写出情之变态，上下大小，男女老少，无非情感而生情。"太平闲人张新之则认为："一部《红楼》，谈情有何大恨，而必以乱伦开谈情之首。"他们都注意到从情的角度解释秦可卿之死。情是社会得以正常运转、人际关系得以维系的根基所在，秦可卿的死意味着情难存于世，个体的人在这样的社会没有存在的空间，所以众人为秦可卿的号哭，实际也是在哭自己。

小说中对于秦可卿之死犹恐表现得不充分，还用浓重笔墨刻画了她的安葬：她被置于潢海铁网山生长的檣木所做棺木之中，安灵在铁槛寺。寓意也是比较明显的，即情始终在束缚之中，无论如何也挣脱不了铁网，出不了铁槛。① 情欲受到如此压制，跟社会处于末世有关。书中点明两位重要人物王熙凤和探春都身处末世，"凡鸟偏从末世来"，"生于末世运偏消"，一曲《飞鸟各投林》更是淋漓尽致地展现末世气象，"好一似食尽鸟投林，落了片白茫茫大地真干净"。脂砚斋在第二回评中也屡屡提示："记清此句！可知书中之荣府已是末世了"，"作者之意原只写末世"，"此已是贾府之末世了"，"亦是大族末世常有之事"；在第十八回中又说：

---

① 脂砚斋对此所作夹批与眉批："所谓迷津易堕，尘网难逃也"，"檣者，舟具也。所谓人生若泛舟而已，宁不可叹。"周汝昌《红楼十二层》认为潢海即辽海，铁网山即铁岭，檣木即楸木。根据文本，本书认为并无实指：《说文解字》认为"潢，积水池也"，潢海即深水大海；铁网山也是如此，小说第二十六回中冯紫英道脸上的伤是"在铁网山教兔鹘捎一翅膀"，这里提到铁网山是小说创作中常见的虚实相间的一种写法，并不一定要落到实处；"铁网"在古代比较常见，李商隐《碧城三首》有"玉轮顾兔初生魄，铁网珊瑚未有枝"之句，明代朱存理辑有《铁网珊瑚》之书，所以不必强解为佛教铁围山之转语；檣，本义是桅杆，苏轼有"檣橹灰飞烟灭"（《赤壁怀古》）之句，以檣木作棺材也是有所寓意，不必强解为楸木、樟木。

"又补出当日宁荣在世之事,所谓此是末世之时也。"就秦可卿来说,预示其命运的图画是一位美人吊死在高楼前,高楼即是红楼,代表了封建社会这座将倾的大厦,而秦可卿吊死在高楼之前,可以说是贯穿《红楼梦》的一个隐喻。

二　作为"幻情身"的秦可卿

《红楼梦》第一回指出本书的创作是将"真事隐去"而"假语村言";太虚幻境的一副对联:"假作真时真亦假,无为有处有还无",更是在书中数次出现。护花主人(王希廉)在总评中指出:"《红楼梦》一书,全部最要关键是'真假'二字。"梦觉主人《红楼梦序》阐释得更详细:"今夫《红楼梦》之书,立意以贾氏为主,甄姓为宾,明矣真少而假多也。假多即幻,幻即是梦。书之奚究其真假,惟取乎事之近理,词无妄诞。说梦岂无荒诞,乃幻中有情,情中有幻是也。"脂砚斋在第十三回评亦称:"何非幻,何非情?情即是幻,幻即是情,明眼者自见。"这种真真假假的创作体现在多个方面,就秦可卿来说就是融情幻为一身,既有宁国府长媳这一实象,还有"幻情身"这一存在于梦幻之境的假象。实象和假象相互映照,共同构成秦可卿的整体形象。

秦可卿和情欲的关系,在实象部分有所表现,假象部分更突出了这一特点。"名可名,非常名;道可道,非常道",秦可卿意"情可情",亦是"非常情",不仅有个人一时一地之性情,还有族群大我之常情。"情既相逢必主淫",从回目来看,小说中对于每一位女主角几乎都有一字的概括,像平儿为"俏",晴雯为"勇",对于秦可卿就是"淫"。淫是个人情欲的泛滥,主要体现于秦可卿的实象部分。大我之常情则主要借助秦可卿的假象,体现于三个人的梦境之中。

第一梦:秦可卿和宝玉。

备受关注的第五回"游幻境指迷十二钗,饮仙醪曲演红楼梦"比较集中地体现了作为秦可卿兼有实象和假象的特点。宝玉先后进入秦可卿准备的客房和她自己的卧室——先进入的房间墙上贴着劝人读书的"燃藜图",贴着"世事洞明皆学问,人情练达即文章"的对联;另一间屋子挂着唐伯虎的《海棠春睡图》,宋学士秦太虚写的对联:"嫩寒锁梦因春冷,芳气袭人是酒香",以及一系列新奇摆设:案上设着武则天当日镜室中设的宝镜,一边摆着飞燕立着舞过的金盘,盘内盛着安禄山掷过伤了太真乳的木瓜；上面设着寿昌公主于含章殿下卧的榻，悬的是同昌公主制的联珠帐；此外还有西子浣过的纱衾，红娘抱过的鸳枕①——从空间为人物内在的物化来说，两间屋子的风格意趣大不相同：前者是名利场，讲仕途经济，有着对荣华富贵的世俗追求；后者是情欲场，风格香艳，对情欲有着不加掩饰的体现。不少研究都以宝玉对待两间房子的态度来分析其差异，实际还可细究。"洞房花烛夜，金榜题名时"，被视为人生得意之事，都是对世俗幸福的追求，一般情况下二者是一致的；当社会和个人发展背道而驰，成为人性的束缚时，社会功名和个人情欲就走向了悖反，后者也因个性的张扬被赋予了解放和革命的意义，孙悟空大闹天宫受到高度赞扬即是因为这个原因。

秦可卿不仅具有实象，宝玉即睡在她的卧房之中；她还具有假象，出现在宝玉梦中，"犹似秦氏在前，遂悠悠荡荡，随了秦氏，至一所在"。在太虚幻境警幻仙子提到荣宁二公之灵的嘱托："吾家自国朝定鼎以来，功名奕世，富贵传流，虽历百年，奈运终数尽，不可挽回者。故遗之子孙虽多，竟无可以继业。其中惟嫡孙宝玉一人，禀性乖张，性情怪谲，虽聪明灵慧，略可望成，无奈吾家运数合终，恐无人规引入正。幸仙姑偶来，万望先以情欲声色等事警其痴顽，或能使彼跳出迷人圈子，然后入于正路，亦吾兄弟之幸矣。"因此是要让贾宝玉跳出情欲的迷圈，回归仕途经济的正路，"而今后万万解释，改悟前情，留意于孔孟之间，委身于经济之道"。在宝玉梦中，先是秦氏，接下来是与之同名的警幻之妹兼美。对于兼美与秦氏之间的关系，常见的说法是兼美即秦可卿，"其鲜艳妩媚，有似乎宝钗；风流袅娜，则又如黛玉"，又多释为兼有钗黛之美，甚至兼女性之美。也有些学者认为秦氏和兼美是两个人，具体关系则又说法不一。

宝玉和秦可卿的关系历来受到关注，最重要的原因就是太虚幻境中宝玉和可卿的亲密接触。宝玉"天分中生成一段痴情"，"古今天下第一淫人"（第五回），被称为"绛洞花主"（第三十七回）。关于宝玉的特点，脂砚斋第八回和第四十六回夹批被多次引用："宝玉系情不情，凡

---

① 对于秦可卿房屋摆设的论述，张其信《红楼梦偶评》："木瓜等物。看似隶典着色，实则传神写照，何其妙也！"（一粟：《红楼梦资料汇编》上册，中华书局 1964 年版，第 216 页）钱锺书《管锥编》："倘据此以为作者乃言古植至晋而移、古物入清犹用，叹有神助，或斥其鬼话，则犹'丞相非在梦中，君自在梦中'耳。"

世间之无知无识,彼俱有一痴情去体贴","通部情案,皆必从石兄挂号"。至于秦可卿,此回中实象、假象交互出现,具有互文性,所处的实境和幻境也相辅相成:秦可卿卧室的陈设风格是她作为实象的情感思想的外化,脂砚斋批其艳极淫极,却只是静态的呈现,并不违背世俗礼法,在趣味追求上和另外一间体现仕途经济的屋子构成强烈对比,以宝玉的不同态度来显示其个性志向;秦可卿的假象则出现在宝玉的梦境之中,打着让他勘破情关、回归正途这样正大光明的旗号,实际却是和宝玉有了亲密之举,顺遂了宝玉的情欲。实象似淫而正,假象似正而淫,先后出现于宝玉的现实与梦境,相互映衬,蕴有深意。如此丰富的内容,其他人全然不知,作为实象的秦可卿一知半解,唯独宝玉全部知悉。所以脂砚斋评价说:"必用秦氏引梦,又用秦氏出梦,竟不知立意何属?"①

经此情梦,秦可卿眼中宝玉依旧,宝玉眼中的秦可卿则物是人非,所以看到可卿病重,"如万箭攒心,那眼泪不知不觉就流下来了"(第十一回),闻听她的死讯更是反应异常,"只觉心中似戳了一刀似的不忍,哇的一声,直喷出一口血来"(第十三回)。

在高鹗所续四十回中,贾宝玉魂游真如福地再见秦氏,"走到凤姐站的地方,细看起来并不是凤姐,原来却是贾蓉的前妻秦氏",宝玉问话,"那秦氏也不答言,竟自往屋里去了"(第一百十六回)。这段描写并无深意,只是将秦氏归入宝玉已死家人之中见上一面罢了。

第二梦:秦可卿和王熙凤。

小说中的第二个梦是秦可卿临死托梦给王熙凤,她说了一番很有深意的话:

> 目今祖茔虽四时祭祀,只是无一定的钱粮,第二,家塾虽立,无一定的供给。依我想来,如今盛时固不缺祭祀供给,但将来败落之时,此二项有何出处?莫若依我定见,趁今日富贵,将祖茔附近多置田庄房舍地亩,以备祭祀供给之费皆出自此处,将家塾亦设于此。合

---

① 张锦池在《论秦可卿》(《红楼梦研究集刊》第6辑,上海古籍出版社1981年版)中的解释是:"秦"即"情",用情字引梦是喻指宝玉身上的"情不情",即"所谓爱博而心劳,忧患亦日甚";用情字出梦是喻指宝玉身上的"情极之毒",即"所谓'世人莫忍为'的弃'宝钗之妻,麝月之婢'而'悬崖撒手'"。

同族中长幼，大家定了则例，日后按房掌管这一年的地亩、钱粮、祭祀、供给之事。如此周流，又无争竞，亦不有典卖诸弊。便是有了罪，凡物可入官，这祭祀产业连官也不入的。便败落下来，子孙回家读书务农，也有个退步，祭祀又可永继。若目今以为荣华不绝，不思后日，终非长策。眼见不日又有一件非常喜事，真是烈火烹油、鲜花着锦之盛。要知道，也不过是瞬间的繁华，一时的欢乐，万不可忘了那"盛筵必散"的俗语。此时若不早为后虑，临期只恐后悔无益了。

梦中她告诫王熙凤要为家族早做打算，并提出了多在祖茔附近购买田舍的建议，作为长久之计。这在清代乾隆时期是符合家族长远利益的，也是最为可行的办法。① 从叙事的角度来看，这段文字的出现有些突兀，和小说描写的人物形象和关系都有些违和。对此，脂砚斋在庚辰本回前批中说："此回可卿梦阿凤，盖作者大有深意存焉。可惜生不逢时，奈何奈何！然必写出自可卿之意也，则又有他意寓焉。"何其芳很早就在《论红楼梦》（人民文学出版社 1963 年版）中指出："这段话和秦可卿的故事没有关联。这并不是在写她的性格，而是借这个人物写出作者的一种思想。"何其芳也注意到了这段话和秦可卿实象之间的差距。

为了体现秦可卿的假象所具有的跳出小我而立足族群大我的常情这一特点，在第一百〇一回中王熙凤月夜独行于大观园，秦可卿再次与之相遇：

> （凤姐）已将来至门口，方转过山子，只见迎面有一个人影儿一恍。凤姐心中疑惑，心里想着必是那一房里的丫头，便问："是谁？"问了两声，并没有人出来，已经吓得神魂飘荡。恍恍忽忽的似乎背后有人说道："婶娘连我也不认得了！"凤姐忙回头一看，只见这人形容俊俏，衣履风流，十分眼熟，只是想不起是那房那屋里的媳妇来。只听那人又说道："婶娘只管享荣华受富贵的心盛，把我那年说的立万年永远之基都付于东洋大海了。"凤姐听说，低头寻思，总想不起。那人冷笑道："婶娘那时怎样疼我了，如今就忘在九霄云外了。"凤姐听了，此时方想起来是贾蓉的先妻秦氏，便说道："嗳呀，你是死了

---

① 《资本论》："一切古老国家都把土地所有权看作所有权的特别高尚的形式，并且把购买土地看作特别可靠的投资。"（第 3 卷，第 703—704 页）

的人哪,怎么跑到这里来了呢!"啐了一口,方转回身,脚下不防一块石头绊了一跤,犹如梦醒一般,浑身汗如雨下。

此次相遇如梦如幻,似真似假,却因时间和阴阳相隔,撕掉了原来两人之间温情的面纱:秦可卿再次提醒"立万年永远之基",王熙凤却依然"享荣华受富贵的心盛";不仅如此,她已经忘记秦可卿,经一再提醒方才记起,反应也是比较绝情的"啐了一口,方转回身"。此番表现符合王熙凤"当面一盆火,背后一把刀"的处世风格,也方能呼应此前两人交往时的一些细微之处,如第十一回王熙凤探视重病的秦可卿后到院里赏玩景致所体现的轻松愉快。而秦可卿在贾府已近穷途末路时再次示警,也强调了其假象所具有的族群大我之常情的特点,以及在小说中预示命运这种提纲挈领的作用。

第三梦:秦可卿和鸳鸯。

第三个梦与鸳鸯有关,为誓绝鸳鸯偶的鸳鸯指点迷津。这发生在第一百十一回中,一般认为是高鹗的续写:

> (鸳鸯)刚跨进门,只见灯光惨淡,隐隐有个女人拿着汗巾子好似要上吊的样子。鸳鸯也不惊怕,心里想道:"这一个是谁?和我的心事一样,倒比我走在头里了。"便问道:"你是谁?咱们两个人是一样的心,要死一块儿死。"那个人也不答言。鸳鸯走到跟前一看,并不是这屋子的丫头,仔细一看,觉得冷气侵人时就不见了。鸳鸯呆了一呆,退出在炕沿上坐下,细细一想道:"哦,是了,这是东府里的小蓉大奶奶啊!他早死了的,怎么到这里来?必是来叫我来了。他怎么又上吊呢?"想了一想道:"是了,必是教给我死的法儿。"鸳鸯这么一想,邪侵入骨,便站起来,一面哭,一面开了妆匣,取出那年绞的一络头发,揣在怀里,就在身上解下一条汗巾,按着秦氏方才比的地方拴上。自己又哭了一回,听见外头人客散去,恐有人进来,急忙关上屋门,然后端了一个脚凳自己站上,把汗巾拴上扣儿套在咽喉,便把脚凳蹬开。可怜咽喉气绝,香魂出窍,正无投奔,只见秦氏隐隐在前,鸳鸯的魂魄疾忙赶上说道:"蓉大奶奶,你等等我。"那个人道:"我并不是什么蓉大奶奶,乃警幻之妹可卿是也。"鸳鸯道:"你明明是蓉大奶奶,怎么说不是呢?"那人道:"这也有个缘故,待我告

诉你，你自然明白了。我在警幻宫中原是个钟情的首坐，管的是风情月债，降临尘世，自当为第一情人，引这些痴情怨女早早归入情司，所以该当悬梁自尽的。因我看破凡情，超出情海，归入情天，所以太虚幻境痴情一司竟自无人掌管。今警幻仙子已经将你补入，替我掌管此司，所以命我来引你前去的。"鸳鸯的魂道："我是个最无情的，怎么算我是个有情的人呢？"那人道："你还不知道呢。世人都把那淫欲之事当作'情'字，所以作出伤风败化的事来，还自谓风月多情，无关紧要。不知'情'之一字，喜怒哀乐未发之时便是个性，喜怒哀乐已发便是情了。至于你我这个情，正是未发之情，就如那花的含苞一样，欲待发泄出来，这情就不为真情了。"鸳鸯的魂听了点头会意，便跟着秦氏可卿而去。

在与秦可卿有关的几场梦境中，研究者更多关注宝玉、王熙凤两人的梦境，实则鸳鸯临死和秦氏似梦非梦的相遇也非常重要。在这里秦可卿自述了秦氏和警幻之妹可卿二者的关系，并对性情关系及内涵进行了论述。就秦氏所论，以喜怒哀乐未发之时是性，以已发为情，以性为体，以情为用；继而论述自己和鸳鸯的情是未发之情，即是强调性情合一，体用合一，提高了情的地位。这一性情观在乾隆时期有一定普遍性，放置于性情史中则有进步的意义。

这里对于性情主要是从喜怒哀乐未发和已发进行区别的。《中庸》："喜怒哀乐之未发，谓之中；发而皆中节，谓之和。中也者，天下之大本也；和也者，天下之达道也。致中和，天地位焉，万物育焉。"关于未发和已发的论述，是儒家性情论的重要内容，有一个发展变化的过程。最早的一些典籍如《尚书》、《周易》、《论语》、《孟子》都是单言情、性，到了荀子将情性联系起来，"生之所以然者谓之性"，"性之好恶喜怒哀乐，谓之情"，"性者，天之就也；情者，性之质也；欲者，情之应也"（《正名》）。虽然如此，《荀子》"全书则常将情性二字互用"[1]。此后随着理论的深入和系统化，情性逐渐分离，但是以礼节情的思想一直占据主流。唐代李翱提出尊性黜情，是情性理论的一大变化。此后宋明理学又进一步将天理、人欲置于对立的境地。物极必反，明代思想家又将天理和人欲关系

---

[1] 徐复观：《中国人性论史·先秦篇》，生活·读书·新知三联书店2001年版，第201页。

转向协调一致。吕坤:"世间万物皆有所欲,其欲亦是天理人情。天下万世公共之心,每怜万物有多少不得其欲处。"李贽:"穿衣吃饭即是人伦物理。"王夫之:"人欲之大公,即天理之至正。"这些都是比较经典的论述。清代受明代的影响,同时又有自己的特点。提高情欲的地位,将玄虚化了的性理拉回到重视经验和实用的现实世界,强调以礼代理,是这一时期总的发展趋势。

《红楼梦》中关于情性的论述,就是乾隆时期性情论的一个组成部分。袁枚、戴震、阮元等思想家也有不少诸如此类的阐述。像袁枚认为"使众人无情欲则人类久绝"(《小仓山房文集》卷二十二《清说》),戴震指出:"圣人之道,使天下无不达之情,求遂其欲而天下治"(《与某书》);阮元:"欲生于情,在性之内,不能言性内无欲","晋、唐人嫌味、色、声、臭、安佚为欲,必欲别之于性之外,此释氏所谓佛性,非圣经所言天性"(《性命古训》)。以戴震为代表提出的情欲自然论要求达情遂欲,用符合人性的礼来取代抽象化了的理;《红楼梦》则以鲜活的人物、生动的故事形象化地表达了类似的内容,二者殊途同归。曹雪芹和戴震受到后世的推崇,一个重要原因就在于他们以不同的方式深刻揭示了情理的背离以及由此导致的悲剧。

以上三梦从某种意义上说也是小说的总括。第一个梦为总纲,第二个梦为大势,第三个梦讲结局。三个梦三种作用,秦可卿贯穿其中。现在回看秦可卿的判词"情天情海幻情身"以及"好事终"之曲,其在全书的作用就更为明显。

三　秦可卿与鲭鱼精

关于秦可卿和情欲之间的关系,乾隆时人周春在《红楼梦约评》中已经提及:"盖此书专言情,情欲肆则天理灭亡,以鸳鸯、秦可卿殿十二钗,所谓欲尽理来也。《易》之硕果不食,一阳复生,无非此理。乃全书之微旨,异于《金瓶梅》、《玉娇梨》者在此,特拈出之。"① 挪威当代学者艾浩德则指出:"秦可卿之死反映了作者试图消除性欲冲动的愿望,其目的在于创造和维护贯穿于有关大观园章节中的更理想化更纯洁的情的美景。虽然表面看来纯洁无邪,但这一美景隐藏着具侵略性的计划:消灭任何能

---

① 一粟:《红楼梦资料汇编》上册,中华书局1964年版,第70页。

提醒人们情与性欲有关的人。这就是秦可卿和另外一些与其命运相似的人物必须死去的原因。"① 两种关于秦可卿和情欲关系的论述，背后的思想观念、理论体系可谓相去甚远。前者显然是以程朱理学天理、情欲相对立的观念来解释这些现象。后者的论述虽有简单化的嫌疑，但总的论断是符合小说实际的。

如果将《红楼梦》置于小说的发展史中，比较其他相关文学作品，秦可卿作为情欲象征的特点可能会得到更好的展现。就目前的研究来看，明代署名静啸斋主人所著《西游补》写"鲭鱼扰乱，迷惑心猿，总见世界情缘，多是浮云梦幻"，其中的鲭鱼精即是情欲的象征。两部小说有异曲同工之妙，同时差异也是非常明显的。

首先，两部小说都持气本论，由所秉之气决定人的性情。《红楼梦》第二回中贾雨村跟冷子兴谈到气对人性情的影响："清明灵秀，天地之正气，仁者之所秉也；残忍乖僻，天地之邪气，恶者之所秉也。"《西游补》第十六回虚空主人告诉孙悟空："天地初开，清者归于上，浊者归于下，有一种半清半浊归于中，是为人类；有一种大半清小半浊归于花果山，即生悟空；有一种大半浊小半清归于小月洞，即生鲭鱼。鲭鱼与悟空同年同月同日同时出世，只是悟空属正；鲭鱼属邪，神通广大，却胜悟空十倍。他的身子又生得忒大，头枕昆仑山，脚踏幽迷国。如今，实部天地狭小，权住在幻部中，自号'青青世界'。"《红楼梦》以正邪论性情，不涉及对情欲的褒贬；《西游补》以清浊分情欲，对于情欲有明显的贬低；但是写悟空和鲭鱼同时出生等语，却是指明了情欲是人与生俱来的，而且力量巨大，这一点又是值得称道的。

其次，凭空幻设，无中生有，变形超越，真假并存，虚实相生，是两部小说的共同之处，也因此都富于奇幻的美感。《红楼梦》自称"满纸荒唐言"，"女娲炼石已荒唐，又向荒唐演大荒"，奇妙不可解处极多。就秦可卿而言，她超越了生死，跨越不同时空，以凡人、仙子、鬼魂等不同面目出现于他人梦境，有预示命运的重要作用。《西游补》中和秦可卿相对应的鲭鱼精，青青世界的小月王，实际是孙悟空情欲的形象化，"青青世界，有小月王。青为情字之省，小月王为情字之分"（《西游补总释》）。小说认

---

① 艾浩德：《秦可卿之死——〈红楼梦〉中的情、淫与毁灭》，胡晴译，《红楼梦学刊》2003 年第 4 辑。

为,"悟通大道,必先空破情根。空破情根,必先走入情内。走入情内,见得世界情根之虚;然后走出情外,认得道根之实"(《西游补答问》),孙悟空在自己的情欲世界东奔西走,所遇所为都是内心意识的外化,因此呈现出的是意识流般的写法,将不同时期的历史人物糅杂在一起,将诸多可笑可怖的情节糅杂在一起,创造出荒诞无稽,甚至惊世骇俗的审美效果。鲁迅《中国小说史略》称它"恍忽善幻,奇突之处,时足惊人"。

再次,两部小说中都着重表现情欲和社会的冲突,人物有焦虑和压抑的现象。《红楼梦》中秦可卿的实象在这一点上表现得最为突出。她心性高强却出身卑微,贫女居富地使得她敏感多虑,在宁荣二府尽力周旋,其内心之愁苦可想而知。以清醒冷静的态度旁观贾府不可避免地衰落,自己却于事无补,内心的焦虑也是不可避免。从这一角度,秦可卿的实象和假象各自所具有的特点,对于缓解压抑和焦虑有一定的作用。虽然如此,长期积累的焦虑和压抑还是必然导致了秦可卿的死亡。《西游补》中的孙悟空也是处于情欲的压抑和保护师傅取经的焦虑之中。第一回写取经途中唐僧受到一群春男女的搅扰,孙悟空不觉"心中焦躁",此后多处出现类似字样。情欲的压抑也是困扰孙悟空的主要问题,正因为此,孙悟空才会在自己变形的情欲世界中迷失,先后化身虞美人和项羽做夫妻,借助演戏来娶妻生子。

最后,两部小说都是由色悟空,走向解脱。两部小说都有诸多荣华富贵不过是过眼云烟、世事无常等勘破世情的感叹,在虚无之中走向宗教所谓的解脱。《红楼梦》第一回即有"因空见色,由色生情,传情入色,自色悟空","究竟是到头一梦,万境归空",其后《好了歌》、十二曲之《虚花悟》等是对这一主题的反复咏叹。《西游补》也称"总见世界情缘,多是浮云梦幻",第二回中宫人自言自语的一段,和《好了歌》相似。就人物形象来说,秦可卿最终是"看破凡情,超出情海,归入情天"(第一百十一回)。《西游补》中的孙悟空最后被虚空尊者唤醒,打破情欲世界,回归取经正途。

恩格斯在致玛·哈克奈斯的信中说:"作者的见解愈隐蔽,对艺术作品来说就愈好。"《红楼梦》犹如一座巨大精美的迷宫,作者的面目深藏其中,难以洞察。它显性的部分像人名、地名中的寓意很容易知晓,更多隐形的内容则需要细细体会,慢慢琢磨。秦可卿这一形象也是如此。她看上去单薄模糊,远不如贾宝玉、王熙凤饱满生动,但是作为末世情欲的象征,秦可卿在中国文学史上具有典型的意义。

第 五 章

乾嘉情文的清老之美

　　清、老之美是中国传统文化产生的独特的美。它们广泛渗透于我们的思想文化和社会生活之中，我们的美学却因为受到外来文化的影响，一直以崇高等为研究对象，而忽略了自身民族所独有的美。

　　关于"清"，《说文解字》的解释是："朖也，澄水之皃，从水青声。""清"的本义是水的澄清。在中国传统文化中，"清"一直备受推崇，相关阐释不胜枚举，众所周知的如《老子》三十九章："天得一以清，地得一以宁"；《庄子·至乐》："天无为以之清；曹丕《典论·论文》："气之清浊有体，不可力强而致"；等等。其中，明代胡应麟的解释："清者，超凡绝俗之谓"（《诗薮》外编卷四）尤为恳切。

　　所谓"老"，最早见于殷代卜辞，本为老年，和孝、长、考等有着极为密切的关系。①《礼记·曲礼上》："人生十年曰幼，学；二十曰弱，冠；三十曰壮，有室；四十曰强，而仕；五十曰艾，服官政；六十曰耆，指使；七十曰老，而传；八十九十曰耄，七年曰悼，悼与耄虽有罪，不加刑焉。"孔子在《论语·为政》也明确提道："七十而从心所欲，不逾矩。"关于"老"的论述历史上也有不少，论其最高境界，即孔子所谓的从心所欲不逾矩。

　　它们各自都有悠久的历史，在乾嘉时期又都有所发展。直到今天，它

---

　　① 《说文解字》："老，考也，七十曰老，从人毛匕，言须发变白也，凡老之属皆属老。""孝，善事父母者。从老省，从子，子承老也。""考，老也，从老省。""长，久远也。从兀，从匕。"在甲骨文和金文中，老、考本为一字，后分为二，孝字为老人扶子或子以头承老人之手而行走状，"长"像老人披长发拄杖而行状。考字后来引申为父考之意，长字引申出长官等意，孝字引申出孝顺父母，成为美德的通称，发展为孝道的观念。《乡饮酒义》："民知尊长养老而后乃能人孝弟"，很好地概括了它们的关系。

们仍然存在于我们的社会生活之中。

第一节　乾嘉时期清老理论的发展

一　纪昀对"老"的发展

"老"和"孝"、"长"、"考"关系密切，由于"孝"是中国第一位的伦理道德观念，从周代甚至更早时期就开始强调对长辈的尊重，"老"很早就进入伦理层面，并具有了哲学意义，由《诗经》中的"执子之手，与子偕老"发展到了"上老老而民兴孝"（《礼记·大学》）及"老吾老以及人之老"（《孟子·梁惠王上》）。老人历事多，经验足，因而"老"又引申为做事成熟老练。中国古代文论受传统文化天人合一、心物合一特点的影响，"把文章通盘的人化或生命化（animism）。《易·系辞》云：'近取诸身，远取诸物，于是始作八卦，以通神明之德，以类万物之情'，可以移作解释：我们把文章看成我们自己同类的活人。"① 古代文论这种人、文合一的特点从理论上为"老"进入批评领域提供了依据，文学自身的发展则使这种可能变为现实。

"老"作为文论范畴在批评史上的正式出现，始于杜甫。他在《戏为六绝句》中称："庾信文章老更成，凌云健笔意纵横。"在《苏端薛复筵简薛华醉歌》中指出："坐中薛华善醉歌，歌辞自作风格老"；《敬赠郑谏议十韵》："毫发无遗恨，波澜独老成"；《奉汉中王手札》："枚乘文章老，河间礼乐存"。显然，"老"是杜甫对文学某一特点的理论概括。

"老"作为文论范畴在宋代得到很大发展。表现之一是广泛运用于诗歌批评，有力地总结了当时的创作活动。② 表现之二是作为生命力很强的范畴，在发展中不断与其他字组合，构成新的词汇。它和宋诗对理趣与平淡美的追求、陶渊明在宋代文名达到极盛等现象同步出现，是共同的时代

---

① 钱锺书：《中国固有的文学批评的一个特点》，《文学杂志》1937 年第 1 卷第 4 期。《谈艺录》补订本中提到此处："余尝作文论中国文评特色，谓其能近取诸身，以文拟人；以文拟人，斯形神一贯，文质相宜矣。"（中华书局 1984 年版，第 40 页）

② "老"在宋代及以后还广泛运用于书法、绘画等艺术批评领域。书法方面如米芾《书史》："濮州李丞相家多书画，其孙直祕阁李孝广收右军黄麻纸十余帖，一样连成卷，字老而逸，暮年书也"；王世贞指出"坡笔以老取妍，谷笔以妍取老，虽侧卧小异，其品格固已相当。"（《弇州四部稿》卷 136）绘画方面如韩拙《山水纯全集》："苟从巧密而缠缚，诈伪老笔，本非自然，此谓论笔墨格法气韵之病。"

精神和文学风尚在不同方面的表现。

"老"进入成熟时期是在明代,出现了理论性的概括和总结。表现之一是杨慎从风格理论对杜甫"老成"说进行阐释。他在《升庵诗话》卷三中指出:"庾信之诗,为梁之冠绝,启唐之先鞭。史评其诗曰'绮艳',杜子美称之曰'清新',又曰'老成'。'绮艳'、'清新',人皆知之,而其'老成',独子美能发其妙。余尝合而衍之曰:绮多伤质,艳多无骨,清易近薄,新易近尖。子山之诗,绮而有质,艳而有骨,清而不薄,新而不尖,所以为'老成'也。"

在清代,"老"得到进一步系统和深化。以往有些含混不清的概念得到了理论阐释,变得具体、明晰、稳定。如《御选唐宋诗醇》卷十四评杜甫《病马》:"直书见意,无复营构,此为老境。"纪昀亦加以阐释:"浅语,却极自然。熟语,却不陈腐。此为老境。"① 此外,赵翼《瓯北集·论诗》:"不老笔不洁,不闲意不新。"薛雪《一瓢诗话》:"诗文要通体稳称,乃为老到","作诗能不隶事而浑厚老到,方是实学"。方东树《昭昧詹言》续录卷一"七言古之妙,朴、拙、琐、曲、硬、淡,缺一不可,总归于一字,曰老"。纪昀:"似平易而极深稳,斯为老笔。"② 同时,这个时期还出现了新的非常具有概括力的概念,如"浑老"。此概念在清代运用较广,如纪昀评张籍《西楼望月》"意境甚别,而未能浑老深厚"③ 等。

乾嘉时期关于老的研究以纪昀为代表,有意识地从"老"这个角度来分析文学现象,评价唐宋诗之差异,是"老"在清代最大的发展。纪昀的发展主要体现在两个问题的研究上。

一是"老"与作者年龄的关系问题。这个问题出现最早,可以说杜甫提出"老成"说时就已经涉及。一种观点认为是老而更成,年龄越大经验越丰富,积累越多作品也就越成熟。如宋孙奕《示儿编》有"老而诗工"一条④;刘克庄《赵孟侒诗题跋》:"诗必穷始工,必老始就,必思索始高深,必锻炼始精粹。"清张谦宜《絸斋诗谈》卷一也认为:"诗要老成,

① 评曾茶山《雪作》,《瀛奎律髓汇评》,第 893 页。
② 评晁叔用《感梅忆王立之》,《瀛奎律髓汇评》,第 761 页。
③ 《瀛奎律髓汇评》,第 961 页。
④ "老而诗工":"客有曰:诗人之工于诗,初不必以少壮、老成较优劣。余曰:殆不然也。醉翁在夷陵后诗,涪翁到黔南后诗,比兴益明,用事益精,短章雅而伟,大篇豪而古。如少陵到夔州后诗,昌黎在潮阳后诗,愈见光焰也。不然少游何以谓元和圣德诗于韩文为下,与《淮西碑》如出两手,盖其少作也。"

却须以年纪涵养为淬次，必不得做作装点，似小儿之学老人。"同时也有一些相反的意见，如清王闿运《湘绮楼说诗》卷六："观余少时所作及今年诸诗，少时专力致工，今不及也。凡所谓文章老成者，格局或老，才思定减。杜子美则不然，子美本无才思故也。学问则老定胜少，少时可笑处殊多。"王说是结合自己的创作经历而言，纪昀则是从客观来讲，"老手亦有变而颓唐者"①，认为"老"与年龄没有必然联系，作品不一定越老越佳。

这个问题突出表现在对杜甫不同时期作品的评价上。将作品特点和杜甫的年龄阅历联系起来的做法始于黄庭坚。他在《与王复观》第一书中提出："观杜子美到夔州后诗，韩退之自潮州还朝后文章，皆不烦绳削而自合矣。"（《豫章黄先生文集》卷十九）方回发扬了这一观点，《瀛奎律髓》卷十评价杜甫《春远》："大抵老杜集，成都时诗胜似关、辅时，夔州时诗胜似成都时，而湖南时诗又胜似夔州时，一节高一节，愈老愈剥落也。"在卷十一《陪郑广文游何将军山林》中又指出："老杜在长安，犹是中年，其诗大概富丽，至晚年则尤高古奇瘦也。"这种观点在杜甫研究中很有代表性，但也有学者如朱熹、胡应麟、田雯、袁枚等持有异议，认为杜甫晚年诗并不一定好。朱熹："人多说杜子美夔州诗好，此不可晓。夔州诗却说得郑重烦絮，不如他中、前有一节诗好。鲁直一时固自有所见，今人只见鲁直说好，便却说好，如矮人看戏耳。"② 胡应麟则认为："老杜夔峡以后，过于奔放。"（《诗薮》续编二）纪昀对杜甫中年时期的创作最为肯定和赞赏。在评《登兖州城楼》时认为，"此工部少年之作，句句谨严。中年以后，神明变化，不可方物矣。"针对方回"愈老愈剥落"和晚年诗"高古奇瘦"的说法，纪昀指出："杜诗佳处卷卷有之，若综其大凡，则晚岁语多颓唐，精华自在中年耳"；"中年不止富丽，晚年亦不以奇瘦为高，此论皆似高而不确"。③ 对于他反对晚年诗更佳的理由，纪昀在《多病执热怀李尚书》的点评中解释："此杜公颓唐之尤者，以为老境，则失之"；评《七言》"（方回）所选少陵七言六首，多颓唐之作。盖宋人以此种为老境耳"④。在这个问题上纪昀没有具体展开，还值得进一步研

---

① 评杜甫《晚出左掖》，《瀛奎律髓汇评》，第53页。
② 《朱子语类》卷140。
③ 《瀛奎律髓汇评》，第7、325、394页。
④ 同上书，第408、357页。纪昀此说并非孤证。赵翼《瓯北诗话》（卷三）指出："黄山谷谓：'少陵夔州以后诗，不烦绳削而自合。'此盖因集中有'老去渐于诗律细'一语，而妄以为愈老愈工也。"

究。但是纪昀从"老境"与颓唐的关系等入手，突破将"老"和年龄联系的局限，是有一定价值的。

二是"老"与黄庭坚为代表的宋诗的关系问题。这个问题表面上看起来简单。一方面，以黄庭坚为代表的宋诗体现出了对"老"自觉的追求，文献中亦不乏称宋诗"老"的记载；另一方面，当代一些学者也不约而同地就宋诗对老境美的追求予以彰显，言之凿凿。实际上这是个复杂的问题。一则理论与创作实际之间存在差距，宋人追求"老"与是否具有"老"是两回事；二则随着诗歌认识的逐渐深入，后世可能发展出相左意见。仅以一个时期的文献定论而忽视其他，必然易致粗疏片面之失。

宋诗以杜为宗。杜诗体调正而正中有变，规模大且大而能化，"变则标奇越险，不主故常；化则神动天随，从心所欲"（胡应麟《诗薮》内编卷五），是以"尽得古今之体势，而兼人人之所独专"（元稹《唐故检校工部员外郎杜君墓係铭并序》）。宋人另辟蹊径，"以文字为诗，以才学为诗，以议论为诗……多务使事不问兴致，用字必有来历，押韵必有出处"（《沧浪诗话·诗辨》）。这样在创作中就必然面临着法度与自由关系的处理问题。苏轼主张"出新意于法度之中"（《书吴道子画后》），黄庭坚持同样态度，但在取向与做法上两人存在不同。"拾遗句中有眼，彭泽意在无弦"（黄庭坚《赠高子勉四首》），陶诗古朴天然难以力致，杜诗却有规矩可循。苏轼喜陶而黄庭坚宗杜，在创作如何超越法度、达到自由之境的问题上苏轼还比较空泛，黄庭坚考虑得就比较具体。"夺胎换骨"、"点铁成金"、"以俗为雅，以故为新"、"宁律不谐，不使句弱；用字不工，不使语俗"等，就是他对布局、句法、用典等提出的要求，是他"领略古法生新奇"（《次韵子瞻和子由观韩干马因论伯时画天马》）理论的具体化。黄庭坚的诗歌也形成了非常独特的风格，如"心犹未死杯中物，春不能朱镜里颜"、"蜂房各自开户牖，蚁穴或梦封侯王"，打破常规，出以拗峭，读之铿锵有力，有兀傲奇恣之美。遗憾的是，江西后人学黄多注意具体法度而忽略了其诗学中重"活"的一面。黄庭坚诗歌尚因太着意，欲道古今人所未道语，雄健太过而生涩险怪，其末流后学生硬板刻的弊端更为突出。吕本中讲"活法"，注重流美圆转的风格，试图救弊。但从他"左规右矩，庶几至于变化不测"等观点来看，他还是侧重在法度方面。方回为宋之遗老，江西诗派后殿，他为江西诗派开出的药方还是法度，意图通过句眼、响字等创作手段，达到"格高、律熟、意奇、句妥，若造化生成"

的效果。后者是他总结出的杜诗的特点，认为"为此等诗者，非真积力久不能到也。学诗者以此为准"①。

"石韫玉而山辉，水怀珠而川媚。"（陆机《文赋》）唐诗怀珠玉而辉媚，宋诗则舍辉媚而求珠玉。后者长处在剥落皮毛见精髓，短处则在变而不正、大而不化，珠玉不得转成粗野死寂。而粗野就是失去法度的老健，死寂即平淡丧失生气与活力。

对此，明人已经提出批评。何景明《与李空同论诗书》指出："宋人似苍老而实疏卤。"（《大复集》卷三二）清人的研究更为深入。像纪昀就一方面肯定江西诗派一些作品具有"老"的特点，如评吕居仁《夜坐》"瘦硬而浑老，'江西'诗之最佳者"②；另一方面又对宋诗整体是否具有"老"的特点提出了反对意见。《瀛奎律髓刊误序》："虚谷乃以生硬为高格，以枯槁为老境，以鄙俚粗率为雅音"；评梅圣俞《闲居》："以枯寂为平淡，以琐屑为清新，以楂牙为老健，此虚谷一生病根。"③ 这与由其任总编纂官的《四库全书总目》对方回《瀛奎律髓》的评价——"其说以生硬为健笔，以粗豪为老境，以炼字为句眼，颇不谐于中声"相为呼应。对于方回看重的响字、句眼，纪昀指出："虚谷主响之说，未尝不是，然究是末路工夫。酝酿深厚，而性情真至，兴象玲珑，则自然涌出，有不求响而自响者。"④ 方回的观点对纠正江西诗派末流的弊病虽不无益处，但失于细碎皮相，无法从根本上解决问题。纪昀此说可谓击中要害。

方回处于宋末元初，要解决的是江西诗派如何发展的问题。纪昀则是在清乾嘉时期，主持纂修了《四库全书总目》，辨章学术、考镜源流，对诗歌的发展认识更为全面，视角更为开阔，所受的局限性也更小，对于宋诗的批评较之方回更为公允客观。同时还必须指出的是，纪昀以宗唐存宋为立场，在评苏轼《答任师中次韵》一诗时指出："语亦清健，或以为盛唐极则，作家老境，则非也"⑤，直接将代表了最高水准的"盛唐极则"和"作家老境"相提并论，因此在评论宋诗时有以唐诗为准绳的倾向。

此外，前面内容已清楚地表明，任何朝代都有具备"老"的特点的作

---

① 评杜甫《狂夫》，《瀛奎律髓汇评》，第 993 页。
② 《瀛奎律髓汇评》，第 561 页。
③ 同上书，第 970 页。
④ 同上书，第 1512 页。
⑤ 曾枣庄主编：《苏诗汇评》，四川文艺出版社 2000 年版，第 262 页。

品，并非宋代一朝的专利。诚如钱锺书《谈艺录》所说："曰唐曰宋，特举大概而言，为称谓之便。非曰唐诗必出唐人，宋诗必出宋人"，因此在理解其"一生之中，少年力气发扬，遂为唐体，晚节思虑深沈，乃染宋调"时，不可局限于表面之意。

二 章学诚、厉鹗对清的发展

清之美在中国的发展很早。《庄子》："水之性，不杂则清，莫动则平；郁闭而不流，亦不能清；天德之象也"；《庄子·天下》引关尹之说云："在己无居，形物自著，其动若水，其静若镜，其应若响，芴乎若亡，寂乎若清"；《管子·水地》："水者何也？万物之本原也，诸生之宗室也，美恶贤不肖愚俊之所产也。"① 这些论述表明，中国人很早就对清有了很深的认识，将其抬升到哲学的高度。

在魏晋南北朝时期，出现了一系列与清有关的概念和范畴。曹丕《典论·论文》："文以气为主，气之清浊有体，不可力强而致。"郭绍虞对此解释说："清浊，意近于《文心雕龙·体性》所说的气有刚柔，刚近于清，柔近于浊"，"清是俊爽超迈的阳刚之气，浊是凝重沉郁的阴柔之气"。②

唐宋时期对于清的研究进一步深入，在理论上出现了清奇和清空。司空图《二十四诗品》其中之一便是清奇：

> 娟娟群松，下有漪流。晴雪满竹，隔溪渔舟。
> 可人如玉，步屧寻幽，载瞻载止，空碧悠悠。
> 神出古异，淡不可收。如月之曙，如气之秋。

后人对于清奇的阐释，清人孙联奎在《诗品臆说》中的解释比较有代表性。以前两句为例，他说："有松无水，奇而不清；有水无松，清而不奇；有水有松，清奇何如。'明月松间照，清泉石上流'，诗亦可谓清奇矣。"

---

① 韩经太认为根据这些言论，再联系《吕氏春秋·不二》论各家宗旨之际"关尹贵清"的概括，可以认为道家关尹学派具有鲜明的"水原"思维特征，而其表征于核心范畴者正是一个"清"字（韩经太：《清淡美论辨析》，百花洲文艺出版社 2009 年版）。

② 《中国历代文论选》第一册，上海古籍出版社 2001 年版，第 162、163 页。

关于清空，刘禹锡："能离欲则方寸地虚，虚而万景入……因定而得境，故脩然以清，由慧而遣词，故粹然以丽"（《秋日过鸿举法师院便送归江陵引》），就已经有了清空之意。正式提出清空的是南宋的张炎，他在《词源》中说："词要清空，不要质实。清空则古雅峭拔，质实则凝涩晦昧。姜白石词如野云孤飞，去留无迹，吴梦窗词如七宝楼台，眩人眼目，碎拆下来，不成片段。此清空、质实之说。"由于清在文学上有非常广泛的表现，近年有关各历史时期清的研究不断出现。

对于清代来说，清初王渔洋欣赏清远，乾嘉时期章学诚、厉鹗分别推崇清真、清空，是相对突出的现象。王士禛是清初非常有影响的诗人、文论家，倡导神韵说：

> 汾阳孔文谷天胤云："诗以达性，然须清远为尚。薛西原论诗，独取谢康乐、王摩诘、孟浩然、韦应物，言：'白云抱幽石，绿筱媚清涟'，清也；'表灵物莫赏，蕴真谁为传'，远也；'何必丝与竹，山水有清音'，'景昃鸣禽集，水木湛清华'，清远兼之也。总其妙在神韵矣。""神韵"二字，予向论诗，首为学人拈出，不知先见于此。（《池北偶谈》卷十八）

远，既有空间意义上的远，也有时间意义和心理意义上的远。空间意义上的远，以郭熙、郭思在《林泉高致·山水训》中三远说为代表："山有三远，自山下而仰山巅谓之高远，自山前而窥山后谓之深远，自近山而望远山谓之平远。高远之色清明，深远之色重晦，平远之色有明有晦。高远之势突兀，深远之意重叠，平远之意冲融而缥缈。"时间之远以老子之说为代表："大曰逝，逝曰远，远曰返。故道大，天大，地大，王亦大。"（《老子》二十五章）心理之远则是陶渊明所说的"心远地自偏"（《饮酒》）。

清和远结合为清远，清为精神，远为表现。骨清神峻，始能淡远。但是，清远并不意味着只是有远神淡味，其中亦有沉着痛快。钱锺书以为这是王士禛和严羽的差别，"《居易录》自记闻王原祁论南宗画，不解'闲远'中何以有'沉著痛快'；至《蚕尾文》为王芝廛作诗序：始敷衍其说，以为'沉著痛快'，非特李、杜、昌黎有之，陶、谢、王、孟莫不有。然而知淡远中有沉著痛快，尚不知沉著痛快中之有远神淡味，其识力仍去沧浪一尘也"（《谈艺录》）。钱锺书还指出王士祯和明代竟陵派之间尚清的相似性关联。钟惺将诗视为"清物"，欣赏"荒寒独处"的意境，和王士祯所论清远都是一脉相通的。

乾嘉时期章学诚主张清真，"文章之要，不外清真"，"仆持文律，不外清真二字"，"余论文之要，必以清真为主"。在《繁称》中还这样说："自欧、曾诸君扩清唐末五季之诡僻，而宋、元三数百年，文辞虽有高下，气体皆尚清真，斯足尚矣。"从这些论述看，清真在章学诚文学思想中占据非常重要的地位。那么，他说的清真有何含义？

"清则气不杂也"（《与邵二云书》）；"清则主于文之气体，所谓读《易》如无书，读书如无诗，一例之言，不可有所夹杂是也"（《遗书外编二·乙卯札记》）；"辞不洁而气先受其病矣"，"辞不洁则气不清矣"（《遗书补遗·评沈梅村古文》）；"一篇之中，文辞自相委属，其体乃清"（《文史通义》外篇一）。由此可见，章学诚所谓清，就是气清辞洁，体例纯正。首重辨体，这在乾嘉时期是比较流行的做法，像《四库全书总目》在论叶燮《原诗》时也是首先对其辨体，体例不纯正是对叶燮《原诗》评价不高的一个重要原因。

厉鹗对清的发展和影响则主要体现在词论方面。厉鹗是浙西词派中期的代表，在乾嘉词坛有一定影响。将词分为南宗、北宗的经典论断即出自厉鹗："尝以词譬之画，画家以南宗胜北宗。稼轩、后村诸人，词之北宗也；清真、白石诸人，词之南宗也。"（《张今涪红螺词序》）南北宗之中，厉鹗新欣赏南宗："两宗词派，推吾乡周清真，婉约隐秀，律吕谐协，为倚声家所宗。自是里中之贤，若俞青松、翁五峰、张寄闲、胡苇航、范药庄、曹梅南、张玉田、仇山村诸人，皆分镳竞爽，为时所称。元时嗣响，则张贞居、凌柘轩。明瞿存斋稍为近雅，马鹤窗阑入俗调，一如市伶语，而清真之派微矣。"（《吴尺凫玲珑帘词序》）除了周邦彦，厉鹗对于张炎也十分欣赏，"玉田秀笔邈清空，净洗花香意匠中。羡杀时人唤春水，源流故自寄闲翁"（《论词绝句十二首》之七）。

厉鹗对南宗的欣赏和他的词学观念有关。除了历来都受到尊奉的雅之外，厉鹗还推崇"清"之美，以是否体现"清"之美作为衡量作品的标准。"未有不至于清而可以言诗者，亦未有不本乎性情而可以言清者"；"得无清之一字，为风骚旨格所莫外乎？大抵诗之号清绝者，因乎迹以称心易，超乎迹以写心难"（《双清阁诗集序》）。因此在他的批评中，常见

"清拔古奥"、"清恬粹雅"、"清丽闲婉"、"清婉深秀" 等评语。同样是词学方面尚清空，厉鹗和张炎在注重格调纯正、结构疏朗外，张炎欣赏的是语言和意境上的清空，反对质实，厉鹗则更强调色彩和趣味的清，接近于清幽不俗和空淡深远。

三　作为文化的清老

无论是纪昀还是章学诚、厉鹗，他们的研究侧重在诗词创作和批评方面。清老不仅是文论范畴，同时也是东方传统文化的重要体现。

就清来说，韩经太认为清以公正、纯洁、平静为逻辑起点，清和直的结合则比较悲剧，"直哉惟清"，"伏清白以死直"。屈原"宁廉洁正直以自清乎"（《楚辞·卜居》），陶渊明"怀正志道之士，或潜玉于当年，洁己清操之人，或没世以徒勤"（《感士不遇赋》）等，都体现了清美人格具有的悲剧性特点。对于清文化来说，不同时期有不同的表现，近十几年的多篇论文对此已经有所展现。

对于老来说也是如此，虽然学界主要在诗学范围内研究老，实际作为文化的一种体现，它是广泛存在于社会生活之中的，包括现在我们欣赏老成持重、老练通达，反感老奸巨猾、老谋深算，盛行"世事洞明皆学问，人情练达即文章"，可以说，在我们的行为规范以及评价标准上，都隐伏着老的身影。

学界分别对于清、老展开的研究已经有一些，还没有出现将它们作为相对范畴进行的研究。事实上，正如老幼、黑白、是非，清老之间也存在这样的关系。这种近于对立的关系基于人在自然和社会之间的位置。人来自自然，处于社会之中，有些人更突出自我，倾向自然，则会对清这种带有理想和超越性的美更为欣赏；将自我纳入群体之中，发展人的社会性的则更青睐于老。当然二者之间并不是截然对立、非此即彼的关系，常常也会出现浑融、转换的情况。

就乾嘉来说，清老在理论上都有所发展，在小说创作中也有充分的体现。它们既可以表现为人物形象之美，也可以作为小说整体性的风格之美。对比这诸多差异，对于进一步研究清老都是有所裨益的。

第二节　作为小说风格的清老之美

《阅微草堂笔记》和《新齐谐》是创作于乾嘉时期的两部笔记小说，

常被视为《聊斋志异》的后继，因此研究者多将这三部作品相提并论。就已有的研究看，主要就其中的鬼狐等进行比较，整体性的对比研究则较少。就整体来说，三者确实特点各异：《聊斋志异》富有情趣，是基于情感对理想世界的展现，主角是各种善良美貌的青年男女；《阅微草堂笔记》富有理趣，是基于天理、阴律对公正世界的设计，主角是各色人等，最为突出的形象是老者；《新齐谐》则没有明确的理想追求，是对现实生活中新奇怪异事件的平面罗列，内容斑杂，艺术性最差。这三部作品特点不同，水平各异，都是作者以自己的方式表达对世界的理解和阐释，同时也是对世界的改造和完善。这些最终凝固在作品中成为它们的风格。就三部作品来说，《聊斋志异》具有理想的"清"之美，《阅微草堂笔记》有现实的"老"之美，《新齐谐》则有自然的"真"之美。

一　青年、老者和豪士——三部小说的人物

小说终究是人物的艺术，追求真实的笔记小说也概莫能外。这三部小说的人物塑造也各有特点。

《聊斋志异》中各式人物林林总总，但是刻画最为成功、影响也最大的，是理想化的青年。狄去病、娇娜、婴宁、宁采臣、红玉……《聊斋志异》最为经典的故事往往以这些具有文人特色的青年男女为中心，洋溢着诚挚的情谊、美满的爱情、自由的境界，构成小说最为美好动人的部分。他们重情执着而不顾世俗礼法，不必说各类女狐女鬼如何善解人意、美貌多情，就是身为凡人的男主人公也多具有痴狂的特点：《青凤》中狄去病"狂放不羁"，自称"狂生"；《鲁公女》中张于旦"性疏狂不羁"；《章阿端》中的"卫辉戚生，少年蕴藉，有气敢任"；《甄后》中刘仲堪"追念美人，凝思若痴"……对此，历来研究已经很充分。这里关注的是，这些相貌姣好、富有才情的理想青年处于怎样的社会关系之中呢？他们的社会处境有何共同之处？

通过归纳即可发现，在《聊斋志异》这个注重和追求情感的世界里，象征着社会、家庭、正统、权威、礼法等诸多意味的父亲形象大多是缺失或是无力的，主人公"少孤"情况比较普遍。

卷一的第一则《考城隍》中宋焘被鬼吏捉去，关帝命其为城隍时，他顿首而泣："辱膺宠命，何敢多辞？但老母七旬，奉养无人，请得终其天

年，惟听录用。"关帝准许，魂返故里，其"母"听到棺材中的呻吟，将其扶出。"后九年，母果卒。"未有一字提及其父；《青凤》中"耿有从子去病"，未言有父，青凤也是"少孤"；《婴宁》中的王子服"早孤"；《聂小倩》中的宁采臣，《水莽草》中的祝生，《蕙芳》中的马二混，《菱角》中的胡大成，《阿绣》中的刘子固，《云萝公主》中的安大业，都只言有母；《侠女》中的顾生和侠女也都没有父亲；《莲香》中桑生"少孤"；《白于玉》中吴青庵"不即入山者，徒以有老母在"；《翩翩》中的罗子浮"父母俱蚤世"；《颜氏》中的顺天某生"父母继殁"；《阿英》中甘氏弟兄"父母早丧"；《青娥》中的霍桓，父"早卒"；《胡四娘》中程孝思"父母俱早丧，家赤贫"；《嫦娥》中的宗子美，从父游学时见到嫦娥，"逾年，翁媪并卒"；《褚生》陈孝廉以金钱帮助朋友，父亲以为痴，"逾两年，陈父死"；《凤仙》中的刘赤水"父母早亡"；《刘夫人》中廉生，"早孤"；《阿宝》中孙子楚但有"家人"；《聂小倩》中的宁采臣有母无父；《于江》："乡民于江，父宿田间，为狼所食。"《刘海石》："无何，海石失怙恃，奉丧而归。"……

"少孤"还常常伴有"少贫"。《狐嫁女》中的殷天官"少贫，有胆略"；《娇娜》中的孔雪笠，也是落魄在外，"寓菩陀寺，佣为寺僧抄录"，他也是没有父亲的，后来中举，携家赴任时，"母以道远不行"。

有的主人公虽然有父亲，但是在社会和家庭中没有掌控能力，甚至难以自保：《张诚》、《巧娘》中的父亲软弱无用，《马介甫》中杨万石一家因为悍妇，"尊长细弱，横被摧残"，"杨父年六十余而鳏"，被儿媳"齿奴隶数"，甚至批颊摘髭，以致"翁不能堪，宵遁，至河南，隶道士籍"；《红玉》中虽然有冯翁，子冯相如亦称"父在，不得自专"，但是在故事中冯翁的作用是断绝冯生和红玉往来，引出下面的情节，即红玉出资冯生迎娶卫氏，卫氏为乡绅看中后，冯翁诟骂乡绅家人而被殴毙；《贾儿》一商人妇为狐所扰，商人归家"驱禳备至，殊无少验"，商人子设计杀狐。还有的故事是以老者为主角，如《祝翁》。这则很短的故事讲述的是济阳祝村有个祝翁，五十几岁时病死。家人为他料理后事的时候，他复活过来，要求老伴抓紧收拾妆扮，和他同行。家人以为妄语，但祝媪果真和祝翁双双僵卧而亡。故事最为点睛处在祝翁的话："行数里，转思抛汝一副老皮骨在儿辈手，寒热仰人，亦无复生趣，不如从我去。"

《聊斋志异》中男主人公父亲形象缺失或者无力，但是母亲多是存在的。形成对比的还有狐狸，《娇娜》、《青凤》、《长亭》等作品中狐鬼之家倒是家长俱全，尤其是父亲、叔父之类人物扮演了很重要的角色，非常有能力和权威，是一家之长。

《聊斋志异》中男主人公的父亲之所以缺失或者无力，一方面，很大程度上是作者的有意为之，主要是通过切断主人公的社会关系，可以使他更加独立自主，摆脱封建伦理习俗的束缚；另一方面，也可以视为底层百姓之家，尤其是贫穷落后的农村地区家庭关系的真实写照。越是贫穷和落后，生活的压力越大，在经济上能够支撑和供养家庭的壮劳力的地位就越高，丧失了劳动能力、仰仗后辈奉养的老人的地位则反之。虽然这些不能一概而论，但是直到今天，落后乡村依然有不少老人处境堪忧。

中国传统社会中，父亲代表了社会礼法和权威，母亲则是生活与家庭的主要维系者。可能因为此种差别，男主人公的父亲多缺失或无力，母亲则多是存在的，虽然同样几乎毫无能力，但却往往成为主人公和世俗社会的主要维系，成为其不能遗世独立的缘由，具有丰富的意味。

《聊斋志异》给人印象深刻的是理想化的青年，《阅微草堂笔记》则塑造了众多老者形象，以老者视角叙述故事和评析，呈现的是一个以老者为主角、以长为尊、以达为美的"老"的世界。

中国传统社会注重伦理道德，以孝为百善之首，因此在传统的家庭结构中，长者当仁不让地成为核心和领导者，极为强势，甚至"父要子亡，子不得不亡"。在文学作品中，老者则往往作为次要人物出现，承担着维护社会主流价值观念、维持社会正常秩序的功能。《红楼梦》中的贾母、贾政等就是很好的例子。但是在《阅微草堂笔记》中，老者成为核心人物。这种情况和笔记小说人物刻画服务于明理，呈现类型化特征直接有关。在各色人等之中，老叟、老媪乃至老狐、老鬼的形象都极为突出。这里的老者作为父母长辈，具有保护家族、制止子女任性妄为等作用。其重点还在于，老者多睿智通达、洞明世事，是智者的象征；老媪则或走无常，或守贞节，是有德者的象征。

关于老叟，可以下面两则故事为例：

有郎官覆舟于卫河，一姬溺焉。求得其尸，两掌各握粟一匊。咸以为怪。河干一叟曰：是不足怪也，凡沉于水者，上视暗而下视明，惊惶瞀乱，必反从明处求出，手皆掊土，故检验溺人，对十指甲有泥无泥，别生投死弃也。此先有运粟之舟沉于水底，粟尚未腐，故掊之盈手耳。（《槐西杂志》一）

沧州瞽者蔡某，每过南山楼下，即有一叟邀之弹唱，且对饮。渐相狎，亦时至蔡家共酌。自云姓蒲，江西人，因贩磁到此。久而觉其为狐。然契合甚深，狐不讳，蔡亦不畏也。会有以闺阃蜚语涉讼者，众议不一。偶与狐言及曰：君既通灵，必知其审。狐艴然曰：我辈修道人，岂干预人家琐事。夫房帏秘地，男女幽期，暧昧难明，嫌疑易起。一犬吠影，每至于百犬吠声。即使果真，何关外人之事？乃快一时之口，为人子孙数世之羞？斯已伤天地之和，召鬼神之忌矣。况杯弓蛇影，恍惚无凭，而点缀铺张，宛如目睹，使人忍之不可，辩之不能，往往致抑郁难言，含冤毕命。其怨毒之气，尤历劫难消。苟有幽灵，岂无业报？恐刀山剑树之上，不能不为是人设一座也。汝素朴诚，闻此事亦当掩耳，乃考求真伪，意欲何为？岂以失明不足，尚欲犁舌乎？投杯径去，从此遂绝。（《如是我闻》四）

前一个老叟精通物理，后一个老狐则人情练达，都有探究隐微、解难释疑的能力，在故事中起着决定性的作用。老者中还有其他类型，常见的如老儒，有时也称老学究、塾师，多迂腐不明事理，是批判和讽刺的对象。

边随园征君言，有入冥者，见一老儒立庑下，意甚惶遽，一冥吏似是其故人，揖与寒温毕，拱手对之笑曰：先生平日持无鬼论，不知先生今日果是何物？诸鬼皆粲然，老儒蝟缩而已。（《滦阳消夏录》四）

王梅序孝廉言，交河城西有古墓，……一老儒耿直负气，由所居至县城，其地适中，过必憩息，偃蹇傲睨，竟无所见闻。如是数年。一日，又坐墓侧，袒裼纳凉，归而发狂谵语曰：曩以汝为古君子，故任汝放诞，未敢侮汝。汝近乃作负心事，知从前规言矩步，皆貌是心非，今不复畏汝矣。其家再三拜祷，昏愦数日始瘥。自是索然气馁，每经其地，辄俯首疾趋。（《如是我闻》四）

对于老儒还主要嘲笑其迂腐，如"老儒解世法，不老儒矣"（《姑妄听之》三）。至于道貌岸然的假道学家，讽刺就极为尖刻了：

> 李孝廉存其言，蠡县有凶宅，一耆儒与数客宿其中。夜闻窗外拨刺声，耆儒叱曰："邪不干正，妖不胜德，余讲道学三十年，何畏于汝？"窗外似有女子语曰："君讲道学，闻之久矣。余虽异类，亦颇涉儒书。《大学》扼要在诚意，诚意扼要在慎独。君一言一动，必循古礼，果为修己计乎？抑犹有几微近名者在乎？君作语录，断断与诸儒辩，果为明道计乎？抑犹有几微好胜者在乎？夫修己明道，天理也；近名好胜，则人欲之私也。私欲之不能克，所讲何学乎？此事不以口舌争，君扪心清夜，先自问其何如，则邪之敢干与否，妖之能胜与否，已了然自知矣，何必以声色相加乎？"耆儒汗下如雨，瑟缩不能对。徐闻窗外微哂曰："君不敢答，犹能不欺其本心，姑让君寝。"又拨刺一声，掠屋檐而去。（《滦阳消夏录》四）

从笔记中一些材料看，涉及道学先生的故事共有几十则，按照他对道学先生嘲讽的内容区分，大致分为无实学、无实用、无品行三类。其中，又以前两类为主，后一种相对较少，大概只有三四则。但是由于国内的社会政治背景，笔记中数量并不多的三四则故事，因为揭示了道学先生虚伪奸诈、为人不齿的一面，反而受到格外的关注。下面就是引用极多的一则故事：

> 有两塾师邻村居，皆以道学自任。一日相邀会讲，生徒侍坐者十余人，方辩论性天，剖析理欲，严词正色，如对圣贤。忽微风飒然，吹片纸落阶下，旋舞不止。生徒拾视之，则二人谋夺一寡妇田，往来密商之札也。此或神恶其伪，故巧发其奸欤？然操此术者众矣，固未尝一一败也。闻此札既露，其计不行，寡妇之田竟得保。当由茕嫠苦节，感动幽冥，故示是灵异，以阴为呵护云尔。（《滦阳消夏录》四）

除批判道学家品行低下外，纪昀还明确反对道学的门户之争，"道学则各立门户，不能不争，既已相争，不能不巧诋以求胜，以是意见，生种种作用，遂不尽可令孔孟见矣"（《姑妄听之》二）。但是门户之争仅为其一，纪昀还非常反感道学家的"责人无己"（《滦阳续录》五）以及迂腐不通世故，"讲学家持论务严，遂使一时失足者，无路自赎，反甘心于自弃，非教人补过之道也"（《滦阳续录》一），"冤魄为厉，犹以于礼，不可为词，其斯以为讲学家乎"（《滦阳续录》五）。

纪昀之所以批评讲学家和道学先生，大致有两种原因：其一是在观念上，纪昀注重现实，讲究经世致用；态度也偏于客观，注意实事求是，不同意宋明理学的一些观点，认为道学不同于圣贤，反对宋儒的主观臆断。"读书以明理，明理以致用也。食而不化至昏愦僻谬，贻害无穷，亦何贵此儒者哉"（《姑妄听之》四）。所以，对于读书而不能致用深感痛心，"明之季年，道学弥尊，科甲弥重，于是黠者坐讲心学，以攀援声气，朴者株守课册，以求取功名。致读书之人，十无二三能解事"（《滦阳续录》三）。其二便是尊汉抑宋、贬低道学的主流思想和时代风尚使然。鲁迅先生在《且介亭杂文·买〈小学大全〉记》中已经指出："清朝虽然尊崇朱子，但止于'尊崇'，却不许'学样'，因为一学样，就要讲学，于是而有学说，于是而有门徒，于是而有门户，于是而有门户之争，这就足为'太平盛世'之累。……特别攻击道学先生，所以是那时的一种潮流，也就是'圣意'。我们所常见的，是纪昀总纂的《四库全书总目提要》和自著的《阅微草堂笔记》里的时时的排击。这就是迎合着这种潮流的，倘以为他秉性平易近人，所以憎恨了道学先生的黯刻，那是一种误解。"乾隆因为鄂尔泰与张廷玉等理学名臣的虚伪与贪婪，指出"讲学之人，有诚有伪，诚者不可多得，而伪者托于道德性命之说，欺世盗名，渐启标榜门户之害"①。纪昀为皇帝身边近臣，又授命总纂《四库全书总目》，对此应该深有体会。

"读书以明理，明理以致用"的另一种表述便是"以实学求实用"："圣贤依乎中庸，以实心励实行，以实学求实用；道学则务语精微，先理气，后彝伦，尊性命，薄事功，其用意已稍别。"这便是纪昀一贯主张的经世致用之意。所以，在笔记小说中，涉及道学先生的故事体现得最多的是对无实学和无实用的批判，如：

武邑某公，与戚友赏花佛寺经阁前。地最豁厂，而阁上时有变

① 《高宗实录》卷一百二十八。

怪，入夜即不敢坐阁下。某公以道学自任，夷然弗信也。酒酣耳热，盛谈西铭万物一体之理，满座拱听，不觉入夜。忽阁上厉声叱曰："时方饥疫，百姓颇有死亡，汝为乡宦，既不思早倡义举，施粥舍药，即应趁此良夜，闭户安眠，尚不失为自了汉。乃虚谈高论，在此讲民胞物与，不知讲至天明，还可作饭餐，可作药服否？且击汝一砖，听汝再讲邪不胜正！"忽一城砖飞下，声若霹雳，杯盘几案俱碎。某公仓皇走出曰："不信程朱之学，此妖之所以为妖欤？"徐步太息而去。（《滦阳消夏录》四）

由此可见，纪昀对于道学先生的批评，不能完全排除有迎合时代潮流的因素，但是强调经世致用、反对空谈性理，才是最为根本的原因。由于鲁迅先生在中国的巨大影响力，他对纪昀的"误解"直接影响到了很长时间内学界对纪昀的理解和接受。

对于普通老人，包括老鬼、老狐，则多称老翁，以区别于老叟和老儒。"老翁求饮，以罐中水与之。因问大金姓氏，并问其祖父，恻然曰：汝勿怖。我即汝曾祖。""李乘月散步空圃，见一翁携童子立树下。心知是狐，翳身窃睨其所为。童子曰：寒甚且归房。翁摇首曰：董公同室固不碍，此君俗气逼人，那可共处。宁且坐凄风冷月间耳。"

除了老叟，老媪也是多以正面形象出现。如果说前者体现的是智，后者体现的则主要是德。《滦阳消夏录》一讲阎罗王见一老媪拱手礼遇，因其"一生无利己损人心"：

> 廖姥，青县人，母家姓朱，为先太夫人乳母。年未三十而寡，誓不再适，依先太夫人终其身。殁时年九十有六。性严正，遇所当言，必侃侃与先太夫人争。先姚安公亦不以常媪遇之。余及弟妹，皆随之眠食，饥饱寒暑，无一不体察周至，然稍不循礼，即遭呵禁。约束仆婢，尤不少假借，故仆婢莫不阴憾之。顾司笥钥，理庖厨，不能得其毫发私，亦竟无如何也。

除了通常的守节、行善积德外，一些老媪多为村妇，身份低贱，有的可以"走无常"、视鬼，因此也常常可以听闻一些常人所不能接触的隐秘；有的就是纯粹的农村妇女，因为守节多年而得到世人的敬重。

《阅微草堂笔记》刻画了众多老者，《聊斋志异》的主人公多"少孤"，虽然史无前例，但是也并非毫无根源，那就是汉代的"长者"和豪侠。根据中国古代法律史，秦朝法律苛严，汉初用来抵消承秦之制所带来的副作用的办法，除了减轻刑罚外，便是尊重和任用"长者"。《礼记·曲礼上》："谋于长者，必操几杖以从之"；"群居五人，则长者必异席"；"长者举未釂，少者不敢饮"。长者具有仁慈、宽厚、威严等特点。《史记》卷一二七《日者列传》中专门谈到长者之道，"君子处卑隐以辟众，自匿以辟伦，微见德顺以除群害，以明天性，助上养下，多其功利，不求尊誉"。形成对比的是《史记》中的豪侠，和《聊斋志异》男主人公相似，也有无父而有母的，如《刺客列传》中聂政"幸有老母"。

可见，《聊斋志异》和《阅微草堂笔记》中对理想化人物和老者形象的刻画，都不是凭空出现的。前者是为了突出这种理想性而有意切断主人公和社会的联系，摆脱具体社会中礼法习俗的束缚，为"一切皆有可能"提供条件；后者则体现了传统社会老者或长者的权威地位，是礼法的象征。

如果说《聊斋志异》和《阅微草堂笔记》突出的分别是人的情感和理性，《新齐谐》则展现了社会与人生荒诞的一面。袁枚《新齐谐》原名《子不语》，取自《论语·述而》"子不语怪、力、乱、神"，后因元人说部有同名者，遂改为《新齐谐》。《新齐谐序》中对于怪力乱神的历史传统和合法性进行了论证："然龙血鬼车，系辞语之；玄鸟生商、牛羊饲稷，雅颂语之。左丘明亲受业于圣人，而内、外传语此四者尤详……《周易》取象幽渺，诗人自记祥瑞，左氏恢奇多闻，垂为文章，所以穷天地之变也，其理皆并行而不悖。"接着从自身角度解释何以著述此书："余生平寡嗜好，凡饮酒、度曲、撝蒲可以接群居之欢者，一无能焉。文史外无以自娱，乃广采游心骇耳之事，妄言妄听，记而存之，非有所惑也。"希望能收到"以妄驱庸，以骇起惰"的效果。袁枚《答杨笠湖》称："《子不语》一书，皆莫须有之事，游戏谰言，何足为典要，故不录作者姓名。"且在原刻本上自题"随园戏编"四字。

这种游戏的态度贯穿《新齐谐》，体现的是作者袁枚对于社会、人生以及世界和宇宙是荒诞的、无理的看法。《周易》的核心是象数和义理，汉儒强调象数，宋儒突出义理。在清代的汉宋之争中，纪昀持客观态度和理性精神，认为："汉《易》言象数，不能离存亡进退，非理而何；宋《易》言理，不能离乘承比应，非象数而何。而顾曰：言理则弃象数，言象数即弃理，岂通论哉！……大抵汉《易》一派，其善者必由象数以求理；或舍理者，必流为杂学。宋《易》一派，其善者必由理以知象数；或舍象数者，必流为异学。"(《黎君易注序》)①和纪昀力持其平的学术态度相比，袁枚非常艺术化地体现了自己的观点。

袁枚将象数和义理形象化，通过两神——李大王和素大王的较量，来表明自己的看法。李者理也，素者数也，而两神相斗，李不胜素。两神闹至玉帝处，玉帝的裁决居然是赐酒十杯，能多饮者为胜。结果，李神只饮三杯便欲呕吐，素神却是七杯不醉。玉帝因而下诏："理不胜数，自古皆然，观此酒量，汝等便该明晓"，(世上一切)"素王掌管七分，李王掌管三分"。所以人心天理，美恶是非，终有三分公道，直到万古千秋，绵绵不绝。这就是袁枚心目中的天理是非，不要说放在清代，就是今天看来也是骇人听闻。在袁枚那里，象征公正、完美的终极之物已经不复存在。

因此，《新齐谐》整部书中也很少体现"我"的存在，着重于描述"游心骇目者"，"奇情奇事，奇技奇人，何所不有"，并不追求背后的义理，几乎等同于市井流言传闻的照录。比如三部小说都频繁出现的雷击，纪昀通常的解释是做了亏心事，蒲松龄那里往往是天击鬼狐，都有一种道德评判，和公理是非联系；袁枚则仅描述现象过程，并不予以道德评判和阐发。此外，对于纪昀和蒲松龄大加批判的淫、诌、负心等，袁枚都采取了较为宽容和理解的态度。所以《新齐谐》中突出的是奇人怪人、妖人恶人，是市井流言中出现最多、最引人关注的人物，没有极为尖锐、不能调和的社会矛盾与情理冲突，也因此没有需要回避、忌讳的内容，粗俗不堪的故事也照写不误，"鄙亵猥琐，无所不载"(周中孚《郑堂读书记》)。

对于男女相恋而后负心，三部作品都有描写，袁枚的做法是化解之。一狐女为情郎所负，最终却放弃报复，说："吾因往日情重，至于此极。使汝死，恐天下有情人贻笑吾辈。汝家倘能大修醮禳，择名山安我神灵，我仇且释矣。"对此类故事的选择以及写作方式，袁枚大多以极为宽容的态度，在他看来，"男女帷薄不修，都是昏夜间不明不白之事，故阳间律文载：'捉奸必捉双。'又曰：'非亲属不得擅捉。'正恐黯昧之地，容易诬陷人故也。阎罗王乃尊严正直之神，岂肯伏人床下而窥察人之阴私乎？

---

① 乾嘉时期，对于汉宋之争中力持其平的考据学家为数不少，像戴震持："圣人之道在六经，汉儒得其制数，失其义理；宋儒得其义理，失其制数。"(《与方希原书》)

况古来周公制礼，以后才有'妇人从一而终'之说。试问未有周公以前，黄农虞夏一千余年史册中，妇人失节者为谁耶？至于贫贱之人，谋生不得，或奔走权门，或趋跄富室，被人耻笑，亦是不得已之事"（《续新齐谐》卷十）。

袁枚还否认了因果报应的一个重要体现：阳寿增减，认为人寿有定，阴间不能增减。男女之情和生死命定两者如果去除，《聊斋志异》和《阅微草堂笔记》的故事大概要大为失色。然而袁枚没有用梦想和义理为现实进行改造和筛选，这样做自有他的价值和意义。章学诚批袁枚："近有倾邪小人，专以纤佻浮薄诗词倡导末俗，造言饰事，陷误少年，蛊惑闺壸，自知罪不容诛，而曲引古说，文其奸邪。"在当时主流看来要贬抑的"倡导末俗"，在今天看来正是袁枚小说的意义之一。

具体到《新齐谐》中人物，它的人物形象最为单薄，类型化人物亦不复存在。有意思的是对比《阅微草堂笔记》中的人物包括鬼狐的通情达理，《聊斋志异》中的人物包括鬼狐对幸福的追求，《新齐谐》中的人物乃至鬼狐，都截然不同，时时出现人物异类肆意作恶的情况，多狡狯狂暴、自私自利之徒。邱炜萲《菽园赘谈》所谈："篇中真得谐处却又甚少，只见无理之事，无情之文，累累不绝耳。"无理是指部分故事荒诞不经，人物既非现实可能，亦无想象的合理性；无情是指无人之常情，粗直豪壮，特立独行，有天不怕地不怕之作为。如《采胆入酒》："占城国取生人胆入酒与家人饮，且以浴身，曰'通身是胆'。每伺人于道，出其不意杀之，取胆以去。若其人惊觉，则胆先裂，不足用矣。"故事荒诞不经，却有一种寻常难见之硬气。还有一类故事，同样荒诞不经，却不是一味荒唐，无当时之常理而有至理。如《裹足作俑之报》："上帝恶后主作俑，故令其生前受宋太宗牵机药之毒，足欲前，头欲后，比女子缠足更苦，哭尽方薨"；《奉行初次盘古成案》："天地无始无终，有十二万年，便有一盘古"，解释万事前定之故，"今世上所行，皆成案也。当第一次世界开辟十二万年之中，所有人物事宜，亦非造物者之有心造作，偶然随气化之推迁，半明半暗，忽是忽非，如泻水落地，偶成方圆；如孩童着棋，随手下子。既定之后，竟成一本板板账簿，生铁铸成矣。乾坤将毁时，天帝将此册交代与第二次开辟之天帝，命其依样奉行，丝毫不许变动，以故人意与天心往往参差不齐。世上人终日忙忙急急，正如木偶傀儡，暗中有为之牵丝者。成败巧拙，久已前定，人自不知耳"。盘古乃是中国最早的神话传说，关涉宇宙与人类的起源，虽然《阅微草堂笔记》也有对宇宙神鬼的质疑，但是《新齐谐》则是从源头重新加以设定和安排。《纣之值殿将军》更是将纣王值殿将军商高安排为宋代岳飞麾下小将的师父，存活至大清；向其询问当年妲己、文王事，借人物之口指出，纣王宠妲己之说有误、文王事纣王甚恭等。

在《新齐谐》中，除了历史人物，就是现实中人，也多为胆大狂妄之徒。《酆都知县》中幕客李诳"豪士也"；《塞外二事》幕客陈对轩，"豪士也"；《雷公被绐》中赵黎村祖某，"为一乡豪士"；《鬼有三技过此鬼道乃穷》中"松江廪生，性豪放，自号豁达先生"；《智恒僧》苏州陈国鸿"素豪"；《油瓶烹鬼》"钱塘周轶韩孝廉，性豪迈"……这些胆壮气豪之人，无所畏惧，传统礼法也好，神仙鬼怪也好，一律是奋起抗争。所以在《董贤为神》中鞭打王莽，嘲笑他一生信《周礼》，虽死犹抱持不放。《裘秀才》中南昌裘秀才，因夏天裸卧社公庙，归家大病。其妻以为得罪社公，于是烧纸请罪，秀才病愈。妻子命秀才去谢社公。秀才非但不去，反而怒作牒呈向城隍庙状告社公，致使社公革职，社公庙遭到雷击。这些强人恶鬼不但无视礼法，而且极尽嘲弄之能事。《水仙殿》中恶鬼迷人，其妻曰："人乃未死之鬼，鬼乃已死之人，人不强鬼以为人，而鬼好强人以为鬼，何耶？"空中应声道："书云：'夫仁者，己欲立而立人，己欲达而达人。'我等为鬼者，己欲溺而溺人，己欲缢而缢人，有何不可耶？"言毕，大笑而去。

《新齐谐》散发出一种无所畏惧、自由狂放、安排宇宙的邪气和霸气，不要说和《聊斋志异》的深秀、《阅微草堂笔记》的雅正不同，就是放在中国小说史上，也是极为罕见的。

二　天界、人世、阴间——三部小说世界的塑造

三部作品刻画人物不同，展现的世界也各异。

在中国民间文化中，历来将空间分为天界、人世、阴间。天界是完满自由的，人世是现实的，阴间则是恶人的去处。如果从这个角度，这三部小说也表现出一些差异：

《聊斋志异》是指向天界的。主要手段是营造局部的理想之地。《聊斋志异》中和长者形象的缺失或无力相配套的，是故事发生场所的与世隔绝、相对独立：《画壁》、《聂小倩》、《山魈》、《娇娜》等故事都发生在

寺庙；《王成》、《青凤》、《狐嫁女》的故事发生在荒废旧居；《婴宁》中婴宁与王子服邂逅于旷野；《王六郎》故事发生在河上……通过这种空间安排，作者有意无意地让他们摆脱世俗礼教羁绊的同时也远离世俗社会，将其置于孤立无援、同时自然天性也可以更加舒展的境地，为接受外界帮助、和非人类的往来等提供了可能和便利，人为地创造出一个相对理想而自由的空间。所以《聊斋志异》是一个"有情世界"，借此表现的却是抗争和绝俗，是希望实现对现实的超越，获得幸福与自由。

《新齐谐》是指向阴间的，它展现的是一个荒诞的无情无理的世界：没有明显的理想追求，也没有借此抒发情感的意愿。所以在故事上看不出选择性和方向性，就是将日常生活中稀奇古怪的恶的事情汇聚在一起，最终显现出来，就是人世如地狱。以卷一的二十九则故事来看，除了几则死而复生、借尸还魂的离奇故事外，大多是鬼怪使坏、诉冤的内容。这些故事体现出的恶鬼虽是主角，衬托的却是人恶如鬼，人世也就跟阴间没什么两样了。

《阅微草堂笔记》是指向人世的。无论是天理，还是强调阴律，目的都是为了现实社会的完善。更具体地说，《阅微草堂笔记》细致地展现了纪昀社会生活的世界：就空间而言，以纪昀行踪为中心，向外扩散，故事主要发生在河间、献县、交河、沧州、景城、德州、北京、福建、乌鲁木齐等地；就时间而言，大致是纪昀生活的雍乾道时期；就人物来说，叙事者和主角多与纪昀的亲朋师友、幕僚同事、乡人家仆等有关。笔记中各类人物很多，基本都处在家庭、亲族、乡里等具体的社会体系之中，很少见到远离世俗、无根无基的人物。即便是鬼狐，也往往拖家带口，亲族众多，是人世关系的一种折射，带着浓重的现实气息。

指向不同，写法也就不一样。"清代文言小说有那么一个特点：既有纪实，又有虚构；既有传承，又有创造。"① 三部小说也不例外，它们也同样存在着虚构与创造。这一点上，《聊斋志异》有意写奇，艺术性也最强。《新齐谐》无意立异，创作也最为率意，近似游戏笔墨。唯有纪昀，打着纪实的旗帜，又不能完全没有虚构，因此，鲁迅《怎么办》嘲笑他："只写事状，而避去心思和密语。但有时又落了自设的陷阱"。其实笔记中隐藏了这个问题的答案。作者一再强调"小说既述见闻"，"所见异词，

---

① 程毅中：《清代轶事小说中纪实与虚构的消长》，《明清小说研究》1998 年第 1 期。

所闻异词，所传闻异词，鲁史且然，况稗官小说？他人记吾家之事，其异同吾知之，他人不能知也，然则吾记他人家之事，据其所闻，辄为叙述，或虚或实或漏，他人得而知之，吾亦不得知也"。（《滦阳续录》六）表现在叙事上首先就是多数故事叙述者或人物身份比较明确，内容属于自述或转述的见闻。即将心思和密语化为见闻，使虚构变为纪实，是纪昀笔记的叙事策略。

以《滦阳消夏录》卷一一则故事为例：

> （一老学究夜行遇亡友）因并行，至一破屋，鬼曰："此文士庐也。"问何以知之。曰："凡人白昼营营，性灵汩没。惟睡时一念不生，元神朗澈，胸中所读之书，字字皆吐光芒，自百窍而出，其状缥缈缤纷，烂如锦绣。学如郑、孔，文如屈、宋、班、马者，上烛霄汉，与星月争辉。次者数丈，次者数尺，以渐而差，极下者亦荧荧如一灯，照映户牖；人不能见，惟鬼神见之耳。此室上光芒高七八尺，以是而知。"学究问："我读书一生，睡中光芒当几许？"鬼嗫嚅良久曰："昨过君塾，君方昼寝。见君胸中高头讲章一部，墨卷五六百篇，经文七八十篇，策略三四十篇，字字化为黑烟，笼罩屋上。诸生诵读之声，如在浓云迷雾中。实未见光芒，不敢妄语。"学究怒叱之。鬼大笑而去。

这里以虚为实——将读书人的学问实化为光芒；进行了对比——居住在破屋子的文士学术光芒高七八尺，塾师老学究的学问则黑烟滚滚；有寓意——老学究的"昼寝"而让诸生诵读之声如在浓云密雾中，意寓塾师的无知而影响到诸生的学习。

纪昀笔记小说中体现的鬼神作用，和墨子有相同之处。墨子认为："鬼神为明，能为祸福。为善者赏之，为不善者罚之。"[1] 认为天下混乱是因为疑惑鬼神存在，如果相信鬼神作用，社会秩序就不会乱。和《聊斋志异》中众多活色生香的鬼狐相比，《阅微草堂笔记》中的鬼狐基本没有姓名，主要作为叙事说理的工具存在。纪昀之所以青睐鬼狐，除了《聊斋志异》珠玉在前，中国历来有以此入笔记的传统外，纪昀对鬼狐的认识也是

---

① 《墨子·公孟》。

重要因素："余尝谓小说载异物能文翰者，惟鬼与狐差可信，鬼本人，狐近于人也。其他草木鸟兽何自知声病？至于浑家门客，并苍蝇、草帚亦俱能诗，即属寓言，亦不应荒诞至此。"（《如是我闻》一）鬼狐不仅和人最为接近，还具有超人的能力，"狐鬼皆能变幻，而鬼能穿屋透壁出"（《槐西杂志》四），"人不能见，惟鬼神见之耳"（《滦阳消夏录》一），"人所不知，鬼神知之"（《槐西杂志》一），"幽明一理，人所不及治者，鬼神或亦代治之，示不测也"（《滦阳消夏录》二）。正因为如此，鬼狐在纪昀笔下成了阐幽明理、善恶报应体现公平的主要工具。①

　　纪昀利用鬼狐和耳目，目的是让故事显得真实可信。而真实可信，是史家小说观对小说的首要要求。由于史家小说观占据主流，后人甚至把虚构和虚假、虚妄联系起来进行批判。唐代刘知几反对虚假现象，认为小说是"虚辞"。《史通·杂说》（下）："故立异端，喜造奇说，汉有刘向，晋有葛洪"；《史通·杂述》对逸事一类也指出"真伪不别，是非相乱"；并举郭子横《洞冥》、王子年《拾遗》为例，认为它们"全构虚辞，用惊愚俗"。尽管史家小说观对虚构大加排斥，但并不能遏制住真正意义上的小说的发展。虚构性很强的传奇在社会上的盛行就说明了这一点。元代虞集《道园学古录·写韵轩记》说："盖唐之才人，于经艺道学有见者少，徒知好为文辞，闲暇无所用心，辄想象幽怪遇合、才情恍惚之事，作为诗章答问之意，傅会以为说。盍簪之次，各出行卷，以相娱玩，非必真有是事，谓之传奇。"明代冯梦龙《古今小说序》也说："史统散而小说兴。始于周季，盛于唐，而浸淫于宋。韩非、列御寇诸人，小说之祖也。《吴越春秋》等书，虽出炎汉，然秦火之后，著述犹希。迨开元以降，而文人之笔横矣。"

　　纪昀既要讲理，又要追求可信，所以采取"有意写实"的策略，无论从叙述方式还是内容，都要尽量显得真实。虽然借助鬼狐来说理，但是纪昀本人也很清楚："此当是其寓言，未必真有。然庄生、列子，半属寓言，义足劝惩，固不必刻舟求剑尔"②；"一切神奇之说，皆附会也"。③ 这里主要就两点展开论述：一是纪昀对鬼狐的存在将信将疑；二是对习所俗称的

---

　　①　具体可参阅拙文《化虚构为见闻——论纪昀〈阅微草堂笔记〉的叙事特点》，《淮阴师范学院学报》2004 年第 6 期。

　　②　《姑妄听之》（四）。

　　③　《滦阳消夏录》（一）。

"报"和"缘"提出质疑。

> 人死者,魂隶冥籍矣。然地球圆九万里,径三万里,国土不可以数计,其人当百倍中土,鬼亦当百倍中土。何游冥司者,所见皆中土之鬼,无一徼外之鬼耶?其在在各有阎罗王耶?顾郎中德懋,摄阴官者也。尝以问之,弗能答。人不死者,名列仙籍矣。然赤松、广成,闻于上古;何后代所遇之仙,皆出近世?刘向以下之所记,悉无闻耶?岂终归于尽,如朱子之论魏伯阳耶?娄真人近垣,领道教者也。尝以问之,亦弗能答。(《如是我闻》一)①

> ……但不识天下一灶神欤?一城一乡一灶神欤?抑一家一灶神欤?如天下一灶神,如火神之类,必在祀典,今无此祀典也。如一城一乡一灶神,如城隍社公之类,必有专祠,今未见处处有专祠也。然则一家一灶神耳,又不识天下人家,如恒河沙数,天下灶神,亦当如恒河沙数;此恒河沙数之灶神,何人为之?何人命之?神不太多耶?人家迁徙不常,兴废亦不常,灶神之闲旷者何所归?灶神之新增者何自来?日日铨除移改,神不又太烦耶?此诚不可以理解。然而遇灶神者,乃时有之。余小时见外祖雪峰张公家,一爨姬好以秽物扫入灶。夜梦乌衣人呵之,且批其颊。觉而颊肿成痈,数日巨如杯,脓液内溃,从口吐出,稍一呼吸辄入喉,呕哕欲死。立誓虔祷乃愈。是又何说欤?或曰:人家立一祀必有一鬼凭之,祀在则神在,祀废则神废,不必一一帝所命也。是或然矣。(《槐西杂志》三)

两则材料之中,前者明确表明了怀疑,但是后者更有代表性,一方面纪昀对灶神的存在提出质疑,但是却还是举例证明"遇灶神者,乃时有之",那又是为了什么呢?下面纪昀自己说得很清楚,为了听从帝命,是为了使人遵从而已。

此外,就具体内容而言,纪昀还借助鬼狐表达了这样一个观点,就是

---

① 值得注意的是,纪昀对于鬼狐的说法和小说中众多的鬼狐形象,常常有矛盾之处。比如认为鬼是一种气,受享是不太可能的事情,但小说中有不少鬼魂回家受子孙祭祀的故事,还有一些故事讲鬼为索要祭食采取的种种行为。《如是我闻》四中的一则故事中对此还有细致的描写:一家放焰口时,"有黑影无数,高可二三尺,或逾垣入,或由窦入,往来摇漾,凡无人处皆满。迨撒米时,倏聚倏散,倏前倏后,如环绕攘夺,并仰接俯拾之态,亦仿佛依稀。其色如轻烟,其状略似人形,但不辨五官四体耳。"这和他对祭祀的怀疑,完全可以以彼之矛,攻彼之盾。

真实性和必然性是相连的。他反对在小说情节中人为制造偶然性，对所谓的"报"和"缘"提出质疑，认为这就属于虚构。"报"和"缘"的观念都是由来已久。"报"的观念中国自古有之，深入民心，"恶有恶报，善有善报，若还不报，时候不到"之说在民间广为流传，成为中国民间文化的一个核心内容。"缘"出现较晚，在宋元文学中有所体现而流行于明清时期，像为人熟知的《镜花缘》，就直接以"缘"作名。

（"报"和"缘"）"两个观念，都与社会秩序有密切关系……'报'这观念中国本来已有，然而佛教传入，却使这个观念增加了新的内容，从而令它在维持社会秩序方面，发挥了更为积极的作用。至于'缘'这观念，则非中国土产，是佛教的独特贡献。"①　"儒家所讲的'报'，只是民间的制裁手段。此手段虽可补德化礼治之不足，但本身仍有局限。假使做坏事的人势力强大，如皇帝、高官或绿林首领之类，受害者固然难以复仇，害人者因而亦不会感到有所掣肘。要堵塞这个漏洞，必须借助超自然力量，来主持善恶有报的公道。"②

纪昀对于"报"和"缘"的看法是有区别的。他看重"报"，笔记中常提到的阴律，就是"报"的主要依据；但是他又反对"缘"，认为它是创作虚构的。《阅微草堂笔记》中有一则故事比较典型，体现了纪昀对小说创作的看法：

　　雍正丙午、丁未间，有流民乞食过崔庄，夫妇并病疫。将死，持券哀呼于市，愿以幼女卖为婢，而以卖价买二棺。先祖母张太夫人为葬其夫妇，而收养其女，名之曰连贵。其券署父张立、母黄氏，而不著籍贯，问之已不能语矣。连贵自云：家在山东，门临驿路，时有大官车马往来，距此约行一月余。而不能举其县名。又云：去年曾受对门胡家聘。胡家亦乞食外出，不知所往。越十余年，杳无亲戚来寻访，乃以配围人刘登。登自云：山东新泰人，本胡姓。父母俱殁，有刘氏收养之，因从其姓。小时闻父母为聘一女，但不知其姓氏。登既胡姓，新泰又驿路所经，流民乞食，计程亦可以月余，与连贵言皆符。颇疑其乐昌之镜，离而复合，但无显证耳。先叔栗甫公曰："此

①　张德胜：《儒家伦理与秩序情结——中国思想的社会学诠释》，巨流图书公司1989年版，第211页。

②　同上书，第213页。

事稍为点缀，竟可以入传奇。惜此女蠢若鹿豕，惟知饱食酣眠，不称点缀，可恨也。"边随园征君曰："'秦人不死，信符生之受诬；蜀老犹存，知葛亮之多枉。'史传不免于缘饰，况传奇乎？《西楼记》称穆素晖艳若神仙，吴林塘言其祖幼时及见之，短小而丰肌，一寻常女子耳。然则传奇中所谓佳人，半出虚说。此婢虽粗，傥好事者按谱填词，登场度曲，他日红氍毹上，何尝不莺娇花媚耶？先生所论，犹未免于尽信书也。"（《如是我闻》三）。

这里讲述的是纪昀自己家中仆婢婚姻巧合的事。重要的是借此谈到了对传奇的看法，认为"史传不免于缘饰，况传奇乎？"其中所说的"稍为点缀"，便是对日常生活的艺术加工了。此则故事中还举了《西楼记》的例子，指出现实生活中的真人和艺术加工过的形象很不相同。并进而指出，假如对这件事也加以"点缀"，那么"蠢若鹿豕，惟知饱食酣眠"的女仆一样"莺娇花媚"。这前后的不同，在今天看来，就是生活原型和艺术形象的不同了。从这些来看，纪昀对传奇的虚构性有所认识，但他不赞同这种写作方式和审美特征，认为是有意虚构，令人难以相信。他坚持的还是实录的史家小说观，和传奇有意的创作和虚构截然不同。

《阅微草堂笔记》对传奇中经常出现的反常和偶然的反感和讽刺，也体现了纪昀主张实录、反对虚构的小说观念。纪昀并不反对感情，他认为"饮食男女，人生之大欲存焉。干名义，渎伦常，败风俗，皆王法之所必禁也。若痴儿騃女，情有所钟，实非大悖于礼者，似不必苛以深文"。对于拘泥礼道，迫人致死的某公，纪昀批判："其本不正，故其末不端。是二人之越礼，实主人有以成之。乃操之已蹙，处之过当，死者之心能甘乎？冤魄为厉，犹以'于礼不可'为词，其斯以为讲学家乎？"（《滦阳续录》五）《阅微草堂笔记》虽然涉及内容广泛，但基本上是正常的范围之内。无论男女、鬼怪，都带有正常人的理智和情感，其交往也沿循事理，比较冷静和理性，即使有冲动、比较离奇的言行，也往往会受到周围环境的制约和亲朋邻里的劝解。这些其实都是纪昀思想观念的具体化。体现他对虚构反感的还有"夙缘"的作用。传奇作品多表现男女爱情，其中男女的结识和相爱，往往以"夙缘"为借口，其实这就是虚构，只是起到使男女结识的作用。纪昀对此深表怀疑。他借助鬼狐故事表达了自己的看法：

石洲又言：一书生家有园亭，夜雨独坐。忽一女子搴帘入，自云家在墙外，窥宋已久，今冒雨相就。书生曰："雨猛如是，尔衣履不濡，何也？"女词穷，自承为狐。问："此间少年多矣，何独就我？"曰："前缘。"问："此缘谁所记载？谁所管领？又谁以告尔？尔前生何人？我前生何人？其结缘以何事？在何代何年？请道其详。"狐仓卒不能对，嗫嚅久之，曰："子千百日不坐此，今适坐此；我见千百人不相悦，独见君相悦。其为前缘审矣，请勿拒。"书生曰："有前缘者必相悦。吾方坐此，尔适自来，而吾漠然心不动，则无缘审矣，请勿留。"女趑趄间，闻窗外呼曰："婢子不解事，何必定觅此木强人！"女子举袖一挥，灭灯而去。或云是汤文正公少年事。余谓狐魅岂敢近汤公，当是曾有此事，附会于公耳。（《槐西杂志》二）

书生独坐灯下，狐女前来相就。类似的故事在传奇中不少，《聊斋志异》中尤其如此。纪昀这则故事带有明显的质疑意味。书生见到狐女，并不为之所惑，上来就问："雨猛如是，尔衣履不濡，何也？"一开始就置于非常理性、客观的氛围之中；而后是一连串的发问，将狐女作为托词的"前缘"一批到底。这显然是纪昀借助书生之口表达他对传奇中"夙缘"的质疑，认为纯属托词，不符合事实逻辑。

另外一则故事可以与此结合来看。有两人没有上面书生理性，为狐所媚，同娶一狐女而不知，发现真相后狐女离去，两人身体羸弱且困于深山，后被猎户救出。这里的狐女虽"绝妍丽"，但无情无义，迷惑二人纯粹为了采补，并无情感可言。在纪昀看来，假如真的和狐女相遇，其结果大抵如此，生死缠绵之事亦属虚构。最后他借猎户之口，发表评论："邂逅相遇，便成佳偶，世无此便宜事。事太便宜，必有不便宜者存。鱼吞钩，贪饵故也；猩猩刺血，嗜酒故也。尔二人宜自恨，亦何恨于狐"（《槐西杂志》一）。批评虚构的同时，纪昀也归结本旨，一以贯之地进行劝戒、说教。

《四库全书总目》也是如此。对《山海经》，指出"核实定名，实则小说之最古者尔"，"书中序述山水，多参以神怪……然道里山川，率难考据。案以耳目所及，百不一真"[1]；《神异经》"所载皆荒外之言，怪

---

[1]　小说家类三《山海经》提要。

诞不经"①；《海内十洲记》"大抵恍惚支离，不可究诘"②；《汉武洞冥记》
"所载皆怪诞不根之谈"③；指责宋代王铚《默记三卷》"颇近小说家言，
不可据为实录耳"④ 等，和纪昀对于小说和虚构的看法是一致的。

三　清、老、真——三部小说的风格

《聊斋志异》、《阅微草堂笔记》、《新齐谐》，这三部小说三个世界，
三位作者三种境遇，最终凝聚为三部小说的三种风格：《阅微草堂笔记》
以明理为中心，道世态人情之幽微，有"老"之美；《新齐谐》自然粗
鄙，泥沙珍珠混杂，有"真"之美；《聊斋志异》有对现实的无情揭露，
更有对远离现实的理想世界与美好生活的描绘，有"清"之美。

对于构成风格、境界的"老"来说，"理"是核心要素，"老"在
本质上就是对主客两方的高度融合统一。关于"理"，《孟子·告子》：
"心之所同然者，何也？谓理也，义也……理义之悦我心，犹刍豢之悦
我口。"贾谊《新书·道德说》："德生理，理立则有宜，适之谓义。"
程颐《二程遗书》："理便是天道。"任继愈的定义是："事物之间一种
恰当的相互关系。"⑤ 只有在深刻认识与把握各种"理"的基础上，才可
能具有"老"的特点。

"理"只有在现实中才能获得。从这个意义上说，"老"是基于"真"
的，这个"真"就是真实，是客观现实，既包括社会现实，也包括自然现
实。同时，"老"又构成"清"的基础，"清出于老"。"清"的核心特征
就是胡应麟《诗薮》外编卷四所说的："清者，超凡绝俗之谓。""老"就
是对各种规则的掌握和融通，主客双方和谐交融。

具体到三部小说，就《阅微草堂笔记》来说，它基本是纪昀现实生活
的写照。考虑到写作的具体情境，众多睿智通达的老者几乎就是纪昀自身
的反映，作品的总体风格就是"老"。前面论述过"老"，在诗歌方面主
要体现在自然平和的风格，不雕不琢而深稳妥帖的创作特点，至法无法的
水平和境界，而《阅微草堂笔记》叙事的简洁淡雅，人物老于世故、随心

① 小说家类三《神异经》提要。
② 小说家类三《海内十洲记》提要。
③ 小说家类三《汉武洞冥记》提要。
④ 小说家类二《默记三卷》提要。
⑤ 任继愈主编：《中国哲学发展史》（秦汉），人民出版社 1998 年版，第 155 页。

所欲不逾矩的特点，以及明理达道的气味，都表明纪昀本人将"老"的风格特点广泛表现在诗歌批评和小说的创作之中。"老"的不足在于"俗"和"浊"，"俗"有世俗，也有世故，"浊"却是杂质混合，《阅微草堂笔记》为人诟病的封建礼教之类便是它们的体现了。

《聊斋志异》的风格则是"清"，远离世俗，清高至性，超越世俗礼法，追求公正与自由。"清"也主要见于诗歌批评，但无论是作为趣味，还是品格和境界，"清"的核心都是不俗，体现理想和超越性。宋代林景熙："天地间唯正气不挠，故清气不浑。清气与正气合而为文，可以化今，可以传后。"（《王修竹诗集序》）薛雪也指出："诗重清真，尤要有寄托；无寄托，便是假清真。"（《一瓢诗话》）这些是诗歌批评，用于评价《聊斋志异》同样恰当。明代钟惺在论陶渊明诗歌的时候说："幽生于朴，清出于老，高本于厚，逸原于细"，点得很透彻。"清"基于"老"，是从"老"升华出来的，有"老"所未有的那种浩然的"正气"和理想性。《聊斋志异》刻画了众多美丽动人的爱情故事，即使人鬼之恋，也是建立在极强的现实基础之上的。如果缺少了对社会人生深刻的洞察力，对现实黑暗的揭示和批判力，《聊斋志异》的艺术魅力就要大打折扣了。

《新齐谐》的风格却是"真"。鲁迅先生《中国小说史略》称"其文屏去雕饰，反近自然，然过于率意，亦多芜秽，自题'戏编'，得其实矣！"《阅微草堂笔记》、《聊斋志异》都带着作者鲜明的印迹，体现了作者对社会生活的体察和反思，《新齐谐》却并非如此。袁枚自称"妄言妄听，一时游戏"（《答赵味辛》），虽有少数作品富有艺术性，但大多作品未经加工和选择，洋溢着民间低俗粗狂的气息，保留了最多原始的面貌。对于《新齐谐》的这种状况，后世批判甚多，晚清俞鸿渐在《印雪轩随笔》中甚至认为"直付之一炬可矣"。傅璇琮、蒋寅《中国古代文学通论·清代卷》认为："袁枚的《子不语》则力图表现出与他对性灵追求相一致的旨趣。只不过他似乎在小说方面用心不专，作品也就显得有些随意散漫。"与《聊斋志异》等相比，这部作品在艺术水平上可能有所不及，但是从袁枚及清中期市井文化的研究角度，它自有其不可替代的价值和意义。

三部小说不同的风格根源于三位作者各自的遭遇和寄托。三位作者之中，蒲松龄和纪昀都是在现实中有所抑郁：纪昀有高处不胜寒之悲叹，蒲松龄有多年不得志的抑郁和养活家小的巨大生活压力；两人都在笔记小说中有所寄托：纪昀"寄所欲言"；蒲松龄"有意作文，非徒纪事"①，"托街谈巷议，以自写其胸中磊块诙奇"②。袁枚则不然。虽然经历也有坎坷，但是袁枚的一生终究算是平顺如意的。他在辞官后，悠然游走于社会、家庭和自然之间，得到的自由度和满意度是最高的，远非蒲松龄和纪昀所及。袁枚的内心也没有明显的失落和不平衡。现实中看似结交公卿，但实际袁枚对外界的依赖性最小，他的生活来源部分和公卿交往得到的润笔费有关，但这并非是他经济的主要支柱。在经济上自立，情感上自足，生活上满意，袁枚的内心变得极为强大。因而在笔记小说的撰写上不像前二者那样有所寄托，笔下的人物也无所畏惧，无有所求。《新齐谐》这么多的故事中，看不到像《聊斋志异》和《阅微草堂笔记》中那样明确的核心和清晰的追求，但是自然而然，气壮胆雄，人不怕鬼，鬼不怕人，鬼神相斗，这些在其他作品中少见的现象，在《新齐谐》中却是普遍的存在。

对比三位作者可以看到，内心越压抑，感情越强烈，对于文学的寄托就越大，因此在创作上就更加用心，投入的不止时间和精力，更是拿自己的血泪，自己的生命在创作。这样创作的作品，相比那些有所寄托甚至没有寄托的作品，最终的艺术水平和感染力是相去甚远的。这大概是创作的一般规律。

第三节　小说人物的清老之美：以《红楼梦》为中心

《红楼梦》作为中国古代小说最耀眼的明珠，两位女主角林黛玉和薛宝钗是塑造得非常成功的女性形象。围绕两位女性孰高孰低，自作品问世便争论不休，"书中钗黛每每并提，若两峰对峙双水分流，各极其妙莫能相下，必如此方极情场之盛，必如此方尽文章之妙"③。黛玉和宝钗对比极为鲜明：黛玉生于钟鼎之家，书香之族，宝钗出生于"丰年好大雪，珍珠如土金如铁"的薛家，乃世代皇商；黛玉寄人篱下，在贾府孑然一身，宝钗内有母兄相伴，外有商号生意，经济上无须依仗他人；黛玉容貌清

① 冯镇峦：《读聊斋杂说》，《明清小说资料选编》（下），齐鲁书社 1990 年版，第 1180 页。
② 南村：《聊斋志异跋》，《明清小说资料选编》（下），齐鲁书社 1990 年版，第 1169 页。
③ 俞平伯：《红楼梦研究·作者底态度》，人民文学出版社 1973 年版，第 75 页。

丽，身体病弱，"闲静时如娇花照水，行动处似弱柳扶风"，宝钗"肌骨莹润，举止娴雅"、"艳冠群芳"；黛玉孤标傲世，敏感清高，宝钗则"罕言寡语，人谓藏愚；安分随时，自云守拙"；两位少女都擅长诗作，同样吟咏柳絮，黛玉的诗婉约凄凉，"漂泊亦如人命薄，空缱绻，说风流"，宝钗诗则势壮气豪，"好风频借力，送我上青云"……两人的差异是显而易见的，关键在于对此差异的阐释和评价。

从作品问世至今，相关阐释很多，但一直众说纷纭，甚至有面对人物同一特点，因为立场的不同，分析和评价就截然相反的情况，研究者也因此大致归结为拥林派、拥薛派和钗黛合一派。如果不限于这部名著，将钗、黛放置于更大的文化传统之中，便可清晰地看到这样一种事实：那就是黛玉体现了中国传统文化的"清"之美，宝钗则体现了中国传统文化的"老"之美，两者各美其美，各有特色；欣赏者和研究者对于不同类型的美以及背后的价值观念的态度，则是上百年来争论不休的根源。

关于从"清"、"老"之美这个角度论述黛玉和宝钗，虽然前人未有明确论述，但已有蛛丝马迹可循。关于黛玉之"清"，西园主人《红楼梦论辨》认为："宝钗有其艳而不能得其娇，探春有其香而不能得其清，湘云有其俊而不能得其韵，宝琴有其美而不能得其幽，可卿有其媚而不能得其秀，香菱有其逸而不能得其文，凤姐有其丽而不能得其雅，洵仙草为前身，群芳所低首者也。"[①] 曾扬华先生指出，黛玉、宝玉、妙玉名字中都有一个"玉"字，他们在大观园的居所也有一致之处，潇湘馆有竹，怡红院有松，栊翠庵有梅，因而称他们为"大观园里的岁寒三友"；小说用"代表了高尚、正直、虚心、有节、不屈等等的美德"的竹子来象征黛玉，以蘅芜苑里攀附依绕他物的藤萝草蔓来比附宝钗；与此类似的，还有"林潇湘魁夺菊花诗，薛蘅芜讽和螃蟹咏"，将黛玉和宝钗分别与高洁的菊花和横行的螃蟹联系起来，进行对比；第六十三回行"占花名儿"酒令中，宝钗得签牡丹，而黛玉为芙蓉即莲花，引《爱莲说》中"牡丹，花之富贵者也；莲，花之君子者也"来比较二人高下。[②] 曾扬华先生虽然没有明确提到"清"，但是意思大致有了。关于宝钗之"老"，黛玉曾一语道破："离了姨妈，她就是个最老到的。"（第五十七回）《红楼梦》中对于宝钗

---

① 　西园主人：《红楼梦论辨》，《红楼梦资料汇编》，中华书局1964年版，第198页。
② 　曾扬华：《钗黛之辨》，中山大学出版社2009年版。

最为关注的莫过于"情敌"黛玉了，黛玉此评在贾府上下关于宝钗的评价中最为肯綮。与此相比，最受学界关注、引用极高的王熙凤的评语"不干己事不张口，一问摇头三不知"（第五十五回），更像是对此"老到"之评的注解。至于钗、黛二人的比较，涂瀛所评受到普遍认可，"宝钗善柔；黛玉善刚。宝钗用屈，黛玉用直。宝钗徇情，黛玉任性。宝钗做面子；黛玉绝尘埃。宝钗收人心；黛玉信天命"①，庶几可以视为对黛玉之"清"、宝钗之"老"的详解。

一 黛玉的清之美

关于黛玉这一形象，唯独"清"能涵盖她的美，解释她所有的行为和特点。

"清"从根本上是和"水"分不开的，而黛玉前身是西方灵河岸上三生石畔的绛珠草，绛珠亦即"血泪"，因感激神瑛侍者甘露灌溉之德，要把"一生所有的眼泪还他"；和黛玉心意相通的贾宝玉，其女儿是水做的言论，首先便是指向黛玉为首的众多少女。

黛玉生于钟鼎之家，然而孤独异常，幼年丧母，"上无亲母教养，下无姊妹兄弟扶持"，未及成年父亲又死，在贾府"不得于姊妹，不得于舅母，并不得于外祖母，所谓曲高和寡者"②。这种情形只有用"清"来阐释，"水至清则无鱼"，"清"本身便含有孤高、清瑟之意。

在最初接触的外人眼中，黛玉突出处在于"不俗"：在贾雨村看来，"言语举止另是一样，不与近日女子相同"；进入贾府，众人眼中的黛玉，则是"年貌虽小，其举止言谈不俗，身体面庞虽怯弱不胜，却有一段自然的风流态度"。这种不俗的印象一方面来自黛玉清脱的气质，另一方面来自她"步步留心，时时在意，不肯轻易多说一句话，多行一步路"的谨慎清省。

入府既久，尤其是宝钗进入贾府之后，黛玉的"不俗"便成了"不谐于俗"，表现为不懂人情世故的刻薄和任性。这种对其刻薄任性的认识和评价不仅在贾府，也影响了广大读者和研究者对黛玉的评价，批评她的声音多半缘此而发。

---

① 涂瀛：《红楼梦问答》，《红楼梦资料汇编》，中华书局1964年版，第143页。
② 涂瀛：《红楼梦论赞》，《红楼梦资料汇编》，中华书局1964年版，第127页。

　　有的研究者只强调黛玉初入贾府的小心翼翼，认为是其寄人篱下所致；还有的研究者只强调黛玉任性尖酸的一面，认为她性情褊狭，量小气窄……这些评论如同瞎子摸象，有以偏概全之嫌。作为一个活生生的人，她的为人处世不是一成不变的，同样会受到环境和经历的影响。年幼丧母初入贾府的时候，她是带着自我保护的意味的。进入一个陌生的环境，言行会较之平时有所收敛和顾忌，要熟悉一下环境，了解一下情况，这是一般人的正常反应，更何况是非常敏感的黛玉。所以黛玉刚入贾府时，言行谨慎，在喝茶等事情上也表现得颇为入乡随俗，这和黛玉敏感清省的天性有关，但更多的是体现了人际交往的一般特点。

　　林黛玉熟悉了环境，尤其是得到贾母的宠爱，有宝玉及众姐妹的陪伴之后，天性完全显现出来，不仅有备受关注的言行无所顾忌，还有顽皮、嬉笑、受教、好胜等诸多小女孩情态。元春省亲时，"黛玉安心今夜大展奇才，将众人压倒。不想贾妃只命一匾一咏，倒不好违谕多作，只胡乱作一首五言律应景罢了"（第十八回）；黛玉用《西厢记》文字，受到宝钗一本正经的批评，"说的黛玉垂头吃茶，心下暗伏，只有答应'是'的一字。"后因惜春作画，黛玉说笑，大家笑成一团，黛玉甚至笑得"两鬓略松了一些"（第四十二回）；香菱想学写诗，黛玉主动教导："既要作诗，你就拜我为师。我虽不通，大略也还教得起你。"（第四十八回）这些都显示出黛玉天性流露，和周围人自然交往、毫不做作的特点。

　　当然，林黛玉孤标傲世、敏感多疑的特点非常突出。"林姑娘嘴里又爱刻薄人，心里又细"（第二十七回），"小性儿、行动爱恼的人"（第二十二回），是红玉、湘云对她的评价，连宝玉也"素习深知黛玉有些小性儿"（第四十九回）；但是，黛玉并非完全不谙世事，"我虽不管事，心里每常闲了，替你们一算计，出的多进的少，如今若不省俭，必致后手不接"（第六十二回），则是她对贾府状况的感受。这说明她对环境和现实始终很敏感，并将所思所感直接表达，毫不掩饰。黛玉惹人厌烦、受到批评，根由则在她不流于尘俗的尖刻、不谙人情世故的清浅、缺乏强大后援的孤寒。有不少人批评黛玉清高，其实大观园中的少女，包括丫环，清高的大有人在，但是像黛玉那样不谙世事、为人清浅却又任性而为的却少之又少。

　　如果仅是孤高、敏感，带有黛玉的影子却绝非黛玉。在污浊的环境中保持清净，在压抑的生活中追求性灵，文采出众，执着于爱情，是黛玉得人喜爱处，也是她内在的灵魂。

刚接触黛玉的人以为她"不俗"，但是在父母和宝玉这些和她真正亲近的人眼中，她只是自然。无论是"绛珠仙草"的前身，还是今世和宝玉所谓的木石之缘，都是在强调她自然、清灵的本性。第二十一回宝玉读《南华经》，提笔续道："戕宝钗之仙姿，灰黛玉之灵窍，丧减情意，而闺阁之美恶始相类矣。彼含其劝，则无参商之虞矣；戕其仙姿，无恋爱之心矣；灰其灵窍，无才思之情矣。"这里提到黛玉，强调的也是一个"灵"字。也有研究者认为林黛玉之"林"即"灵"字谐音。灵魂相通、志趣相投的知己之爱，是黛玉和宝玉爱情的独特之处。黛玉突出的是清灵之美，宝玉的情感世界中，却除了知己之爱，还有对一切美好男女的欣赏和博爱，以及表层的皮肉之爱。所以黛玉和宝玉虽然心意相通，但是对待情爱的态度有所不同：宝玉说："我就是个多愁多病身，你就是那倾国倾城貌"，黛玉的反应是面红耳赤、嗔怒，斥之为"混话"；宝玉引用《西厢记》中更露骨的话："若共你多情小姐同鸳帐，怎舍得叠被铺床"，黛玉反应更为激烈，都气哭了。她的这些反应，并不是说她受到封建礼法的束缚，而是和她清灵之本性直接有关。

因为她的自然和清灵，在贾府这个只有"恨不得你吃了我！我吃了你！"的地方，深感世态炎凉和人生无常，"一年三百六十日，风刀霜剑严相逼"，"侬今葬花人笑痴，他年葬侬知是谁？"最终只能如同清澈的溪水，流入贾府这个肮脏沉瀣的大水池，难以见容而逐渐枯萎消失，"质本洁来还洁去，强于污淖陷渠沟"。黛玉身体病弱，敏感多疑，言谈尖刻，追求爱情而不得以至抑郁而终，都可以从"清"所具有的清刻、清弱、孤凄、失意等含义中找到解释。

二　宝钗的老之美

唯有"清"能阐释黛玉之美，为贾府上下赞赏、赢得广泛认同的宝钗，也只有"老"能概括她。黛玉为人欣赏处在"清"，受批评处也源于"清"。同理，宝钗得人喜爱处在"老"，受人厌弃处亦在"老"。

人情练达、世事洞明，接受并肯定主流价值观念，对人事有着极为深切的认知，长袖善舞，又契合着社会各种规则习俗，是"老"之美的主要特征。宝钗可谓最能体现中国传统"老"之美的青年女性。

宝钗在文中和黛玉处处形成对比，黛玉在贾府的欢乐时光，便是随着宝钗的到来而结束的。（宝钗）"年岁虽大不多，然品格端方，容貌丰美，人多谓黛玉所不及。而且宝钗行为豁达，随分从时，不比黛玉孤高自许，目无下尘，故比黛玉大得下人之心。便是那些小丫头子们，亦多喜与宝钗去顽。因此黛玉心中便有些恹郁不忿之意，宝钗却浑然不觉。"（第五回）这是林黛玉和薛宝钗的第一次冲突，也是清、老两种风格、两种做派的对比和冲突。此后这种冲突贯穿黛玉一生，直接关系到黛玉的死亡。"薛宝钗者，林黛玉之大敌也。薛即雪，所谓丰年好大雪也。黛玉初至宝钗处，即遇下雪，其明征欤！林与薛先时踪迹尚疏，故其病犹浅；嗣渐密而病渐深，迨宝钗送给燕窝，则密之至矣，而黛玉遂成痼疾；及薛氏定亲，颦颦病儿不起；至薛氏成婚，而颦颦立时毕命矣。林木遇雪，诚大厄也。"[1]

集中、鲜明地进行对比而无冲突的还有两人所作诗句。诗如其人，黛玉和宝钗的诗也都带着各自的特点，用第三十七回李纨的评语，便是黛玉的诗"风流别致"，宝钗的诗则"含蓄浑厚"。黛玉的诗多长篇歌行，"半叙半咏，流利飘逸，始能尽妙"（第七十八回），内容上则写景抒情，哀怨孤傲，如《咏菊》："满纸自怜题素怨，片言谁解诉秋心"，《问菊》："孤标傲世偕谁隐，一样花开为底迟？"（第三十八回）宝钗的诗要雍容一些，也更有气势，像"诗余戏笔不知狂，岂是丹青费较量"（《画菊》），"眼前道路无经纬，皮里春秋空黑黄"（《螃蟹诗》），"韶华休笑本无根，好风频借力，送我上青云！"（《柳絮词》）风流别致和含蓄浑厚，看起来各有千秋，但是李纨最终判宝钗第一。这种态度倒是暗合着中国诗学批评观念。司空图将"雄浑"置于二十四诗品之首，诗作最能体现"老"之美的杜甫，被尊为"诗圣"，能体现"清"之美的王维，则被誉为"诗佛"，二人仿佛难分高下，但是在诗歌史上杜甫还是更为主流和尊崇一些。

除了和黛玉的直接对比外，宝钗之"老"还体现在诸多方面：一些研究者认为薛宝钗是不俗的，根据是——"宝丫头古怪着呢，他从来不爱这些花儿粉儿的"（第七回）；蘅芜苑的房间"雪洞一般，一色玩器全无，案上只有一个土定瓶中供着数枝菊花，并两部书，茶奁茶杯而已。床上只吊着青纱帐幔，衾褥也十分朴素"（第四十回）。而在第五十七回中，宝钗对邢岫烟表达了自己对于妆饰的看法："这些妆饰原出于大官富贵之家的小姐，你看我从头至脚可有这些富丽闲妆？然七八年之先，我也是这样

---

[1] 解盦居士：《石头臆说》，《红楼梦资料汇编》，中华书局1964年版，第190—191页。

来的，如今一时比不得一时了，所以我都自己该省的就省了。"所以宝钗并非内心反感装扮，而是审时度势，认为要节省，所以这些从表面看是不俗，其实这正是她"老"而不俗的地方，更能体现宝钗"老"的特点：人为而非任自然。

有研究者认为宝钗的言行体现和维护了封建正统思想，多以宝钗规劝宝玉注重仕途经济和黛玉"只该做些针黹纺织的事"（第四十二回）为例证。这自然不错，却还不是根本。宝钗的关注点并不在仕途经济，而是仕途经济代表的社会地位和价值观念。如果说黛玉是中国传统中"清才"的代表，宝钗可谓是传统社会主流意识和文化最为欣赏的人物典型。黛玉仅擅长作诗，宝钗从仕途经济、家庭管理到诗歌绘画建筑则无一不精；黛玉性情直露，言语快利，宝钗则温和大方，做事稳妥；黛玉沉浸于一己之悲欢，宝钗则洞悉世情，掌握大局。宝钗在小说乃至中国文化史上，最突出处在于精通做人之道："宝钗深知贾母年老人，喜热闹戏文，爱吃甜烂之物，便总依贾母往日素喜者说了出来。贾母更加欢悦。"（第二十二回）宝钗留神有权势者，对于相对弱势的也照顾到，是以令人厌烦的赵姨娘夸她："怨不得别人都说那宝丫头好，会做人，很大方，如今看起来果然不错。他哥哥能带了多少东西来，他挨门儿送到，并不遗漏一处，也不露出谁薄谁厚，连我们这样没时运的，他都想到了。"至于备受争议的因金钏之死宽慰王夫人、滴翠亭听到红玉等人私语后嫁祸黛玉，在宝钗处都是一致的，就是要避开麻烦，讨人喜欢，尤其是讨掌权者喜欢。要处处讨人喜欢却也不易，自然要狠下功夫，处处用心，用宝钗的话说就是"留神"：宝钗和袭人说话，"慢慢的闲言中套问他年纪家乡等语，留神窥察"（第二十一回）；守着贾母众人，"我来了这么几年，留神看起来，凤丫头凭他怎么巧，再巧不过老太太去"（第三十五回）。袭人尚且如此，其他人更是用心了，所以湘云"在家里做活做到三更天"（第三十二回）之类的隐秘之事，只有宝钗知道。对于宝钗这个特点，周围人也是有所了解的。探春就说："宝姐姐有心，不管什么他都记得。"林黛玉则冷笑："他在别的上还有限，惟有这些人带的东西上越发留心。"对于这些言论，宝钗的反应是"回头装没听见"（第二十九回）。宝钗在帮湘云设计螃蟹宴时说过这样的话，"虽然是顽意儿，也要瞻前顾后，又要自己便宜，又要不得罪了人，然后方大家有趣。"（第三十七回）这句话精彩之至，可谓宝钗处世之准则。

　　若仅是精明练达，宝钗的形象还是不完全和惹人厌烦的。薛姨妈说袭人"行事大方，说话见人和气里头带着刚硬要强"的话，也适用于宝钗。宝钗的精明练达，是她这种骨子里的刚硬要强的外在表现。人物形象体现的"老"之美，和诗学上的"老"其实是一致的，便是符合规则下的有气势、有力度。宝钗进宫候选、在贾府留心人事，根源都在她的要强。同时，宝钗也是有真性情的，在母亲怀里撒娇，因宝玉挨打埋怨哥哥，情不自禁拿起袭人绣活绣上几针，是她个性的天然流露，也是她世故老练而为人接受甚至欣赏喜爱的根基。

　　对于宝钗的"老"，虽然研究者无人涉及，但是作者对于"老"的特点是有深刻认知的，"世事洞明皆学问，人情练达即文章"，便是作者关于"老"这种美极好的阐释。在《红楼梦》中体现"老"之美的并不止于宝钗，贾母、刘姥姥也都可谓深于"老"者，在某些方面比起宝钗还有过之而无不及，只是作为次要人物没有宝钗那么突出罢了。

　　"老"和"清"一样，都有它的两面性：好的一面是精明强干，洞明练达，合乎社会规范，为社会肯定和赞扬；不好的一面也非常突出，那便是"俗"和"浊"。"俗"有世俗，有世故，"浊"却是杂质混合，过于世俗而失去了"清"的自然天性了。赞美宝钗的人，喜欢的正是她通情达理、落落大方等"老"正面的一面，批评她、厌恶她的无非是"老"所具有的"浊"和"俗"的一面。

三　清老之美的关系

　　黛玉、宝钗体现的"清"、"老"之美，在中国文化史上并不是孤立存在的，只是露出水面的冰山一角。"美人出南国，灼灼芙蓉姿。皓齿终不发，芳心空自持。由来紫宫女，共妒青蛾眉。归去潇湘沚，沉吟何足悲？"这首诗像极了黛玉的写照，出自唐代诗人李白，是其《古风》中的第四十九首。自古至今，因理想而在现实中遇挫、志气难伸的抑郁感伤的情绪，在历代的文学作品中都有充分的表现。明清时期小说盛兴，黛玉形象即应运而生。"老"在文化中的出现和盛兴没有"清"那么早，在文学中以杜甫诗歌为主要代表，契合了宋代的思想文化开始盛行，明清时期对此认识更为深刻，小说中则以"宝钗"为典型。

　　"清"、"老"两种美，在《红楼梦》中的对比体现的是理想与现实的对立和冲突。这种冲突不仅体现在女主角黛玉和宝钗之间，也是贯穿全书的一条线索。余英时先生在其《红楼梦的两个世界》中认为作者在《红楼梦》中创造了两个世界，即"乌托邦的世界"和"现实的世界"，分别体现为大观园和大观园以外的世界，"作者曾用各种不同的象征，告诉我们这两个世界的分别何在。譬如说，'清'与'浊'，'情'与'淫'，'假'与'真'，以及风月宝鉴的反面与正面。我们可以说，这两个世界是贯穿全书的一条最主要的线索。把握到这条线索，我们就等于抓住了作者在创作企图方面的中心意义"①。《红楼梦》的核心线索为理想和现实的冲突与对比，应该没有太大争议，余文对此也做了论证。但是如果说《红楼梦》体现的是理想和现实两个世界的对比，并不易落到实处而且与事实有违，所以余文一出即有文章与其商榷。以大观园为界分为理想和现实两个世界确实过于皮相，反而将自己束缚住了。大观园再理想，也是通过居住者来体现的，而大观园中居住的人物形形色色，往来于大观园内外，以大观园为界来一概而论并不切合实际。反之，用"清"、"老"两种美的对立和冲突，来阐释《红楼梦》，相较"两种世界"之说，要更接近小说的内容和作者的立意。

　　"清"、"老"之美，也是文化中"离异"和"认同"两种思想倾向的表现之一。"'认同'表现为主流文化的一致和阐释，是文化在一定范围内向纵深发展，是对已成模式的进一步开掘，同时也表现为对异己力量的排斥和压抑，其作用在于巩固主流文化已经确立的界限和规范，使之得以巩固和凝聚。'离异'则表现为批判和扬弃，即在一定时期内对主流文化的否定和怀疑，打乱既成的规范和界限，对被排斥的加以兼容，把被压抑的能量释放出来，因而形成对主流文化的冲击乃至颠覆，这种'离异'作用占主导地位的阶段就是文化转型时期。"② 汤一介先生认为文化的发展往往有"认同"和"离异"两个不同阶段，所谓"离异"的阶段即文化转型时期。其实，社会文化中一直都存在"认同"和"离异"两种思想倾向，只不过在社会的不同时期作用和表现有所不同。就《红楼梦》来说，它创作的时期依然处于社会的"认同"阶段，但是"离异"思想倾向也已不可忽视。宝钗代表的"老"美一派，用尽心机要维护和发展主流价值观念和社会秩序——从这个意义上，宝钗是有别于贾政的，贾政虽然

①　余英时：《红楼梦的两个世界》，上海社会科学院出版社 2002 年版，第 36 页。
②　汤一介：《论文化转型时期的文化合力》，收入《反本开新——汤一介自选集》，首都师范大学出版社 2008 年版，第 235—236 页。

表面看起来维护封建传统，实则迂腐无用，完全没有能力；黛玉体现的"清"美一派，承接传统中的理想一脉，尤其突出了明代以来主情、重心的社会思潮，强调性灵与自然，追求诚挚的爱情。袁枚强调"性灵"，戴震批斥宋明理学"以理杀人"，和《红楼梦》的思想和追求是一致的，都是对清代中期社会文化中压抑人性的黑暗势力的揭示和反抗。就《红楼梦》来说，它的作者还有着彻底的绝望，因此"清"、"老"两种美固然有所不同，但在《红楼梦》中已势不两立。曾遭热议的秦可卿之死，就清晰地昭示了这一点。很多研究者都注意到秦可卿是唯一综合了钗、黛二人特点的人物，"鲜艳妩媚，有似乎宝钗；风流袅娜，则又如黛玉"（第五回），但是秦可卿在故事开始便过世了。此后，再无人物能同时"兼美"，林黛玉代表的"清"之美和薛宝钗代表的"老"之美的冲突和矛盾便增多和尖锐起来，表明作者心目中，这两种美已经无法调和，不能共存。在这个意义上，象征着"清"之美的黛玉之死便是必然的结局。

　　"清"、"老"，作为深具中国传统文化特色之美，不仅仅体现于黛玉、宝钗身上。以20世纪后半叶以来的中国文艺来看，清美坚强的女性是主角的主要类型，流行于中国80、90年代的海岩作品，90年代初万人空巷的电视剧《渴望》无不如此。这种状况在20世纪末发生了变化，女性形象的世俗化倾向大大增加，《还珠格格》里紫薇还体现着"清"的特点，小燕子就已经不再具有高贵文雅、清丽脱俗的特点，民间、娱乐的成分大大增加，并且受到大众的欢迎和喜爱。在21世纪的中国文学中，网络文学聚集了最多的人气，它们的女主各式各样，主要类型之一便是将"清"、"老"之美集于一身，且"老"的比重日益增大。

　　以网络小说《甄嬛传》为例，虽然此前有《步步惊心》、《宫》等受到追捧，但是以小说改编的电视剧还是受到了前所未有的欢迎，甚至有的地方电视台将《宫》改名为《甄嬛前传》来吸引眼球。这部小说和电视剧受到欢迎的因素很多，其中女主角甄嬛的成功塑造是原因之一。而甄嬛的塑造，从根本上讲，就是在清代宫廷复杂残酷的环境下，由"清"之美转变为"老"之美，从黛玉转变为宝钗的过程。甄嬛原本是一个天真清纯、饱读诗书的少女，刚进宫时和黛玉一样小心谨慎，以求自保；黛玉在贾母的呵护和宝玉的陪伴下，有一段幸福岁月，甄嬛同样在遇到雍正皇帝之初也度过一段美好时光；此后随着宝钗的进府、甄嬛的流产等两人都开始增添烦恼，命运也逐渐改变；在经历了一系列惨痛的教训之后，黛玉以泪洗面，被动地接受情感的伤害以至抑郁而终，甄嬛则逐渐转变得老辣世故，像宝钗那样洞察幽微，投掌权者所好，稳固地位，排除异己，努力获得更大的优势，最终大权在握。在她身上，有明显的由"清"转变为"老"的过程：她身上黛玉敏感清华的一面慢慢深藏，适者生存的宝钗一面逐渐显现，她最后的结局也是和宝钗一样，虽然得到了世俗社会的名位，内心并未得到符合人性的真正幸福。具有"清"之美的人，让人喜爱和欣赏；具备"老"之美的人，则更加容易成功。甄嬛用自己的行为再次印证了这一点。

"清"、"老"之美依然存在于我们自身，存在于现实社会之中。如果对"清"、"老"之美有了更加客观和理性的认知，对于研究中国传统诗歌、小说乃至文化，应该都是有所裨益的。

参考文献

朱东润：《中国文学批评史大纲》，古典文学出版社 1957 年版。

牟宗三：《中国哲学的特质》，学生书局 1963 年版。

朱自清：《朱自清古典文学论文集》，上海古籍出版社 1981 年版。

郭绍虞编选，富寿荪校点：《清诗话续编》，上海古籍出版社 1983 年版。

钱锺书：《谈艺录》，中华书局 1984 年版。

钱锺书：《管锥编》，中华书局 1986 年版。

方孝岳：《中国文学批评》，生活·读书·新知三联书店 1986 年版。

裴斐：《诗缘情辨》，四川文艺出版社 1986 年版。

〔美〕苏珊·朗格：《情感与形式》，中国社会科学出版社 1986 年版。

〔俄〕列夫·托尔斯泰：《论艺术》，人民文学出版社 1987 年版。

张少康：《古典文艺美学论稿》，中国社会科学出版社 1988 年版。

〔日〕青木正儿：《清代文学评论史》，杨铁婴译，中国社会科学出版社 1988 年版。

〔波〕罗曼·英加登：《对文学的艺术作品的认识》，陈燕谷、晓未译，中国文联出版公司 1988 年版。

张德胜：《儒家伦理与秩序情结——中国思想的社会学诠释》，巨流图书公司 1989 年版。

袁震宇、刘明今：《明代文学批评史》，上海古籍出版社 1991 年版。

戴逸：《乾隆帝及其时代》，中国人民大学出版社 1992 年版。

张淑香：《抒情传统的省思与探索》，台湾大安出版社 1992 年版。

陈良运：《中国诗学体系论》，中国社会科学出版社 1992 年版。

岑溢成：《诗补传与戴震解经方法》，台北文津出版社 1992 年版。

夏之放:《文学意象论》,汕头大学出版社 1993 年版。

张少康、刘三富:《中国文学理论批评发展史》,北京大学出版社 1995 年版。

邬国平、王镇远:《清代文学批评史》,上海古籍出版社 1995 年版。

萧华荣:《中国诗学思想史》,华东师范大学出版社 1996 年版。

马积高:《清代学术思想的变迁与文学》,湖南出版社 1996 年版。

左东岭:《李贽与晚明文学思想》,天津人民出版社 1997 年版。

钱穆:《中国近三百年学术史》,商务印书馆 1997 年版。

漆永祥:《乾嘉考据学研究》,中国社会科学出版社 1998 年版。

张维屏:《纪昀与乾嘉学术》,台湾大学出版社 1998 年版。

季广茂:《隐喻视野中的诗性传统》,高等教育出版社 1998 年版。

郭绍虞:《中国文学批评史》,百花文艺出版社 1999 年版。

张健:《清代诗学研究》,北京大学出版社 1999 年版。

[美]雷内·韦勒克:《批评的概念》,中国美术学院出版社 1999 年版。

陈居渊:《清代朴学与中国文学》,百花洲文艺出版社 2000 年版。

余英时:《论戴震与章学诚》,生活·读书·新知三联书店 2000 年版。

蒋寅:《中国诗学的思路与实践》,广西师范大学出版社 2001 年版。

梁启超:《中国近三百年学术史》,山西古籍出版社 2001 年版。

张寿安:《以礼代理——凌廷堪与清中叶儒学思想之转变》,河北教育出版
　　社 2001 年版。

陈伯海、蒋哲伦主编:《中国诗学史》,鹭江出版社 2002 年版。

张丽珠:《清代新义理学》,里仁书局 2003 年版。

徐复观:《中国文学精神》,上海书店 2004 年版。

左玉河:《从四部之学到七科之学——学术分科与近代中国知识系统之创
　　建》,上海书店 2004 年版。

[美]本杰明·史华兹:《古代中国的思想世界》,程钢译,江苏人民出版
　　社 2004 年版。

[美]哈罗德·布鲁姆:《西方正典——伟大作家和不朽作品》,江宁康
　　译,译林出版社 2005 年版。

蒋寅:《清诗话考》,中华书局 2005 年版。

[美]安乐哲:《自我的圆成:中西互镜下的古典儒学与道家》,彭国翔
　　译,河北人民出版社 2006 年版。

李辰东:《李辰东古典小说研究论集》,中华书局 2006 年版。

陈祖武、朱彤窗：《乾嘉学派研究》，河北人民出版社 2007 年版。

王达敏：《姚鼐与乾嘉学派》，学苑出版社 2007 年版。

陈祖武编：《乾嘉学术编年》，河北人民出版社 2008 年版。

郑吉雄：《戴东原经典诠释的思想史探索》，台湾大学出版中心 2008 年版。

龚鹏程：《中国文学批评史论》，北京大学出版社 2008 年版。

蒙培元：《情感与理性》，中国人民大学出版社 2009 年版。

魏中林等：《古典诗歌学问化研究》，中国社会科学出版社 2012 年版。

陈世骧：《中国文学的抒情传统》，生活·读书·新知三联书店 2015 年版。

后 记

这本书的出版推迟了差不多一年时间。

2016 年春天，我在校对书稿。2016 年的寒冬，我继续校对书稿。两次校稿的间隔里，是从来没有过的惊心动魄和跌宕起伏。

思绪万千，百感交集，归到底却也只是平常：生死、交易。

生命遇到意外的时候，全部的根系四面汇聚起来，合力对抗打击。幸运的人死里逃生，还有诸多的人因着各种匪夷所思的偶然与必然离去。死神挥舞着巨大的镰刀，不停地收割着生命。人世是他的麦田。

庄子说：天地不仁，以万物为刍狗。

李白说：女娲戏黄土，抟作愚下人，散在六合间，濛濛如沙尘。

戴震说：人死于法，犹有怜之者；死于理，其谁怜之？

死于灾祸，死于疾病，人以为怜；死于无形之物，为之奈何？

无处不在且有毒的并不只有雾霾。

日常生活大量变动的细节、快速的节奏冲淡了各种无形物戕害生命的血腥气。

久处其中，并不觉得。直到所有的遮掩被突然掀开，淋漓的鲜血和各样的死亡扑到眼前来。再去做那鸵鸟，却已是不能。

此前的两年过得充实、平静。时间静止着飞逝。自诩有所进步，经历了不一样的"山中"：由着最初的"不识庐山真面目"，行进到"云深不知处"，再进到"岁月不知年"之境。现在看来，瞎子依然在摸象罢了。

杨子彦

丙申岁末于北京北